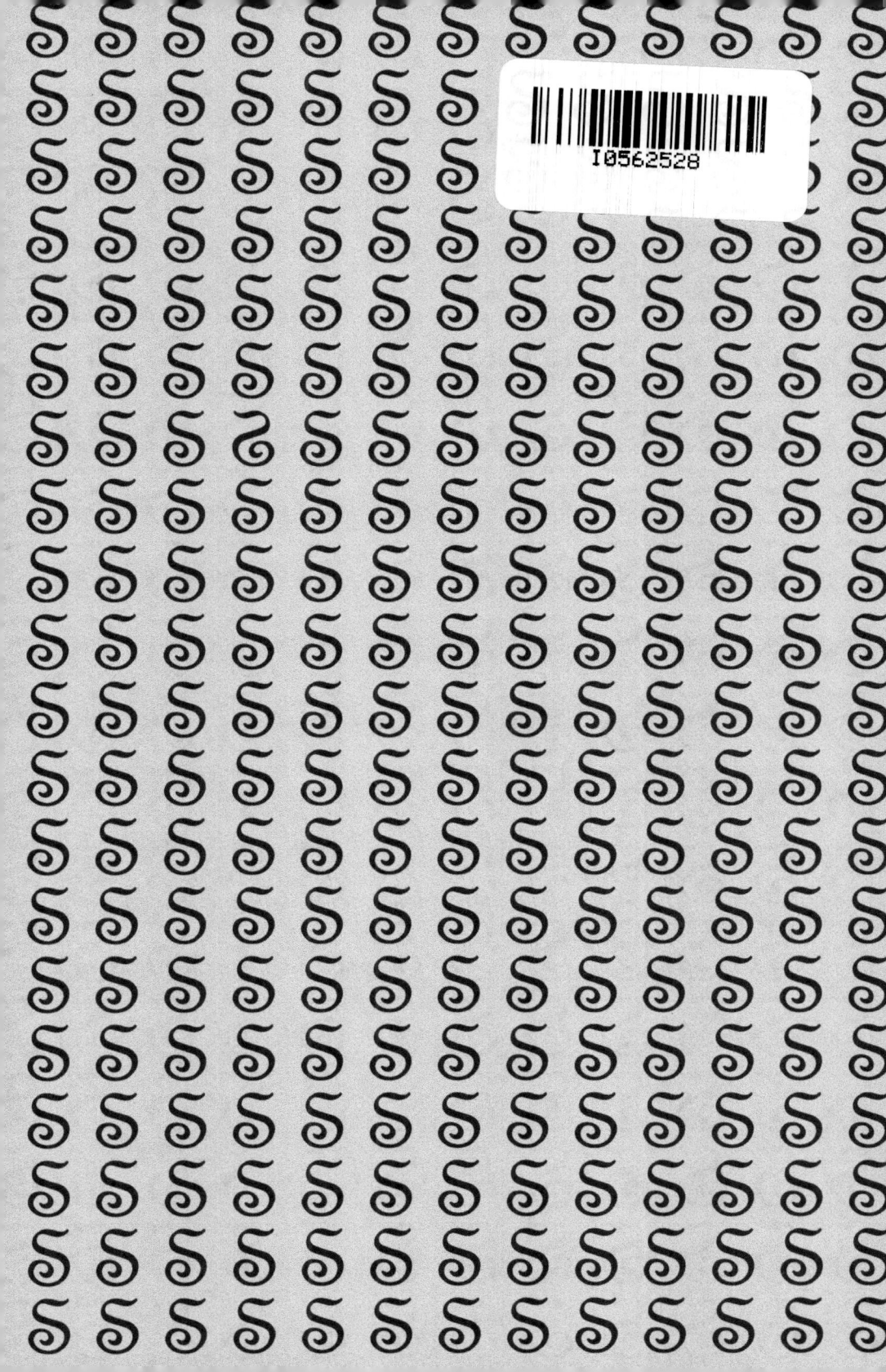

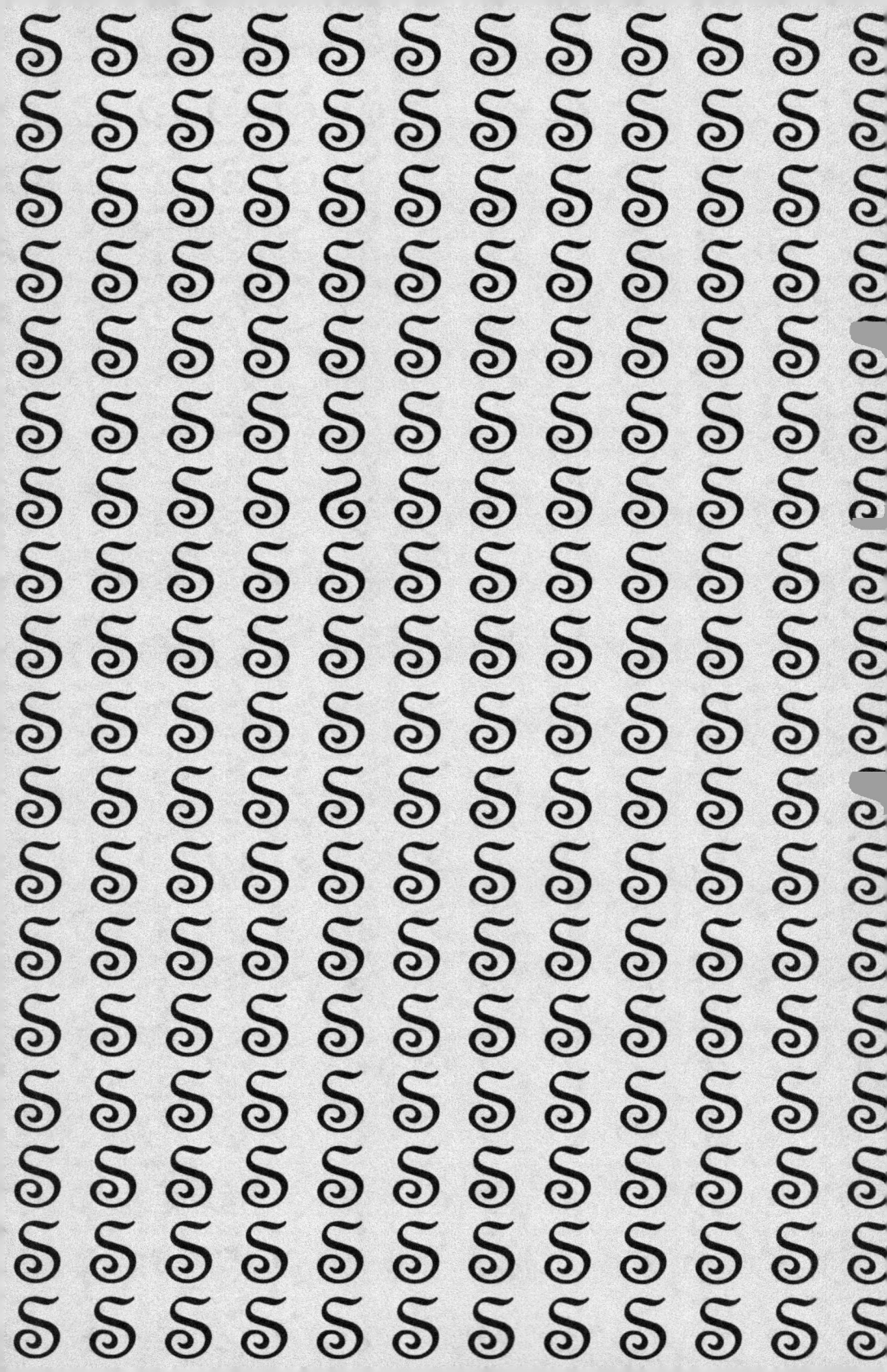

Allá afuera - Aquí dentro

(Mis cuentos)

Allá afuera - Aquí dentro

(Mis cuentos)

Reinaldo Martínez Urrutia

Cuenteros al Sur del Mundo

Editorial Segismundo

© Editorial Segismundo SpA, 2019-2021

Allá afuera - Aquí dentro (Mis cuentos)
Reinaldo Martínez Urrutia
Colección Cuenteros al Sur del Mundo, 6

Primera edición: Agosto 2019
Versión: 1.5
Copyright © 2019-2021 Reinaldo Martínez Urrutia

Contacto: Juan Carlos Barroux R. <jbarroux@segismundo.cl>
Edición de estilo: Juan Carlos Barroux Rojas
Diseño gráfico: Juan Carlos Barroux Rojas
Diseñador de la portada: Juan Carlos Barroux Rojas
Ilustración de la portada: Llamada "Mi Papá",
de Rodrigo Martínez del Canto
Ilustración de contraportada: Autorretrato del autor

Registro Propiedad Intelectual N°
ISBN-13: 978-956-6029-35-9

Otras ediciones de
Allá afuera - Aquí dentro:

Impreso en Chile
ISBN-13: 978-956-6029-34-2

Tapa Dura – Amazon™, etc.
ISBN-13: 978-956-6029-56-4

POD – Amazon™, EBM®, etc.
ISBN-13: 978-956-6029-35-9

eBook – Kindle™, Nook™, Kobo™, etc.
ISBN-13: 978-956-6029-36-6

Dedicatoria

A aquellos hombres y mujeres

Que la noche de un 4 de septiembre

Salieron a las calles

Y compartieron mi esperanza

Una excusa

E scribo cuentos desde hace más de cuarenta años, como aficionado. Hoy como médico jubilado y tratando de tomar más en serio esto de creerme un escritor, he decidido publicarlos, todos. ¿Por qué no? Podría pensarse que debí seleccionar los que creía mejores, pero no es muy fácil ser autocrítico, además que a todos uno les guarda un poco de cariño. Los que no están se debe a extravíos en algún camino. He agregado dos o tres relatos escritos a manera de poemas, pero confieso que nunca me he sentido poeta, aunque me habría gustado serlo. La única selección, en cuanto a su orden es temporal. Los primeros son los más antiguos, según trato de recordar. En los últimos años he escrito poco, parece que no tengo nada más que decir.

Las líneas precedentes las escribí hace unos meses, algunos me aconsejaban que publicara estos cuentos en dos o tres libros por separado, porque son demasiados para un solo volumen, pero un suceso inesperado a veces cambia los planes, un ganglio no más grande que un haba me recordó que la vida no dura para siempre y eso me hizo tomar la decisión.

Junio 2019 R.M.U.

Allá afuera

Yo voy cortando las flores y las dejo, las dejo flotar en el agua hasta que se despeguen, las coloco en las tapas plásticas de cada caja de perfume y después las estiro suave con el pulgar para sacarles las burbujas. A veces me llevo los dedos a la boca, pues todavía me agrada el sabor a goma de las calcomanías. No es que me guste este trabajo, pero es mi trabajo, lo que tengo. Casi nunca salgo de casa para ver qué pasa allá afuera, ni siquiera en los días de sol. Bueno, pero a veces ocurre, y en la otra esquina vi una casa vacía y entré a mirar, la estaban pintando, el pasto salpicado de cal y una escalera por el suelo se me ocurrió un arpa muda, muda desde, ¿qué se yo?, desde siempre. Adentro las voces se agrandan, saltando de muro en muro, rebotando, recorriendo las aristas, y ahí se quedan sonando. Traté de imaginar cómo estarían colocados los muebles, pero es difícil entre los tarros y los papeles cubriéndolo todo. Algo pasó en el jardín que me atrajo, como el olor de los juguetes nuevos, ese que aún exhala mi acordeón rojo, a pesar que lo tengo desde niño. Y es que ahí estaba una mujer, sobre un montón de hojas secas, creo que de ciruelo. De mi mirada se apoderó una mariposa torpe y torpe escapó revoloteando entre las hojas, a sus manos, a su figura inclinada, a su peinado en desorden y a eso desconocido que me era su pensamiento, mientras la escuchaba tararear una canción. Y las hojas, una a una las iba recogiendo, y ahí en mi silencio, sin ruido caían al improvisado cesto de su delantal. Me paralicé un momento, era la rubia que a diario pasaba por mi casa empujando el coche sólo pendiente del niño y que yo seguía arrastrando las muletas hasta quedar rendido de cansancio con la nariz apoyada en la ventana, para después encender un cigarrillo y por mucho tiempo no retomar mi trabajo, el de pegar las etiquetas con flores al perfume o tocar el acordeón cuando me canso.

Y una a una las iba recogiendo, y se me llenaron de temblor los brazos al pensar que escucharía el badajo traidor de mi pecho, sólo acostumbrado a princesas imaginarias, a raptos, a corsarios arrastrando dolorosamente su pata de palo y a la compulsiva atracción de acariciarle ahora mismo, ahora mismo el cabello.

Y una a una las iba recogiendo, fue entonces que levantó la cabeza y sin dejar de sonreír y de cantar, de cantar y sonreír al mismo tiempo, como si en la vida para ella no hubiera sorpresas, mirándome de arriba abajo y abriendo apenas la boca se le escapó un —¡HOLA! —yo sentí calor en las mejillas, en las mejillas y adentro, como cuando las amigas de mi madre insisten todavía en hacerme sus cariños temerosos en el pelo al saludarme, a pesar que hace mucho dejé ser un niño, y yo les río, les río por no poder huir o esconder este badajo flacucho que soy entre estos palos oscilando, oscilando desde no sé cuándo.

Voy cortando las flores y las dejo, las dejo flotar en el agua hasta que mueran y les río, les río, pues sé que allá afuera la gente todavía canta.

Allá afuera - Aquí dentro

Lechuza

No, no era el rostro, padre, era la postura, era el terno oscuro, siempre el mismo terno de raído plumaje, lustroso como las noches de las aves.

Eran las garras, esas manos gruesas de piel arrugada uñas curvas de afilado negro. Era esa manera de esperar tan quieto, casi ahí en las sombras buscando la presa. Era ese temor que siempre despierta la pobreza, tan fea moviéndose insolente.

El inspector Lechuza, o a secas, "El lechuza".

Muchas veces me hacía el desentendido, otras, pocas me parecen ahora, me trencé a golpes por el dichoso nombrecito ése y en medio de los revolcones o de mi continuo problema de la sangre de narices. —¿Tú te acuerdas lo que sufrí con eso? —bueno, a coro los muchachos que nos rodeaban seguían gritando ¡LE-CHU-ZA-LE-CHU-ZA! Hasta que sus voces se cortaban con la campana del recreo.

¡Qué pajarraco!, bruscamente entendí por qué. Fue por esa entrada a los baños con un vuelo silencioso y nocturno, sin darnos tiempo a botar los prohibidos cigarrillos. Lo entendí cuando, parados en una fila con las manos delante, íbamos recibiendo el doloroso golpe de regla en los nudillos. Lo entendí cuando, frente a mí, se levantó el palo en el aire y un segundo antes me traspasó esa mirada desconocida haciéndome erizar los pelos y por un momento pensé que a mí no, pero igual cayó el golpe haciéndome saltar las lágrimas, entonces

yo   también   murmuré,   con   esa   misma   rabia,
—¡LECHUZA! —yo también te llamé Lechuza, papá.

La botella

E sta es la historia de una botella.

Mi madre que gustaba adornar la casa con artefactos poco ortodoxos, como ruedas, telares antiguos y piedras extrañas, la llevó un día. No me impresionó al comienzo. Era un gran frasco de cincuenta litros, redondo, de un verde oscuro, con un gollete tan ancho que mi brazo de entonces, entraba por él sin dificultad. Estaba colocada en un atril que, con amarras de cáñamo, le permitía girar y vaciar su contenido. Abrazándola me podría servir de columpio. Cuando lo hice, mamá, que se aprestaba a salir, me lanzó un grito intimidatorio y debí refugiarme detrás de ella y como estaba junto a unas plantas de grandes hojas parece que nadie me veía. Comencé a trasladar mis juguetes a ese rincón y a mirar a través del vidrio grueso y rugoso.

Mi padre que se llamaba Luis, no era mi padre, se lo gritó él a mamá. Ella lloraba o hacía que lloraba y yo hacía que no estaba, pero estaba detrás. Cuando le pregunté por qué mi papá, que no era mi papá, era impotente y qué te crees imbécil -como ella le había chillado- mamá me golpeó. Después me oriné en el rincón y no quería llorar ni hacer ruido, pero cuando ella se fue, me monté arriba abrazándola con un suave cosquilleo entre las piernas y ella me respondió por el gollete que siguiera balanceándome no más, que también le gustaba y yo le echaba los correazos adentro y los miraba como se deshacían.

Después tuve muchos papás más. A Luis lo maté con un látigo y lo metí dentro, el primero, a mis otros papás me bastaba con mirarlos verdes y rugosos mientras acariciaban a mi madre para eliminarlos y apilar sus cadáveres en el fondo.

En uno de los frecuentes cambios de casa, el botellón quedó arrumbado en un patio interior, encaramándome sobre él quería imaginar qué hacía mi mamá con esos hombres en la cama. Y ya siempre estaba oscuro cuando me dejaban entrar a la pieza.

La tenía abrazada y me balanceaba encima, el cosquilleo me subía desde las piernas y la botella me decía que siguiera, cuando apareció el hombre con los pantalones desabrochados y, —¿por qué ese ruido? —preguntó y después llamó a mamá para que viera lo que hacía el mocoso cochino. Estaba tan furiosa que los correazos no se limitaron a las piernas. Yo sólo lloré cuando la botella se rompió en mil pedazos.

Esa noche huí de casa, a mi mamá no la he vuelto a ver nunca más.

Un botellón igual, o parecido, han pasado tantos años, encontré en una droguería. No quisieron venderlo a ningún precio, no me importó tanto, después de todo no era mi botella. Quizás mi mamá tampoco era mi madre. Muchas veces he sentido que aclararlo es demasiado complicado, pensándolo bien, ésta es sólo la historia de una botella.

Esperando

Probablemente fue en junio, primero di dos vueltas, después saqué un cigarrillo, no quería contar el tiempo, pues es peor; te pensaba terminando el peinado, después mirándote al espejo y sabiéndome esperando. Una paloma negra y blanca se bambolea a mis pies, con su paso corto y ancho, no se percata de mí, pues no se aparta del camino. El señor del almacén, pintado de un azul intenso, comienza con un chirrido a bajar la cortina de su tienda y me mira, preguntándose que espero y yo busco mi paloma, pero ya se ha volado.

Oscureció de a poco y se revuelven allá arriba las nubes negras, la vereda brilla con las luces de los autos y por mi lado pasa ahora el hombre de la tienda, se le ve distinto sin su delantal y nuevamente me mira, con un ojo a mis ojos y con el otro al candado; a mí me hubiera gustado sonreírle, pero ni lo vería, pues llevo el cuello de la chaqueta hasta las orejas y sólo dejo escapar una bocanada de aliento blanco. Se me achican los ojos de explorar las sombras y me da frío sacar las manos para fumar.

Ya he pasado revista a todos los pequeños dramas que te retienen otras veces y se me vienen a la mente los accidentes, pero trato de olvidarlos rápido mirando a las calles y las nubes. Ya está lloviendo cuando del otro extremo te veo caminando presurosa. Sé que vienes sonriendo, de lejos lo sé y todo lo que he pensado decirte se me olvida al roce de tu mejilla. Te tomo de la mano y bajo los aleros nos vamos corriendo y saltando las charcas, pues está lloviendo.

¿Sabías que estaba lloviendo?

El momento blanco

A quí la nieve no es fría, cae tan de tarde en tarde que sólo es una buena fiesta. Al abrir los postigos todo se veía extraño y blanco, los techos, los árboles y como en una postal las pisadas negras desparramadas por las calles, eran las huellas de los apresurados, deseosos de no perderse el momento blanco, pues a las diez, a pesar de la timidez del sol, los aleros, las ramas y las hojas jugaban ya a la sinfonía de las gotas en los charcos.

Con los guantes amarillos, ésos que tú sabes por qué quiero tanto, moldeaba inexperto el mono helado, panzudo y con una cabeza demasiado chica, le até mi corbata azul al cuello y mientras lo colocaba arriba del automóvil, tus hijos reían, cosa rara cuando yo te acompaño, y hasta tú soltaste esa increíble carcajada cuando recibí sobre la cabeza un pelotazo. Aquí la nieve no es fría, bueno un poco, cuando se mete por el cuello.

Después y ya en marcha, supongo que, con el vaivén o el calor del motor, el mono se fue desprendiendo poco a poco hasta que de repente salió despedido y cayó al suelo destrozado, al viento quedó el lazo solitario de mi corbata azul. Tus hijos gritaron con desconsuelo. Nosotros sólo nos miramos, adivinando el futuro.

Teresa

A Teresa Buver, mi Teresa de los 16.

Mira Teresa, no es que esté loco, pero con tantas incomodidades uno ya ni sabe, lo de la luz, no sé si te importe.

Ayer corrió el maldito viento, que pensé que se nos iba a volar el techo. Desde el año pasado que estoy pensando en cambiar un par de planchas o si no para el invierno se nos lloverá la pieza; en todo caso a pesar de la creencia de que aquí en la costa el viento dura tres días, hoy amaneció en calma, pero completamente nublado y eso sí que me enferma, al contrario de ti hasta prefiero el viento. —¿Sabes?, se me alargan las cosas con el frío, se me hace interminable el regreso por la playa cuando voy de compras, se alarga hasta enojarme el silencio; ni siquiera puedo salir a la terraza a sentarme a la mecedora, bueno, todas estas incomodidades, tú sabes—. Me quedé en el dormitorio esperando que hirviera el agua mientras le cosía los botones al pijama —si supieras lo que me costó enhebrar la aguja. ¡Hasta anduve buscando tus anteojos! desde luego que no los hallé, a pesar de que estoy mucho más ordenado, Teresa, no me reconocerías, no boto las cenizas al suelo, claro que casi ni fumo.

Después, ¡qué día de porquería!, lo que te quería contar, lo de la luz, vinieron a cortarla, pero me di el gusto de mandarlos bien a la mierda, ¡lástima que se haya muerto el Nerón!, porque se los habría echado encima, tan mal educados, si los vieras, bueno, todas esas incomodidades. Ahora me tendré que poner a buscar las velas, que esas sí que no tengo idea donde las puedes haber guardado. —¡Ah, Teresa, tú y tu bendito orden!

Me prepararé unos buenos tallarines y me los voy a servir luego, antes de que oscurezca, después capaz que pase donde Pancho a que me convide un vasito de vino, siempre lo hace.

Parece que este año para el Primero de Noviembre no voy a poder llevarte flores, está saliendo tan caro el pasaje y con lo que están dando en la Caja ya no alcanza ni para comer, en todo caso te pondré una peonía en el retrato, son las mismas que plantaste, siempre las quisiste tanto.

El tacto

Corrimos de cinco en cinco, en la noche y más allá, por todas las noches de una vida, debería decir. El pecho saltando acelerado, más veloz que cualquier pensamiento. La brisa, recién en plena calle, me despertó del todo y mis piernas oscilaban en el aire como si volaran, mientras los cordones de los zapatos desabrochados bailaban liberados en la carrera.

Me era aún confusa la situación, tú corrías y corrías con un gran apremio. Yo a las dos cuadras ya jadeaba, pero igual te seguía. Entonces, y sin ninguna razón, recordé lo del tacto, llevaba unas semanas intentado plasmar una idea. El tacto es, o era, o fuiste tú, algo así había tratado de hilvanar para un cuento, cuando ahora bruscamente escalamos en plena primavera de cuatro en tres los peldaños, mientras de resuello en resuello, te das un aire para reclamarme:

—¡Apúrate, por favor, que se muere, se muere!

Encontramos las puertas de par en par a la noche, todas las luces encendidas por tu aterrado apuro y a él, a ese que hasta ayer era el marido engañado, con la mandíbula caída. De inmediato lo supe muerto.

Con una suavidad practicada muchas veces, y muy lento, puse el fonendoscopio en su pecho, con la sangre golpeándome las sienes y tu mirada la nuca. Te sabía urgiéndome un milagro. No pude alargar más la escena, giré y busqué tus ojos intentando tomarte de las manos, para palmotearlas suave, como a menudo hago en estos casos difíciles en que las palabras duelen, pero hiciste un respingo atrás, con el rostro tronchado por el rayo agudo de mi mirada impotente.

—¡No, nooo, no! —me gritaste, o quizás nos gritaste a los dos, pero fue un aullido que perduró por largo rato.

Yo, a dos pasos, apoyado en el muro, dejaba pasar el tiempo, te observaba abrazada, llorando, abrazada a ese señor un poco barrigón que un par de veces había visto de lejos.

Mucho más tarde bajé, de uno en uno. En la calle y más allá, la noche se hinchaba de primavera. El tacto no había sido sólo encontrarnos en alguna esquina solitaria, tampoco la pasión del hotelito junto al río. Fue otra cosa, no necesita del contacto físico para sentirte en todo. Podría pensarse que existía como un halo esférico que te rodeaba y que iba impregnando las cosas, los tiempos, las sensaciones y los sueños. Habría bastado en una noche como ésta, estirar las manos en la oscuridad para quedar prendado de todos los aromas dulzones y canturrear después. El tacto era un ente tibio, lo supe esta noche cuando él aún no se había enfriado y tú huiste de todo lo mío, aferrándote a su calor en retirada.

—¡No puede ser, mi amor, no puede ser! —aún debe estar llorando, cubriéndolo de besos. Apuré el paso, de dos, en dos, en dos...

El ruido

Fueron horas de pie, en silencio, apenas respirando, sin atreverse a dejar la bolsa en el suelo y a oscuras la escuchaba subir o bajar las escaleras, cansada de esperar que se decidiese a dormir o salir. Por largos momentos no la escuchaba y le venían los temores de que abriera la puerta, tendría que pedirle perdón, contarle todo, la podría llevar a ver al niño para que se convenciera, no era mala la señorita, sólo que un poco seca, pero la entendería de seguro, aunque le cortara los lavados. Siguieron pasando los minutos y se le durmieron los pies, varias veces tomó la manilla de la puerta, mentalmente lo repetía, abrirla lentamente, mientras ella estuviera arriba, y en la punta de los pies atravesar la cocina, el salón o quizás el comedor, rápidamente abrir la mampara y huir y ya no importaba el portazo, la señorita no era capaz de alcanzarla, pero no lo hacía, no se atrevía, lo sabía, sólo lo pensaba, también en los niños que quizás donde andarían por ahí sin haber probado bocado, lo pensaba no más, total sólo eso podía hacer.

Cuando la sintió entrar en la cocina y encender las luces perdió el control, no alcanzó a retener la botella de aceite que cayó con estrépito y se quebró a sus pies. Así y todo, permaneció quieta. También cayeron lentamente el azúcar, los fideos y todo lo que había colocado en el bolso y que por largas horas no soltó de los brazos sin darse ni cuenta. La escuchó subir las escaleras gritando y así, con las piernas untadas de aceite, sin pensarlo dos veces, abrió la puerta, atravesó la cocina, el salón, no, el comedor estaba cerrado, otra vez el salón y la señorita en la puerta apuntándole al pecho con la cosa esa, de un manotazo le arrebató la pistola y cuando iba a apretar el gatillo, miró su boca, entreabierta, soltó el arma y sus manos apretaron el cuello arrugado de la anciana.

Sin ruido, pensó, al cerrar la puerta con mucho cuidado.

En el camino, fumando

U n día pondría un aviso en el diario diciendo que quería verla, que se comunicara a su oficina, que llevaba veinte años aguardándola, en cada esquina, todos los días, bueno, no todos, pero tantas veces, como ahora... En la imaginación se habían agotado todos los encuentros, los casuales, los esperados, los ingenuamente urdidos.

Tomás, él sí la había visto, se la pasaba encontrando, había deslizado como para mortificarlo. Yo no le pregunto cómo está, no es necesario, Tomás asegura que siempre tan buena moza y con dos hijas grandes. —¡Unas tremendas chiquillas!—. Yo no le pregunto, yo no la busco, yo no la llamo, pero soy el único que la necesita, el que necesita necesitarla.

Miró la hora, sin prestarle importancia, se bajó, pateó sin rabia las piedras del camino y volvió a sentarse al volante. Dos o tres horas, mínimo, en ir, enviar la grúa y después remolcarlo a Santiago. Botó el cigarrillo por la ventana.

Una rubia de cabellos largos, con esos ojos que tenía la Doris, con esa sonrisa que me desveló por seis años en la Escuela y que he seguido soñando por veinte, —¿cómo podría llamarse sino Doris?—. Porque hay rostros que no calzan con los nombres y menos con lo que uno piensa.

Señora Doris:

Por motivos absolutamente inexplicables deseo verla, hablarle a solas, saber de su vida, que usted sepa de la mía;

no lo mal interprete, pero no lo tome tampoco por encima, es más o menos lo que se imagina y al idiota de su esposo no le cuente, no le cuente a nadie, porque necesito amarla antes de morirme y aunque nunca pienso en esas cosas, alguna vez me moriré, nos moriremos, tú y yo Doris, porque tampoco tendría gracia encontrarnos muy ancianos, tendría, pero no la misma.

O quizás en la televisión, bastaría con pasar el aviso dos veces y se enteraría. Lo otro consistía en hacer algo notable: dar la vuelta al mundo en monopatín, ganar las quinientas millas de Indianápolis o realizar el primer carrerón desnudo entre la Luna y Marte, que Doris lo viera y comentaría: —¡Oye! a ese yo lo conozco, fuimos compañeros en la Universidad, una vez me dijo que estaba enamorado de mí, pero con esa cara de pájaro, ¿qué quieres, quién iba a saber?

Un automóvil se detuvo a su lado, un hombre de sesenta y su mujer ídem (yo y tú Doris) muy amables le ofrecieron ayuda. Debió bajarse y explicar que la grúa lo remolcaría, que venía de Valparaíso, que por negocios, que era abogado, que muy amables, etc.

Que era abogado era cierto, pero eso no significa señora López, que uno se dedique a todo, como si le pidiera a un psiquiatra que le opere el apéndice. Pero ella seguía sin comprender, mirándolo con esos ojos cansados y hermosos, con esa pequeña cintura que adivinaba en su sonrisa y lo tierno impreso en la curvatura de su vientre. Él estaba dedicado al Derecho Comercial, por eso estaba en Valparaíso; recién había hecho una presentación sobre el arancel aduanero, partía definiendo el precio FOB, *"free on board"*, mi señora, igual como yo soy libre, tan asquerosamente libre que uno llega a no importarle a nadie. ¡Lástima!

que no pueda contarle que con Carmen no tenemos nada que decirnos, que a veces pasan días sin hablarnos y después tenemos que hacer las paces sin haber reñido. Le podría contar tantas cosas, señora López, a usted con esos dientes tan parejos y sus manos suaves, que yo podría hacerle el amor, o mejor que usted me lo hiciera, no el amor, pero que se sentara a mi lado a acariciarme el cabello con los dedos finos que usted tiene.

Pero ella se había echado a llorar, increpándolo, que nadie la ayudaba, que su esposo la maltrataba, que ya se lo había repetido, que: —¿Qué más quería? —Y ya iba a abandonar la oficina, —por favor señora, no lo haga, tome asiento, perdone, no quería ofenderla, creo que me mal interpretó, por favor, siéntese, —y le acarició el cabello suelto de mujer de treinta cuando un abogado nunca hace eso.

—Yo no sabría cómo hacerlo, pero tengo colegas, amigos míos que se dedican a divorcios, cálmese, lo veremos con calma señora López.

—Cálmese. ¿Por qué no entiende que me hace sentir una porquería, Susana, no le importa que la llame Susana, señora López? Es porque ya la amo y que no la amo, pero es algo así, donde la vi llorar, con esos ojos, que yo sería capaz, que no volvería a Santiago, pues no tengo nada que hacer, que seguro que la Carmen no está, o si está es casi lo mismo y que mi hijo está becado en Estados Unidos y que nos escribimos una vez por semana o por mes, contándonos lo mismo, por eso me quedaría con usted y no me iría a Santiago y no me habría quedado *en panne* y ahora estaríamos haciéndonos el amor, Susana, o cualquier cosa para reconstruirnos que es lo contrario de vivir, vivir esperando encontrar a la Doris antes de fallecer o ser más viejo, y morirme un poco cada día esperándola. Me haces sentir una porquería y crees que porque has llorado delante de un desconocido sufres, que aquí estoy en el camino, fumando, porque nada ha sido capaz de atarme a la vida, más que la vida misma definida como los días y las noches en las fojas de los aranceles y los impuestos, mira, que gracias a ellos vivo y también de ellos comemos en casa.

Pero al idiota de Tomás no le enternece, algo así me dijo el otro día —sabes Pájaro, esa historia tuya está muy repetida —y me llevó a mostrarme su auto nuevo, que después de todo para eso me estaba visitando.

Por eso señora López, querida Susana, puede guardarse su historia y a su esposo que la maltrata para otro, porque viene llegando la grúa que me va a remolcar hasta la casa y como usted esta mañana no entendió nada y se fue tan furiosa, le voy a repetir por enésima vez que soy un experto en Derecho Comercial y que aún no he podido cambiar el auto como mi compadre Tomás que se dedica a la especulación y como la Doris, que nunca ha ejercido y se dedica a sus hijas grandotas o como su marido que se dedica a qué sé yo.

Me niego a subir en la cabina de la grúa y me siento en mi propio auto viejo que va a cincuenta kilómetros por hora con las ruedas delanteras en el aire y creo que cuando llegue a Santiago escribiré a mi hijo que me inscriba en las quinientas millas de Indianápolis, para que me conteste que soy un imbécil, que esta historia mía está muy repetida.

Así es

Un silbido prolongado aquella tarde

Raudos pasos sorteando mis temores

La estación del tren hinchada de vapor

Y el vacío que se queda tras la bruma.

Ha partido, ya es gaviota espuma adentro

Sus huellas en la arena se borraron

No sé qué haría si aún escuchara su violín

Eludir quizás mis dudas unos días

O correr por las calles, vagabundo

Sucumbir tal vez una mañana

Aunque creo que sería una tontera.

Inoportuno es el morir antes de almuerzo

Cuando todos van por su trabajo

Es lucir una ventana en las costillas

Llevar enrollada la sombra bajo el brazo

O septiembres jubilosos por zapatos.

Si pudiera pulsar la cuerda simplemente

O cobijarme por las noches con su vaho

Si percibiera aún el cosquilleo transparente

A tientas en la noche

Con el ansia destemplada en el gaznate

Desnudo tan sólo en pensamiento

Saltaría apilando cadáveres aún tibios

Y con un dedo cruel como abrelatas

Abriría en el cielo un agujero

Y a esa luz, a la estrella que así nazca

Seguro, casi seguro

Aunque ha pasado tanto tiempo

Le daría tu nombre.

¡Qué desgracia!

Suspiroso

Volver a los 17, después de vivir un siglo
Violeta Parra

C uando éramos dioses no existía el azul, sólo el amarillo, el rojo y el naranjo. Los cerezos con sus flores fucsias olían a septiembre y cuando caminaba sobre las nubes, enterrando las piernas hasta las rodillas, me sentía Suspiroso, con todo el aire de esta ciudad inflándome los pulmones.

Yo tenía un alazán rápido como las noches del verano, ella un palomino como el agua, como el agua recién terminada, ambos ávidos de caminos. Muchas veces la vi alejarse al galope, buscando un sombrío entre tantas luces o esconderse entre los árboles. Y ahí detenidos, una caricia apenas, jugando con sus manos y la argolla ésa que la estigmatizaba como la mujer del prójimo. Recuerdo haber pensado: —¿Quién lo creería? Que, aunque ya no éramos niños debíamos buscar un lugar oculto para tan sólo mirarnos, o maldecir la tarde cuando pasaste a mi lado y ni siquiera pudiste sonreír. No existía ni siquiera una rendija para el futuro. Yo lo sabía, lo sabía, pero, ¿qué podía hacer entonces? Aún tenía sin cumplirse tantos sueños que tuve de niño, como cuando sin más me sentía capaz de llevar mi garañón de un horizonte al otro en un suspiro, presta la espada para cortar destinos, lista la barca para abombar las velas.

Un después y, después otros tantos, en realidad muchos, sentado en un restaurante, donde las sopas siempre fueron deliciosas; donde los viejos vamos a tratar de hace más bellos los recuerdos; se acercó a mi lado un muchacho flaco con unos ojos enormes. Para lograr escucharlo se acercó a mi oído:

—Señor, ¿me compraría un número? Se rifa un pasaje para Marte. Es a beneficio de los ángeles aburridos de ser ángeles.

— ¿Qué cosa?

Pero, desapareció, así como así, en una especie de nada. Me dejó un mensaje en la servilleta. «Esa historia nunca fue así como la cuentas, tú falsificas los sueños, lo peor es que todavía lo haces. ¿Por qué te niegas a crecer?»

Me ruboricé y me dejó pensando. Habría sido hermoso.

Amor mío

━━━ ¡Uy!

Después de estas profundas reflexiones logró estacionar frente a la costanera. La playa estaba atestada, arriscó la nariz, bien reconocía el olorcillo de la muchedumbre. Entonces encendió el pequeño aparato computarizado del tablero de instrumentos (un implemento optativo del nuevo Jaguar SS muy S) con lo cual emergió una antena dirigible en el *capot*. Con un BIP-BIP se iluminó la pantalla. Después moviendo las perillas colocó la clave 2.500 y la antena dirigida al cielo apuntó a una bandada de gaviotas. De inmediato las aves se tornaron rosadas, quizás demasiado rojas.

—¡Ey, pájaros rosados, Raúl, despierta, Raúl! —gritó asombrada, sobre la arena, la morenita, esa que aún se sentía capaz de usar tanga.

—Flamencos —murmuró el astro de los *puzzles*, volviendo a poner la cabeza en la toalla.

—Poco interesante. Monona, ¿no te parece? —murmuró el hombre del deportivo. Y ahora, al mover los controles, la antena hizo una especie de barrido por la playa, con lo cual de un brinco todos se pusieron de pie, corriendo en todas direcciones.

—LA LUJURIA, LA LUJURIA —se escuchó con gran intensidad la vieja cantinela del loco del pueblo. El negro del pan de huevo empezó a tirar su mercancía y cuando algunos chicos trataron de apoderarse de ella recibieron un bofetón en cualquier parte y partieron corriendo soltando el pan y los mocos. Como una ola pasaba el rumor, se quedó la mano en la crema bronceadora; se le cayeron los dientes postizos a la anciana del sombrero de papel; se le enterró la cabeza en la arena al tostado tarzán que asombraba a las muchachas caminando en las manos; Lujuria con tres letras, corría sin soltar el lápiz, el mismo maniático de los crucigramas; —¿Le viste las tremendas tetas a la Isabel? —se reía de puros nervios el hijo de la puntinga que tú sabes; —Marcelito, ¿han visto a mi Marcelito? —¡Tan rica m'ijita, no, no lo he visto, claro que tampoco lo conozco. —¡Calma, calma, no corran, por Dios, Señor, misericordia, -¿cuántos son?- aquí se acabó todo, esto ya estaba ezkrito, bien mal escrito, vieja de mierda; —Los de la playa grande están todos muertos. —¿Pero cómo fue a suceder? y la lujuria, la lujuria se escuchaba al tontito parado en el muelle.

El hombre encendió un Camel, expiró el humo haciendo argollas e invirtió los controles BIP-BIP (0.051).

§

.acac recah oreiuq, amam, amaM —

.sodot ed etnaled atisoc al seuqotem on, ùlaR, !hA¡ ·.elleum led ocol le, !airujul, airujuL¡ —

Botó el cigarro por la ventana porque no entendía nada y volvió a mover las perillas (lea de derecha a izquierda decía en la pantalla, pero él no se fijó)

BIP-BIP (2.600).

—Mamañañanana enen lala nonocheche mimi amoarmor dedetrástrás dede laslas dudunasnas.

—¿¿YY sisi mimi mamariridodo nono sese vava hoyhoy??

—Enentontoncesces cuelcuelgaga loslos calcalzozonesnes enen lala venventatanana paparara sasaberber.

§

BIP-BIP (2.700).

Dirigió la antena directamente al precioso cuerpo de la lola campeona de yo-yo, con lo cual quedó suspendida, desnuda, a 123 metros. Su bikini se desintegró en la arena. Toda la gente haciéndose visera con la mano miraban a lo alto, entre sorprendidos y aterrados, pero uno a uno, a medida que la antena los apuntaba, fueron siendo elevados. Ahora nadie alcanzó a correr, ni un grito, ni una palabra, sin histeria y cuando estuvieron todos desnudos, colgando a 123 metros de altura. Y BIP, un solo golpe del botón verde y al unísono se reventaron y desaparecieron.

§

—¡La lujuria, la lujuria! —se mataba de la risa el loco del muelle.

Entonces BIIIIIP...

¡Lujuuuuuuuuuuuuuuuuuurrrrrrrriiiiiiaaaaaaaaaa!

¡PLAFF!

Salió disparado hacia el cielo y se reventó en el camino.

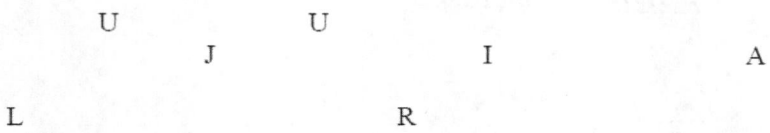

El hombre acarició su bigote fino y bien cuidado, se colocó los guantes de gamuza amarilla y apretó el interruptor, con lo cual la antena se sumergió suavemente, y suavemente porque así acostumbraba, cerró la puerta, sin embargo, después de alejarse unos pasos volvió al automóvil, con un trotecito que lo hiciera famoso en los *court* de tenis. Había olvidado la revista.

Más tarde, recostado en la arena de la playa, ahora solitaria, abrió el *"Playboy"* en su conocida página central.

§

— ¡Qué asco la gente! ¿No lo crees, Monona, amor mío?

Aniversario

— ¡Hola tú!

....

— Dije hola, hola, ¡HOLA!

....

— Bueno, ¿qué pretendes, estás sorda?

....

— ¿Por qué no contestas?

— Porque tú no quieres.

— ¿Que yo no quiero?

— Sí, piénsalo.

— Sí, sí, SIIIII, siempre todos tienen la razón, ¿has visto alguna vez uno que admita no tener la razón? mira, escucha, pero no digas nada.

— No voy a decir nada.

— Bien, lo peor es discutir con tipos falsos, que parten diciendo que podrían equivocarse. Ahí está la trampa, esos son los más hipócritas, en el fondo quieren decir, puede que alguna vez me equivoque, pero ahora no, es sólo una maniobra dialéctica, ¿entiendes?

—No.

—Bueno, supongo que no te importa tampoco. Por eso yo parto diciendo que soy Dios, sin más, que nunca me equivoco, lo digo para molestarlos, pero nunca falta el tonto que trata de demostrarme que no lo soy.

．．．．．．．．．．．．

—¿Eres virgen?

—No te rías de mí.

—Perdona, te juro que lo dije sin pensar, seguro que asocié eso de Dios con la Virgen. No lo tomes a mal, ¡ya!, «¡Pachó, pachó!» Esta mañana estuve veinte minutos en la ducha y canté unos trozos de ópera, me afeité con mucho cuidado, después salí al jardín y aspiré seis rosas, dos crisantemos, trece azaleas y 54.876 pétalos de la enredadera, aunque, confidencialmente, esto último puede ser falso. Por eso soy feliz.

．．．．．．．．．．．．

—Pregúntame por qué.

—Bueno, te pregunto, ¿por qué?

—Hablando con mi autorizada palabra de Dios, debo decirte que eso se logra ignorando lo que los demás poseen.

—¿Eres feliz conmigo?

—Contigo es diferente.

—¿Diferente?

—Todo Macho Alfa debe saber decir contigo es diferente, eso se aprende de niño, en todo caso te lo voy a ilustrar de otra manera, una vez que una mujer me rechazó, argumentando que las mujeres no hacen el amor sin estar enamoradas, que los hombres no exigimos nada y esa sarta de cosas que dicen, me desconcertó, pero como yo esa noche estaba inspirado y me sentía hasta poeta se lo pedí en verso, ¿qué te parece?

—Rebuscado.

—No, no lo es, depende del momento, todos somos cursi si nos ponemos a pensar en lo que alguna vez hemos dicho bajo las sábanas. Parecen estupideces, pero a veces pueden ser brillantes.

—¿Y esa vez de los versos fue brillante?

—No puedo responderte.

—¿Por qué?

—Porque mi mujer lee a veces mis cuentos.

—¡Bahhh!

—¡Bahhh, Bahhh! Todas son iguales, los celos y el amor. ¿Has estado alguna vez enamorada?

—No, no lo sé, en realidad no me acuerdo.

—Lo sabía, nunca he podido entender la vida así, que venga un gallo cualquiera y ¡Plaf! En una película de vaqueros, la Raquel Welch, después de ser violada, dice que tomando un buen baño se le olvida. ¿Qué te parece?

—Puede ser, pero es que nunca me baño.

—Peor aún.

…………

—Bueno mi linda, mi pollona exquisita, nefasta, adúltera, etc… Me aburrí de esperarlos, te voy a operar solo, no estás asustada, espero.

—No, ¿por qué habría de estarlo? ¡Ahhhhhhhhh!

—Por favor, ahórrate los suspiros y no me hables en ese tono fatalista, lo detesto, a los pacientes así nunca los opero con anestesia local, sino bien dormiditos, para que no me aburran con sus problemas, pero ustedes son todas iguales, siempre contando historias trágicas de sus vidas.

—¿Y tú no la encuentras trágica?

—No, sólo vida, vida, así está hecha, ¿entiendes por qué soy feliz? Porque no me ando preguntando cosas, yo no inventé el mundo, yo sólo hago mi trabajo.

—Si no te conociera pensaría que eres un gallina.

—¿Y si alguien te viera? ¡Ji-ji-ji-jo-jo-jo!

—¡Cállate! eso es un secreto profesional.

—Y me lo dices a mí, bueno te decía, o no te decía aún, que hoy es mi aniversario de bodas y tengo invitados a almorzar, pero que esté apurado, mi amor, no quiere decir que lo haré mal. ¿No te importa que te diga que este tipo de operaciones no son de mi especialidad? ¿Leíste El Padrino?

—No.

—Ahí un médico explica por qué se dedica a practicar abortos, y como se repara este orificio. ¡Uy! ¡Qué grande lo tienes, emmm! ¡Emmm, y medio hediondón!

—No seas pesado.

—Ya, voy a probar la anestesia. ¿Sientes algo aquí?

—No. No siento nada, es como si hubiese perdido la cabeza.

—¡Por Dios mi amor! Si estás helada. ¿Cuántas horas te tienen con las piernas abiertas? Tienes el cuero engranujado.

—Toda la mañana.

—Es la primera vez que voy a operar sin arsenalera, son mis debilidades, ¿sabes? Mi mujer lo sospecha y por eso las odia y a mí me encantan, me encantan, ME ENCANTAN, me gusta tomarles la mano cuando me pasan el bisturí, o apoyarme en su hombro, o secarme la frente en su espalda, no necesito decirles nada.

—No me interesa.

—No me interesa, no me interesa, hablas igual que mi mujer, bueno voy a empezar. ¿Te duele?

—No.

—A la una, a las dos, a las tres… 40… 1.548… 100.001. Te voy a prestar un cuento que escribí, se llama *Cienmiluno*.

....

—¡Ey! ¿Qué pasó? Contesta.

....

—¡Oye tonta!, dime, dime algo, ¡Ah!

....

—¡ESTÁ MUERTA!

....

—Darío, tuve que ir a pedir coñac a los vecinos, no pude encontrar el nuestro. ¿Oye, qué te pasa?

—Se me murió.

—¿Quién?

—Mi paciente.

—¡Ah! Tú estabas despresando el pollo, bueno, pero apúrate que son las doce y media. ¡Oye, échame el tufo!

—¡OOOOOOOOOH!

—Tienes olor a trago, ¿tú te tomaste el coñac?

—No, es la anestesia.

—Tontito, dame un beso.

Muy buenas recetas para el "pollo al coñac" pueden encontrarse en Internet.

Comunicación preliminar

E ste tipo de trabajos presentados a los Congresos Científicos y llamados impúdicamente "comunicación preliminar" han sido siempre despreciados por mí, ya que nunca permiten llegar a conclusiones aceptables. Si ahora yo aparezco en este trance, es por un motivo bastante distinto, según pretendo explicar. Me parece apremiante que esta modesta contribución sea expuesta ahora, por el asunto ese de la vulnerabilidad, quizás sólo por eso.

Tengo los días contados. Treinta y uno incomunicado y otros tantos hospitalizado, lo cual es una manera de decir para guardar las apariencias. La premura en sí no me ha permitido corregirlo, ya que ello le haría perder su propio yo, diríamos, su dadídico.

El problema abordado comienza con el difundido concepto de la "homeostasis" de Claude Bernard, formulado para los aspectos físico-químicos corporales y pretendidos monstruosa extendición a otros parámetros.

Como una introducción histórica, cosa que siempre conservé en secreto, debería decir que yo había nacido tierra adentro y que en los primeros años no había logrado la celeridad iónica. Esto me hace recordar que una vez discutía que quizás la Virgen María no sentía en su vientre nada diferente al resto de las mujeres de su tiempo. En todo caso yo que siempre he sido reacio a los milagritos, pues creo firmemente que los fenómenos mentales pueden explicarse por la velocidad en la transferencia de información; tuve, por fin, la armónica visión de conjunto. De hecho, y no debe extrañar pues siempre lo hago, al revés de Newton, que no siempre, nótese, no siempre dormía bajo el manzano, bueno, yo estaba detenido en el Camino del Alba, en las cercanías del Observatorio. Las mentes primitantes creen que las lentes sólo aumentan las imágenes, o sea la frecuencia de luz visible, pues no, también aumentan el resto del espectro, digo esto, aunque no es la causa necesaria del fenómeno, pero es una explicación, diríamos la influencia.

Si no reí, era porque estaba solo y casi nunca lo hago, pues además es una satisfacción, pero también una responsabilidad gigantesca y no soñada. El cielo estaba lleno de agujeros, casi todos del mismo tamaño, aunque evidentemente algunos brillaban más, los luceros. Y cuanto más miraba, menos lo podía creer, tantos años mirando como tontos, construyendo aparatos enormes, y eran simples, aunque, ¡ojo!, no tan simples agujeros redondos, achicados por la distancia, se entiende, y más arriba de los hoyos, la claridad.

Me puse a estudiar todas las teorías sobre la homeostasis (equilibrio) de la célula cerebral. El máximo rendimiento se debería lograr necesariamente rompiendo el equilibrio, o sea logrando una renovación más rápida de los elementos que constituyen la célula, que como se sabe están en constante movimiento, en el sentido que salen y entran a la célula, ello es fácilmente demostrable con isótopos marcados. Porque la neurona, capaz de conservar de por vida su aspecto al microscopio, después de un tiempo, ha sido renovada en sus elementos íntimos, a través de los que llamamos el metabolismo, pero, y esa es la clave, no pierde su memoria. ¿Qué pasaría si logramos que esta entrada y salida de elementos se torne vertiginosa, el Superhombre, quizás? "Tiempo hubo en que Zaratustra proyectó su ilusión más allá del hombre".

Meses más tarde, con el cuadro claro, a costa de una profunda meditación y quizás la causa de una contagiosa influencia que me afecta especialmente el brazo, la simpleza pura y simple me hizo decidir por la experimentación. Debo recalcar que el secreto de la investigación se hizo necesariamente más riguroso, por razones obvias, de caer en malas manos, esta comunicación, que no sé cómo ha llegado a usted, sería imposible.

Permanecí varios días en el laboratorio, creo que fue la primera vez que mi esposa sospechó de mi trabajo y de seguro que fue ella quien lo envió. Supe que era espía porque no se dejaba ver, tampoco hablaba, pero estaba allí, permanentemente a mi lado queriendo captar el problema. A veces era incesante, casi tormentoso. En la duda, comencé a preguntarle, ¿cómo es el cielo, cómo es el cielo, cómo es el cielo, cómo es el cieeeeeeelo? De todas las maneras se lo pregunté. Y así supe cuál era su vicioso juego, el silencio, y empecé a reír para adentro, lo cual no es tan difícil, cuando se practica y no le hablé más; pero fue sólo por un tiempo, pues empezó a hacerse cargoso y a influirme claramente el brazo derecho. A punto de impedirme escribir a máquina. Se apoderaba de él y no me dejaba teclear y no me obedecía a mí y yo sin poder conocer aún el secreto de la comunicación.

Pero con la paciencia, una de las bases más primitantes, lo logré y fue así que Cricrí traicionó a mi mujer y fuimos y rompimos el evangelio de la biblioteca y, por ende, todos los evangelios. Llegó la hibernación, era invierno, me dijo el propio Cricrí. Yo al principio no le entendí bien, pero lo repitió y lo dejó escrito en la máquina. Tampoco se llama así, que es un nombre súper ridículo, pero lo exigía el secreto.

Por meses trabajamos junto, casi siempre en silencio, pues usábamos el vínculo "*off communication*" y nos escondíamos en el clóset, aunque creo que ya no era perceptible para los demás. Yo sabía que él me estudiaba entero, pero era para aprender más rápido. A veces se quedaba horas enteras mirándome el brazo derecho y yo lo dejaba hacer.

Cuando mi mujer, que llamaré así por eso de teñirse el pelo y porque le carga que le diga mi mujer, me traía las Clorpromazinas, yo le hacía creer que me las tomaba. Ese engaño me dio la clave, y de las muestras médicas que le regalan le saqué los diuréticos. A veces los tomaba yo, otra él, porque es de desear que ambos lo logremos. Orinábamos y orinábamos tanto para apresurar la pérdida de elementos y así renovarnos. Casi lo conseguimos, pero en todo caso nos dio la pista necesaria. Si hubiésemos tenido dinero, pero no; yo antes tenía dinero, pero mi mujer me lo debe haber escondido, que le pida lo que necesite, me dice siempre, pero yo ya conozco sus patrañas y se lo dije, y por eso llamó al médico, pero yo envié a Cri y nadie pareció advertirlo, menos el colega, que era jovencito, pues Cri no le habló, como es su costumbre y yo me divertía de lo lindo pues estábamos jugando al undostremomia con el Cri y tampoco dije nada, para no echarlo todo a perder. Entonces mi mujer contó que yo siempre escribía a máquina cuando no estaba callado y fueron a mirar, pero no sabían que nunca uso papel, pero mi mujer debería haberlo sabido porque nunca nos compra. La verdad que creo que nunca habría tenido papel si no fuera por la beca.

Dada nuestra exigua capacidad de medios la única forma posible de conseguir un efecto parecido a los diuréticos, era la diarrea, quizás era un método más rápido de perder elementos; por eso empezamos a ingerir nuestras propias deposiciones para lograrlo. A mí me pillaron y nunca he sabido cómo, que me estaba comiendo la mierda, y mi mujer, mi mujer, mi mujer que seguiré llamando así, por entrometida se puso a gritar, entonces nos sentamos en el suelo y le empezamos a gritar a todo pulmón, MI–MU–JER–MI–MU–JER–MI–MU–JER, y ella creía que era yo solo, pero el otro seguía gritando y repetía que no la mirara así, hasta que se puso a llorar y yo tuve que reírme, para adentro, porque era el Cri.

Con la beca, aquí en la Clínica, por el momento las cosas no han cambiado mucho, pero el jefe dice que tengamos paciencia y me palmotea. Yo creo que no entiende ni jota del problema, así es que se lo planteé bien claro. Ya he notado que hay otros médicos investigando y que me miran a pesar que el jefe me ha prometido que estaré incomunicado y que podría investigar tranquilo. Hay uno grueso que les dijo a los *juniors*, que se disfrazan de enfermeros, según me reveló bajo palabra de hombre el jefe, que no le hablara, pero yo le hablé para que viera que no lo temía.

En todo caso para el futuro le pediré a Cri que salga al jardín y lo observe, porque cuando vino mi mujer, que me tuvo que comprar camisas nuevas, pues todas me aprietan de tanto que he engordado sin hacer nada, yo lo envié a él y se probó las camisas y la besó de los más normal, quizás, pero sólo quizás, pues me falta la evidencia científica, estemos cerca de conseguir nuestro objetivo, por esto de que no me importe de que el Cri bese a mi mujer, mi mujer, mi mujer.

El taco roto

Cuando a unos 50 metros vio el semáforo en rojo aceleró, para, bruscamente detenerse a su lado y mirarla con el rabillo del ojo. Su pie izquierdo estaba descalzo y apoyaba sólo el dedo gordo en la solera. Dos vendedores de flores sentados en la vereda martillaban su zapato que había quebrado el taco. No lo miró nunca y los chicos tampoco. Cambiaron a verde y demoró cuanto pudo la partida.

Lo hizo lentamente, molesto, apretando los dientes, sabiendo que ella seguía ahí, sin querer percatarse que él la había observado con el rabillo y nada más, sólo de reojo.

Se detuvo en el supermercado, estacionó, y ahí se puede decir que comenzó todo, era irresistible, no pudo más y decididamente se evadió, cruzando de regreso la avenida. Tenía que pensar algo, aún debería estar allí, pero no necesitaba apresurarse, sabía este juego, a la policía podría decirle que fue a comprar flores, aunque eso era lo de menos, lo más difícil era el abordaje.

—Perdone...

Ella bajó los ojos.

—Pero... (podría saltarse todo esto e ir al grano, pero no tendría gracia) perdone, pero cuando la vi con el zapato roto, pensé, que si no le molesta... que si usted quiere, la puedo llevar en automóvil a donde va, o a su casa y se cambia el zapato (fue un error sugerir que sabía que no iba a su casa).

Como lo esperaba, ella se negó, pero en este juego tenía todo para ganar, fue paciente y cuando al final aceptó, le costó ocultar la sonrisa de triunfo. Era mucho más alta, pero también más hermosa que su primera impresión.

Hablaron muy poco, pues iba muy cerca. La tienda estaba cerrada, eso en verdad ambos lo sospechaban, por lo cual no le fue difícil convencerla de la necesidad de cambiarse el zapato.

Ella escondió el pie desnudo bajo el asiento y ahora por primera vez lo miró con alguna atención. No era lógico que después que insistió tanto para llevarla, ahora le costara entablar un diálogo. Había algo extraño en su mirada que la hacía sentirse incómoda, una mirada de acero, se le ocurrió.

—En realidad no le creo que no tenga nada qué hacer —dijo para cortar el hielo—. ¿En qué trabaja?

—Soy pistolero.

La miró con sus ojos grises, graníticos, de asesino, pensó ella con un estremecimiento, pero él se largó a reír y enrojeció por la burla, aunque debió reconocer que tenía una bella sonrisa.

—Bueno, señor pistolero...

—Adrián —la interrumpió (ese era su nombre de batalla, quizás porque le habría gustado llamarse así, a su primogénito lo quiso bautizar Adrián, pero su mujer se opuso).

—Está bien, Adrián, y además de asesinar muchachas que se suben a su auto, hace algo más, supongo.

—Un poco de todo, pero ya que no me cree, abra la guantera.

Ella obedeció, dentro había un arma.

—Ciérrela, no tenga cuidado, nunca mato desconocidas.

Entró a su departamento a cambiarse el calzado, mientras él la esperaba en el vehículo. Habían decidido que la llevaría otra vez a la tienda. Estaba desconcertada, había algo de juego peligroso en su actitud.

—Suba, Ana —mientras le abría la puerta.

—¡Oiga! ¿Quién le dijo mi nombre?

El no pareció perder la compostura. —Usted misma, ¿no lo recuerda?

—En realidad no, casi lo juraría, pero sabe, yo me puedo ir sola, me da no sé qué molestarlo.

—Mire, no tengo nada que hacer, palabra, sí le pedí que subiera (mejor decirlo así, era difícil encontrar la oportunidad)… es porque no tenía nada… tan sólo… pensamientos, ¿sabe?, hoy me han pasado tantas cosas que quería estar solo y por eso salí a dar vueltas, pero ya sé que eso me hace mal, me destruyo cuando lo hago —hizo una pausa —perdone, pero... en realidad no debería contarle.

Ahora no le cupieron dudas, era de tristeza su mirada. Era un hombre tímido, introvertido, soñador, depresivo, por algo estudiaba psicología, personalidad esquizoide típica. Por lo demás ahora le costaba ocultar las lágrimas.

—Mire Adrián... —pero se detuvo como arrepentida.

Él pensó que buscaba cómo darle énfasis a las palabras, en todo caso observó sus piernas pluscuamperfectas.

—Usted pensará que no me importa, pero lo he estado observando y sé que algo lo aflige. ¿No es así?

—Sí, un poco.

—A veces, usted sabe, desahogándose se van las penas, soy psicóloga —agregó con un orgullo que no sabía ocultar.

—¿Psicóloga?

—Casi, estoy haciendo la memoria.

Se vio interrumpido por el cuidador de automóviles y debió moverse, pues estaba obstruyendo a otro vehículo. (Ese fue siempre el motivo que le dio a su mujer para permanecer en el estacionamiento mientras ella hacía las compras). Movió el auto y volvió donde mismo, pero había perdido el hilo. ¡Ah! psicóloga, sonaba bien.

—Perdone, Adrián, pero no es justo, sólo los masoquistas, ¿sabe lo qué es? bueno, ellos se guardan los problemas para sí.

—¿Tiene novio?

—Sí —respondió rápido, enrojeciendo, pero…

—Perdone, se me ocurrió de repente, pero es que, si yo le voy a contar algo, usted también.

—Eso no tiene nada que ver, voy a ser franca, no tengo novio, ¿está conforme?

—Sí, sí, no, no, me enredo todo, pero bueno, si quiere saberlo, hace un rato encontré a mi mujer con su amante, ¿le parece suficiente?

Como si se hubiera levantado una cortina le pareció todo claro, pero, ¿para qué la pistola? —¿No querrá matarlos?

—No, no. A ellos no —se le quebró la voz.

Fue muy suave, le tomó las manos. Mírame. —¿No pensarías en el suicidio?

Él no fue capaz de contestar, era recorrido por espasmos que no podía disimular. Debió esperar que se calmara. —Ven, sécate esas lágrimas y vámonos de aquí.

Conversaron por horas, sólo cuando lo sitió francamente tranquilo le pidió que la regresara a casa, con el solemne compromiso de llamarla y reencontrarse.

Él se desvió, pasando por el parque donde la recogiera. A los chicos les compró un ramo de claveles. La despedida fue con un prolongado, aunque suave beso en los labios. La vio alejarse con su ramo rojo bajo el brazo. Entonces, sin dejar de mirarla, disparó. El impacto no alcanzó a desfigurarle el rostro, pero el cuerpo dio un salto y uno de sus zapatos quedó un metro atrás, se había quebrado otra vez un taco y los claveles quedaron esparcidos por el jardín.

—Johnny Spolozzi no mata desconocidas —suspiró tranquilo y encendió un cigarrillo.

Después con pasmosa sangre fría los vio acercarse al vehículo. La mujer se sentó a su lado y el otro se instaló atrás, lo podía oír mascando su chicle, pero demoró la partida, pues, para variar estaba bloqueado en el estacionamiento.

—¡Ey! devuélvanme mi pistola —tronó la voz infantil de su compañero, sin dejar de mascar su goma.

No vio la sonrisa del muchacho al recibir el arma, pero éste no lo pensó dos veces, la apoyó en la nuca de su hombre y disparó.

Su cabeza cayó sobre el respaldo y permaneció quieta hasta que un líquido tibio le corrió por el cuello.

Con su rostro desfigurado por el dolor intentó acercarse a la mujer, pero ésta lo rechazó con violencia.

—¡Imbécil! —le gritó—. ¿Y tú, niño, por qué hiciste eso?

—*Perche il vero Johnny Spolozzi sono io.*

—*Amore*, dime, ¿tengo la mirada de acero?

—Mirada de idiota tienes, y tú, muchacho, entrégame esa pistola, bastante tienes con un padre que te aguante todas tus travesuras—. Y sin más arrojó el juguete por la ventana.

Por fin pudo sacar el auto del supermercado y dio la vuelta para salir del parque. Y allí tan bella como la había intuido, esperando locomoción, estaba la chica del tacón roto.

—Darío, mira, la muchacha del zapato —dijo la mujer, ya olvidada de su reciente enojo.

—¿Qué cosa?

—La chica que se quebró el taco.

—¿Cuál chica?

—No te hagas el tonto, la que estaba en el parque cuando veníamos al supermercado. ¿Crees que no vi cómo la mirabas?

—*Guarda figlio.* La *mamma* está inventándonos cosas.

—*Benne.* No olvides la *omertà. Babbo.*

—Ustedes me van a volver loca, están cada día peor.

—Bueno, bueno, ¿quieres que te diga?, se llama Ana, mientras te esperaba de las compras la conocí.

—Sí, sí, seguramente la enamoraste también.

—No, pero casi, porque me aburrí y la maté.

—Por favor no sigas con tus jugarretas.

—¡Ah! no crees, ¿quieres que te lo demuestre? Te lo puedo probar, mira, ¡dime! ¿De qué color son los zapatos?

—Blancos.

—¿Y de qué color eran los del parque?

—Negros, sí eran negros —dijo la mujer palideciendo—. No lo entiendo.

—Calla papá. *La mamma non é de la Cosa Nostra.*

Pero entonces para ella también pareció levantarse una cortina y en un segundo lo comprendió todo, y volviéndose a Darío, comenzó a golpearlo entre gritos y sollozos.

—Otra vez lo hiciste, *¿perché Johnny?*

Veinte días de enero

Bajó los ojos al tablero de instrumentos, todo normal. Lo hacía cada cierto trecho, era un gesto prudente. Después lanzó la mirada al camino que ondulaba por el calor y se le perdió en el cielo limpio, la hizo arribar al lago y hasta dar unas brazadas en el agua. Abrió la ventanilla y entró una bocanada espesa de enero. Algo le molestaba y encendió la radio, parece que tocaban música de Corelli, monótona, iterativa, completamente adivinable en la secuencia de su melodía. Los niños dormían. Al comienzo pensó que estaban simulando, pero cuando pasaron los minutos y los kilómetros en silencio comprendió que echaba de menos su cotorreo y risas sin motivo.

«Si hubiera partido temprano» pensó. La aguja clavada en los 100, movió el pie del pedal pues lo sentía adolorido. Estaba fatigado por eso de tener que viajar después del mediodía. Aún no llevaba ni la mitad del camino. Si hubiera salido a las 8, ya habrían llegado al lago, habría armado la carpa, que eso era el punto número uno. Después ordenar las cosas, respirar profundo, aire sin *smog*, que eso necesitaba, igual que los niños, aire puro.

¡Por Dios que le toca rabiar a uno! Tenía todo listo, el Flaco le había enseñado a armar la carpa, se demoró un poco y cuando pasó a despedirse de Eugenia no estaba, no quiso esperarla, pues quería acostarse luego para salir temprano al día siguiente. Él era organizado. ¿Y qué tenía de malo? Pero ella tuvo la dichosa idea de aparecerse en el departamento, justo cuando iba a partir.

Apoyada en la puerta parecía la paloma de la paz, suave, sonriente, con sus tacones gigantes que la hacían verse más alta que él. Fumaba con una lentitud exasperante y no se sacaba los inmensos lentes oscuros, paseaba a grandes zancadas, con sus piernas largas, tostadas y tan largas y entre cada bocanada buscaba la palabra, él lo sabía, la palabra para poder empezar. Con su ronrroneo felino preparaba la guerra. Él se agachaba por enésima vez y repetía a media voz, para no parecer mudo, y revisaba, sabiendo que en verdad no revisaba, sus bultos y sacaba la lista de las cosas que llevaba y esperaba y esperaba que se decidiera de una vez por todas a hablar, que le soltara todos los gritos que llevaba preparados, pero a cada momento que levantaba la cabeza la encontraba más sonriente y ya estaba por decirle, bueno, mi amor, tengo que irme, se me hace tarde, para desencadenar todo pronto. Pero decidió esperar que comenzara ella y fue así que se sentó en un sillón y encendió un cigarrillo y Eugenia le pidió uno. Entonces cuando le arrimó el fuego se miraron a los ojos, un instante, y eso habría bastado, porque se lo dijeron todo, pero no fue así, y él no tuvo más que sonreír, con los labios, con la boca, con las mejillas, con las orejas, con el pelo, le sonrió. Pero sus ojos sólo la miraron y le repitieron todo otra vez, recorrieron enero, el hastío, la necesidad. Eugenia lo entendió, pero no estaba la palabra, la bendita, la necesitada palabra. Eugenia hizo silencio y él una tosecita con un carraspeo: —Va a estar caluroso enero.

—Sí —contestó con un suspiro lento, pegajoso, que lo quería atrapar y que también quiso serlo todo. Entonces vencido se levantó y aplastó el cigarro con la lentitud de su suspiro y cerrando los ojos, inclinado sobre su cabeza, la besó, tratando de ser natural, insinuando la lengua entre sus dientes. Ella le abrió la camisa y empezó a morderlo suave. No tenía escapatoria, levantó el brazo izquierdo, ya eran más de la nueve y con el brazo le rodeó el cuello y la tomó entera, con su boca reseca y subió por sus piernas largas y tan suaves y tan largas y morenas. La desnudó sin demostrarle su prisa, su falta de deseo, tratando de no herirla con su inquietud, con su enojo. Cada segundo era una gota espesa de alquitrán atascándose montaña abajo. Sus pechos los percibió más duros y firmes, la sintió agitarse como nunca, pero sabía que todo era parte de la comedia, de lo que llevaba preparado, traía todo aprendido, todo era adivinable, un sonido tras otro. —Como la música de Corelli —exclamó en voz alta y avergonzado apagó la radio.

Los niños habían despertado, venían en traje de baño. Estaban tostados por el sol. Seguro que su madre los había llevado a la piscina.

Lo traía preocupado el marcador de temperatura y le dio unos golpecitos. Parecía que el motor se hubiera recalentado, aunque el termómetro no lo consignaba. —Capaz que fundiera el auto por viajar con tanto calor —y siguió conduciendo con temor. Disminuyó un poco la velocidad.

—Ey, cállense un poco, algo anda mal —continuó con la cabeza inclinada y los párpados a medio cerrar para oír mejor, pero todo seguía igual y no pudo más. Se detuvo. No se atrevía a cortar el motor por si después no partía. Al fin se decidió y lo hizo y fue y levantó la tapa y no estaba caliente y tocó el radiador con la punta de los dedos, como se toca la plancha eléctrica, como la tocaba la Susana chupándose los dedos. Sacó la varilla del aceite, por suerte había lavado el motor y no se ensució.

—Bueno más vale prevenir que curar —masculló, pero le incomodó el sentirse tonto y le dio unos tirones a los bultos amarrados sobre la parrilla y todo estaba en orden. El maldito orden.

—Todo bien —les gritó exageradamente alegre a los chicos, pero no lo escucharon, jugaban. Antes de una hora llegarían al cruce, miró el reloj, aún era temprano.

Empuñó con fuerzas el volante, con más fuerzas que las necesarias, debido a las rabias acumuladas desde la mañana, por años, no, por años no, lo otro no tenía nada que ver, tampoco era con Susana, era consigo mismo. Nunca le había guardado rencor, después de todo se llevaban bien, mejor que de casados. Pero en la mañana cuando pasó tarde a buscar a los niños, ella lo miró con reproche; —él que nunca se atrasa —quiso decirle, lo adivinó en su mirada —los niños ya estaban inquietos —tan sólo eso dijo, pero era suficiente. Tuvo que mentirle como si todavía fuera su mujer. ¡Por la mierda! Apretó el volante, pero no aumentó la velocidad, jamás pasaba de los cien.

El desvío desde la carretera era pésimo, había que manejar con cuidado, esquivando hoyos. Los chicos se habían puesto inquietos, inquietos como dijera Susana, como dijo en la mañana cuando lo miró. Pero él no los retaba, no lo hacía nunca, ya que los veía tan poco, sólo los domingos. En las vacaciones se puede decir que los veía, porque los domingos eran tan breves, tan impersonales, tan forzados. Y ese era otro de los motivos de discusión con Eugenia, el más importante. Al comienzo, y por mucho tiempo, ella no dejaba siquiera que le nombrara algo de su pasado, y cuando lo olvidaba le demostraba su rencor de todas las maneras que sabía hacerlo, pero después cuando los chicos empezaron a ocupar sus domingos, sus domingos de parques, de carruseles, de revistas de historietas y golosinas, también quiso meter ahí sus manos de dedos y uñas largas, tan bien cuidadas y peligrosamente filosas. Pero eso no lo permitiría nunca, y al principio con habilidad, después con guerras de silencios tensos y miradas vacías, se fueron dando encontronazos mitigados por la pasión, temerosos ambos de reconocer la incapacidad de ser sinceros, él de señalarle que se avergonzaba, que no le era posible presentarla a sus hijos o que ellos sospecharan siquiera la existencia de otra mujer. Quizás cuando fueran más grandes y comprendieran, por ahora era tan difícil, imposible. —¿Cómo decírselo? —tendría que estar loco. —¿Cuándo, en un carrusel el domingo?—. Eso le quiso manifestar en la mañana cuando hicieron el amor y trató que no se notara su apuro y actuaba como una computadora programada para excitarla y realizar las caricias que a ella le gustaban. Pero Eugenia lo sabía, por eso fue una batalla de computadoras. Ella con sus piernas largas que sabían sorberlo, disolverlo, extenuarlo con sus espasmos y que hasta le había sacado el reloj de la muñeca y colocado lejos de su posible mirada, igual como él la ponía lejos de sus hijos y de Susana. Quizás por eso le mintió a Susana, porque le daba vergüenza, quizás porque ella no tenía otro compañero. —¿Por qué no se habrá conseguido otro hombre, cuando aún era joven?—. Si ella lo hiciera primero, quizás él después, porque sin dudas a la Eugenia la quería.

El sol ya iba a meterse tras los cerros. Iban cruzando un bosque y la luz se filtraba en manojos por entre el follaje, el suelo se sentía más blando y húmedo, el aire más suave y los niños parecían oliscar cada sombra esperando que el lago apareciera por fin después de algún recodo. Cuando llegaron, el cansancio había desaparecido por encanto.

El 15, ese era su sitio. Le ofrecieron ayuda que rechazó con suavidad, incómodo. Punto número uno, repasó *in mente*, la carpa. Desató los bultos de la parrilla y fue, con orden, colocándolos en el suelo, después analizó el terreno, retiró hojas y una que otra piedra. Se sobó las manos, listas para la acción. Por momentos se sentía observado, como si los que pasaban lo hicieran más lento para examinarlo entero, su carpa, el auto, los niños. La cara se le había enrojecido. —¡Tan duro que estaba el suelo, estaca desgraciada!—. Seguía martillando, mientras los niños parados a escasos dos metros lo miraban esperando órdenes, que se alzara la carpa, la función, el veraneo, las vacaciones, para que comenzara enero, pues aún no empezaba. Estaban inquietos, como dijera la Susana cuando lo miró. —¡Mierda, se quebró la estaca! —se paró con las manos apoyadas en los riñones, deseaba patear el suelo. Los chicos se mantenían silenciosos.

—Vayan a jugar, el papá se las arregla solo, ¡Ey, esperen, no se vayan muy lejos!—. Dio dos pasos cortos, pero enérgicos, pateando alrededor del desastre. Punto número uno, recordó otra vez. Parecía una burla, la carpa, la maldita carpa. ¿Cómo se reiría la Eugenia? Ella que siempre lo había visto en un sofá, tomándose un helado, muy helado aperitivo. Le parecía verla riendo, bebiéndose de un solo trago el vaso que apretaba en sus manos de dedos largos, tan largos y flexibles. —Calma, calma—. Encendió un cigarrillo, cuyo tamaño observaba después de cada piteada, esperando que se consumiera pronto, para recomenzar la labor. Quedaba poco sol. ¿Qué se creerá la Eugenia, que él no sirve para esto? Y con cierto placer la recordó llorando. La primera vez había sido hace años, cuando se compró el auto, la Eugenia nunca lloraba, era dura, tensa, era como un alambre retorcido y brillante, como un resorte nuevo, muy firme.

Andrés y Gonzalo estaban de regreso, venían con un chico, como antiguos amigos y los tres se pararon a unos pasos sin abrir la, boca, pero se le ocurrió que lo desaprobaban. Gonzalo más decidido se dirigió a él —Este es Gustavo—. Después, Andrés tomó la estaca quebrada para mostrarla a su amigo: —¿Ves?—. Nada más pensó con rabia, cuando el sol lo saludaba con un adiós. Gustavo se acercó: —¿Le ayudo, señor?—. ¡Estúpido!, no tenía para qué darle explicaciones, desde hace rato quería hacerlo; revoloteaba por ahí en espera que él rompiera un fierro o se martillara un dedo. —Bueno, gracias, porque ya va a oscurecer, —esbozó una sonrisa, levantando los ojos para señalar el sol, pero el sol ya no estaba. Sentía las orejas ardientes y hubiera querido suspirar como la Eugenia, pero no lo hizo y ayudó a levantar la carpa, que Gustavo ya casi tenía en pie.

—¿Cómo no se les ocurrirá apagar esa cosa?—. La carpa era traspasada por la luz de un farol y no se podía dormir allí dentro. Se daba vueltas, o más bien medias vueltas, en el angosto catre plegable. Del exterior llegaba un coro de voces, de risas, de ruidos, que cantaban, gritaban, reían, pateaban, saltaban y bailaban, pero no dormían, no dormían. —¿Por qué no duermen estas bestias?—. Eran pasadas las doce y media, sentía las piernas hinchadas, cansadas, como estacas, sin saber cómo ponerlas en la cama, en la cosa ésa. Los niños, ellos podían, dormían tranquilos, Andrés roncaba, nunca se había imaginado que los niños roncaran, él también lo hacía, decía la Eugenia.

Algunos vecinos les habían regalado frutas a los niños, a pesar que reclamó que tenían, que en alguna parte venían. No lo dejaron. Eran hostigosos, sobre todo una mujer flaca muy tostada, con el pelo teñido a manchones, con unos pantalones verdes espantosos y chaleco lila, que parece comandaba el grupo, porque era la más vieja, había dicho ella misma riendo, y él le creyó porque tenía todos los dientes postizos, todos los de arriba, pensó con odio, por entrometida. Lo saludaron unas personas feas y gordas y flacas y hombres sin afeitarse y todos con alpargatas y los pies sucios. —No te imagino metida en una carpa —le había gritado—. Y después más suave, para arreglar las cosas, —nos vamos los dos solos a la hostería, o al casino como a ti te gusta—. Pero Eugenia lloraba y había perdido su tensión de alambre nuevo, después de haberle gritado por largo rato mortificándolo con su violencia. Se había achicado, casi desaparecido, tan pequeña se veía, desnuda, en un rincón de la cama. Toda su máquina computadora estaba arruinada por las lágrimas en ríos de cosméticos. Buscaba sus calzones y él quería que lo hiciera pronto, para poder vestirse. Era mejor que ella lo hiciese primero y a hurtadillas miró el reloj. Eran casi las once y media. Callado esperó que pasara la tormenta, que se aburriera. Después la llevaría a la hostería unos días y se le olvidaría todo. En realidad, que se veía más chica la Eugenia con alpargatas y quizás por qué la imaginó con los pantalones verdes de la vieja de lila. Suspiró, apagando el cigarrillo.

Lo despertó el silencio. Tenía un extraño sabor la quietud, aún faltaba para las siete, pero un tremendo dolor de espalda lo obligó a dejar la cama. Estaba oscuro bajo la arboleda, sólo se percibían leves susurros, como insectos laborando o pájaros desperezándose entre las sábanas. Buscó el farol que tanto le molestaba. Estaba apagado.

En la playa, al mediodía, los chicos jugaban a la pelota, allá lejos, donde se apiñaba toda la gente. Él, sentado en una silla de lona, con gafas y sombrero de paja, leía el periódico, pero no encontrando nada interesante lo tiró a un lado. Eugenia lo habría atrapado antes de caer y después comenzaría a preguntar —municipio filipino, dios asirio, felicidad con cuatro letras, ¿estás durmiendo, Darío?—. Oscurecía tarde. Por suerte ahora dormía mejor, pues Gustavo, encaramado en un árbol, había soltado la maldita ampolleta. A esa hora comenzaba a tomar vida el campamento, que en el día era silencioso, ya que todos partían a la playa o de excursión. Los niños le pidieron pasear a caballo, les prometió que después, pero lo había olvidado, hasta que los vio aparecer, a Gonzalo abrazado a la cintura de Gustavo y a Andrés de una muchacha. Lo saludaron desde una loma, alzó la mano y quiso reprocharles el no haberlo esperado, pero no le dieron tiempo, desapareciendo con un trotecito lento, que mezclaba el polvillo de los cascos y sus risas de niños con su mirada dolida.

Los atardeceres eran solitarios, se paseaba fumando bajo los eucaliptus llenos de rumores, arrastrando los pies sobre las hojas, pues gustaba de ese sonido, sintiendo que tenía la necesidad de hacer algo, cuando, aunque pensaba, no se le ocurría nada.

Eugenia le habría podido ayudar, intuía, siempre adivinaba todo lo que quería, él no, con frecuencia lo sorprendía, se arrancaba de sus esquemas mentales, como cuando se compró su primer auto y llegó tan orgullosa a mostrárselo y él la hizo llorar, sin querer, por hacerle una broma. Nunca antes la había visto llorar y lloraba tan en serio la Eugenia que lo desesperaba. Fue hace como dos años, no recordaba los detalles, pero él dijo algo así: ahora con el auto nuevo puedes conquistar a otro hombre. Lógico, no quería insultarla, pero para su sorpresa, se puso a llorar y a gritarle enfurecida: —¿Crees que lo único que le interesa a una es la cama? —y otra sarta de cosas le gritó en medio de sus sollozos. Se había acurrucado en un sillón y él no sabía qué hacer. —Yo también he deseado ser como otras mujeres y tener hijos, tener hijos —le decía entre pucheros. Le levantó la cabeza y tenía el rostro como una niña pobre, se acercó para besarla. Le besó las lágrimas y la Eugenia se agarró de él con mucha ternura, pero siguió gimoteando por horas. —Pobrecita, ¿cómo hacerlo?

Los niños no estaban en la carpa, bueno, que nunca estaban. Se pasaban todo el día con sus nuevos amigos. Pero ahora era tarde y decidió buscarlos. Pasó entre las carpas preguntando por sus hijos para identificarse. Hasta que se halló con la mujer de los pantalones verdes. —¡Ah!, es usted, están bailando los chicos, déjelos, es temprano y por lo además aquí no puede pasarles nada—. Se quedó un segundo, un pequeño segundo, reflexionando, y ella lo tomó del brazo. —Pase, pase usted, hombre, Darío, ¿no? Tómese un trago con nosotros—. Le pasaron un vaso de vino con duraznos y los hombres se pararon de la mesita improvisada para hacerle un lugar y sin darse cuenta estaba sentado, tocándose los codos con los otros. —Está rico, muy helado, hacía días que no me tomaba un trago. —Mal hecho —le reprochó la mujer y le llenó otra vez el vaso, mientras lo cambiaban de silla y le asignaban una pareja para el Dominó. Reclamó que casi no se acordaba del juego, lo cual no tenía importancia le respondieron y se tomó otro trago porque estaba rico. Su compañero era un viejo de bigotes blancos, igual a los generales de las películas del Oeste. Pero el hombre dijo que era jubilado de los ferrocarriles y rió con la comparación y todos reían. Reían tan fuerte como en sus noches de insomnio.

—Bueno. ¿Y se ha acostumbrado a dormir en el suelo? —se limitó a sonreír, le dio vergüenza reconocer que dormía en el catre plegable.

—Yo todavía no puedo —replicó un hombre joven —duelen todos los huesos, por eso me tomo unos buenos guarisnaques antes de acostarme.

Entonces recordó que las últimas noches había tenido que tomar tabletas para dormir. Ganaron el dominó y cuando se puso de pie, tenía las piernas tullidas y estaba un poco embriagado. Partieron a buscar a los chicos. Andrés bailaba, mientras Gonzalito miraba sentado, pero se paró de un salto y corrió a sus brazos. Tenía la cabeza despeinada y sudorosa. Pronto se les unió Andrés y todos se largaron a reír porque a él le dio hipo y en medio de un ¡Hip!, la de verde le gritó: —Baila, Darío, eso hace bien —y Gonzalo lo tironeaba: —Baila, papá, ¿ya, papá?—. Lo dejaron frente a una chica sonriente, de pantalones y cabello corto. Le iba a pedir que bailaran, pero ella ya lo hacía, levantando sus brazos entonando la letra de la canción. Apenas la miraba, preocupado de no perder el paso: —Hace mucho que no bailaba, éstos no son ritmos de mi tiempo —dijo para disculparse. Ella lo examinó entero, le miró los pies: —Bailai muy bien, ¿sabís? —y terminó el disco, pero sin intervalo vino otro y otro y siguieron saltando. Sentía que agarraba el ritmo y se atrevió incluso a levantar los brazos, hasta que se le salió un hipo y volvieron a reír. —Tú, ¿qué hacís? —la chica lo sorprendió. —Bailar, eso trato, por lo menos —pensó algo enojado, cuando comprendió, —soy arquitecto.

En la noche, deliberadamente, no tomó tabletas y se dejó caer vestido en el catrecito.

—¿Qué quieres ser cuando grande, Andrés?

—Arquitecto también —respondió entusiasmado —mi mamá dice que soy bueno para el dibujo.

Gonzalo quería ser buzo, lo que despertó la risa de él y de Andrés. —Es para comer hartos erizos se defendía el más chico.

—Mañana los voy a llevar a comer al hotel y andar a caballo y a todo lo que quieran —les ofreció con una emoción que atribuyó al vinito con duraznos.

Se levantó y sacó la cabeza fuera de la carpa para refrescarse. La sentía pesada. Era tarde, sólo se escuchaba el croar de los grillos. —¡No! Las ranas croan —se reía solo. Salió a caminar, pero al momento se devolvió a cerrar la carpa, la noche estaba fresca. Tenía una grata sensación en el pecho o por ahí. Encontraba divertido lo del buzo. —¿Por qué se te ocurrió ser arquitecto? —le había preguntado una vez la Eugenia.

—No sé, pienso que también podría haber sido médico, me gustaba estudiar—. La pobre Eugenia. Volvió a recordar su llanto, lo entristeció como nunca y se le salió un hipo.

Esa vez del auto, cuando él le besó las mejillas para consolarla, en la noche, después de hacer el amor, ella trataba de explicarse, le contó que cuando era muchacha se enamoró de un compañero de oficina, que era casado y mayor, fueron amantes por cinco años, con algunas separaciones de por medio. —Tenía dos niños, como tú, y por su culpa no quise casarme con otro, y perdí mi vida como idiota a su lado, cuando me quería sólo para la cama, hasta que, bueno, cosas de niña chica supongo, dejé de tomar tabletas y me quedé embarazada, pero Rodolfo, así se llamaba, Rodolfo no quiso dejar a su esposa, y entonces me asusté y me hice un aborto. Pero con eso le hice la cruz para siempre, como debería hacértela a ti —le dijo, santiguándole el índice por los labios y después besándolo. —Te quiero, Eugenia —dijo en voz alta, pasándose la lengua por los labios y otra vez el hipo.

Algunas carpas aún estaban encendidas y se acercó distraído. Vio una silueta a contraluz, detrás de la tela. Contuvo el aliento, se desnudaba. Era una mujer, lo sabía a pesar que la cabeza se confundía en la sombra del techo. Se sacaba los pantalones, distinguió sus senos erguidos bailotear en el género y después como se colocaba un camisón. Era el sitio nueve, por algún motivo se preocupó de memorizarlo, y se quedó estático con la visión de la cintura y las piernas, a pesar que la lámpara ya se había apagado.

Por la mañana se había instalado en la playa junto a todos. Conversaba con el jubilado de bigotes blancos.

Un rato después estaba pateando una pelota, una vez a Andrés, otra a Gonzalo. Lo hacía con toda su fuerza. Ellos atajaban lanzándose al suelo y se veían tan felices que no sabía cómo detener el juego a pesar de estar rendido de cansancio. Cuando no pudo más se tiró en una silla.

Una chica se había quedado jugando con el balón, al momento de devolverlo lo saludó con toda familiaridad. —Hola, Darío—. Era la chica con la que había bailado. Ella se tendió con el vientre hacia la arena, apoyándose en los codos. Tenía el rostro muy cerca, veía sus ojos claros, el pelo castaño corto y el nacimiento blanco de sus senos contrastando con la piel bronceada. Cuando alguien denunció que era del sitio nueve, el recuerdo lo hizo enrojecer.

Fueron a almorzar al hotel. Les convidó vino, un poquito, aunque Gonzalo reclamó que la mamá siempre les daba. Entonces simuló un gesto de sorpresa, moviendo la cabeza sin decir nada, pero llenándoles un poco más los vasos, sintiendo que se inundaba el suyo, que se rebasaba, que estaba listo, que era el camino. Los chicos reían y él casi lograba hacerlo, sólo faltaba un poco para poder desconectar la inflexible computadora y dejarse arrastrar por la alegría, como cuando la Eugenia perdió la compostura y se largó a gritar a todo pulmón.

Los caballos lo asustaron siempre, por eso demoró mucho en ajustarle los estribos, sobre todo a Gonzalo que era el menor. El hombre lo miraba aburrido y desconfiado. Le repetía que no tuviera cuidado, que eran muy mansos. Cabalgaron por un camino que bordeaba el lago, por un estero, pero siempre con cuidado, que tuvieran cuidado. Con cierto disimulo quiso pasar por el campamento. Ya iba a enfilar por el sendero de las carpas, cuando descubrió que la buscaba, quería verla, que sobre todo la chica lo viera. Miró su carpa, pero el campamento estaba vacío; entonces con brusquedad tiró de las riendas y giró hacia la playa. Los chicos se habían quedado un poco atrasados. Detuvo el caballo sobre ella.

—¡Hola! —la saludó y se dio cuenta de que no sabía su nombre. —¡Hola, nueve! —repitió. La muchacha se paró de un salto, radiante. No le cupo dudas de que le agradó.

La vio con su bikini minúsculo parada a su lado, acariciando el pescuezo del animal. Pasaron los segundos y no sabía cómo convidarla, pero no se movió, entonces ella lo tiró suave del pantalón: —Llévame.

Partió bastante aturdido. La sabía a horcajadas con sus piernas desnudas sobre la piel sudorosa del animal y sus manos en la montura. Se alejó por el sendero del bosque, sin hablar y cuando llegaron a un claro, escuchando aún los murmullos de la playa. —Vamos a galopar, afírmate —ya lo sabía, ya lo esperaba, ella lo rodeó por la cintura, sintió el sostén clavarse en la espalda y el mentón cerca de la nuca. Estaba excitado.

Detuvo el galope y puso sus manos sobre las de ella girando la cabeza: —No me atrevía a invitarte.

Tenía la camisa sucia y buscaba su chaleco blanco. La ensució en la tarde cuando iban a entrar en la carpa. Caminaba abrazado a los niños, Andrés ya le pasaba el, hombro y Gonzalo casi le llegaba a la axila. Sin anunciarlo, los soltó, dio unos pasos atrás, mientras ellos giraban sorprendidos: —¡Pum pum! —se llevó las manos a la cintura, desenfundó con rapidez y les disparó. Andrés comprendió y —¡Pin! —respondió con el índice estirado.

El cayó de rodillas simulando dolor, Gonzalo entonces se acercó para rematarlo. Cayó suave sobre la tierra y permaneció con los ojos cerrados, muerto. Así se ensució la camisa y -¡por fin!- encontró el chaleco blanco que le había regalado la Eugenia, la recordó fugazmente. Los niños corrieron a colgarse de sus brazos. —¿No van a ir a bailar? —les dijo, mirando los trozos de cielo. —Hoy no hacen baile —bajó la mirada con desencanto. Sintió que Andrés lo escudriñaba y dieron un paseo breve entre las hojas y los troncos y las raíces y las piedras y los desperdicios y había que levantar los pies para no tropezar.

—Pero todos van al hotel —aclaró Gonzalo y los zapatos sonaban entre las hojas. —Sí, sí —carraspeó su garganta y la brisa susurraba algo al oído. —¿Quieren ir al hotel, niños?—. Sabía que sí, que sí querían, pero antes de subirse al auto se fue a los baños y pasó a la carrera por su carpa. Estaba vacía.

La mesa que tomaron estaba alejada del redondel. La había visto al entrar, también con chaleco blanco, bailaba. —¿Te la llamo a la Ana, papá? —dijo Andrés y el tamborileaba sobre la mesa e imperceptiblemente sus dedos se detuvieron, se pusieron tensos, pero siguieron golpeando. Se demoró en afirmar y al unísono ambos se pararon y las sillas chillaron en las baldosas. Los vio perderse entre la gente y a ella detenerse y saludarlo con la mano en alto.

Aquí los ritmos eran más lentos y las parejas se enlazaban. La tomó de la cintura, no sabía cómo hacerlo, la sentía frágil, sabiendo que la computadora le dirigía todos los movimientos, la presión de la mano, los pies y hasta el aliento.

—¿Por qué no te has vuelto a casar?—. Lo tomó absolutamente de sorpresa, sin embargo, resultaba tonto preguntarle cómo sabía tanto de su vida. Ana respondió sola: —Andrés habla montones de ti, te admira montones.

—Quizás algún día —dijo alargando las sílabas y notó que le había dado un tono melodramático a su voz y la computadora en el cerebro le señaló que debía apretarla un poco más. No se equivocaba, pues ella también lo hizo. La tenía rodeada por la cintura y Ana colgaba de su cuello. Aquí todos bailaban así. De regreso Gonzalo dormía y Ana a su lado le traspasaba la tibieza de sus piernas.

En la noche salió a dar un paseo, pero esquivó su carpa, le daba vergüenza.

Partieron los cuatro a la playa. Preguntó a Andrés por qué no usaban los flotadores que les había regalado. Andrés calló, pero Gonzalo reclamó que eran para guaguas y que habrían preferido aletas y gafas de bucear, porque cuando la mamá les enseñó a nadar se las prometió, pero parece que eran muy caras. Les dijo que irían al pueblo a comprar unas y se alejó nadando con Ana hacia la balsa. Llegó al borde jadeando, ella venía apenas un metro atrás. Con el pelo mojado parecía una niña, como Andrés, pero sus senos se veían albos en el agua y sus piernas se tocaban por momentos. Ana se encaramó con agilidad, a él le costó subirse. La orilla se veía lejana. A los niños no los distinguía. Estuvieron tendidos sobre la balsa mojada, con el mentón apoyado en las manos cruzadas, tocándose ligeramente con los codos. Cerró los ojos, necesitaba pensar, pero lo único que se le ocurrió fue en cómo Susana les enseñó a nadar a los niños, cuando no la recordaba en traje de baño siquiera. Ana se puso de pie. —Vamos o no vas a alcanzar a ir al pueblo.

Ana los acompañó. Llevaba una falda muy corta, iban los cuatro en el asiento delantero. Ella, pegada a él, empezó a cantar y los niños la seguían. Parecen hermanos, se le pasó por la mente.

—¿Tú no cantas?

—No, nunca, no me sé ninguna.

—Vamos. Canta, mira, el perro de mi tía tiene una terrible tos…

Iba a hacerlo, pero le daba risa, le salía la voz ronca, finalmente lo logró, aunque en verdad su voz era apenas audible.

En la tienda se compró unas alpargatas, pero se negó a probárselas, en realidad dudaba si sería capaz de usarlas.

Los niños corrían delante, querían estrenar pronto sus aletas nuevas. Ana lo tomó del brazo. Caminaban lentamente, haciendo sonar los pies en el maicillo. Él tomó su mano y cruzados los dedos siguieron la marcha.

—¿Qué edad tienes, Darío?

—Treinta y cinco —respondió, quitándose uno. Y dieron unos pasos y unos pasos más y él quería saber la suya, aunque fuera por curiosidad, parecía lógico y sintió que unas piedrecitas se metieron en su zapato y se fue pisando con un sólo lado y las manos cruzadas se balanceaban y se escuchaba crujir su falda corta rozándole las piernas y sus pisadas y todas las pisadas se escuchaban.

—Yo tengo catorce, pero cumplo quince luego, en Septiembre.

Escuchó sus palabras con el dolor sorprendente de un hachazo, como la campana escucha su propio badajo y el tañido le queda sonando. No detuvo el paso, pero sí el balanceo de la mano y algo más, algo más se detuvo, en el pecho, en la boca del estómago, algo no precisable.

—¿Era una burla?—. Pero sin necesidad de mirarla se dio cuenta de que era perfectamente posible. Pero él la creía mayor, mucho mayor, nunca lo había pensado siquiera. Y eso fue lo que se detuvo, el pensamiento, el cerebro, la computadora se detuvo un instante para mostrarle todo.

De veinte, de dieciocho a lo sumo, sí, eso había imaginado, pero en realidad no lo había pensado y cerró los ojos con fuerzas, un instante, tan sólo un instante, para despertar y volver a escuchar, catorce, —¡Dios mío! —y le dio rabia, una ira inmensa, hubiera querido soltarla y darle de azotes. —¡Chiquilla de mierda! —pero ella se soltó y partió corriendo a juntarse con los chicos. No alcanzó a decir una palabra.

Tenía una mano bajo la nuca, con la otra sostenía un cigarrillo, estaba quieto, muy quieto sobre su catre estrecho, la mirada cerca, muy cerca, ahí en la tela paseándose por sus poros y costuras. No quiso ir a la playa. No podía, no sabía. Los chicos partieron apesadumbrados, querían lucirse con sus aletas nuevas, y que él los viera, como cuando él entró al campamento para ser observado por Ana.

El humo se disolvía con lentitud, las volutas se enroscaban y de repente eran atraídas por la abertura de la carpa y escapan afuera velozmente. Entonces pensó en irse, desarmar todo y partir, no saber nunca más de nada. Le sonaban sus pies en el suelo saliendo del hotel, le sonaban sus manos entrecruzadas —yo tengo catorce —era la voz de la Eugenia hablando en falsete. —¡Estúpida mocosa!—. La felicidad, suspiró y buscaba las palabras adecuadas, la felicidad se vive sólo como recuerdo, es breve. La felicidad es apenas un parpadeo de la angustia, hilvanó, por último, pero de inmediato le pareció falso, él no era un neurótico angustiado. Sabía vivir, nunca tenía preocupaciones, sólo que los demás querían a veces meterlo, introducirlo en sus problemas y veía a Gretel empujando a la bruja al horno y reírse frotándose las manos, pero él no se dejaría hacer, sabía defenderse y continuar su camino sin inmutarse. La Eugenia también era equilibrada, se amoldaba bien a él, a su vida, a sus gustos, entonces... —¿Para qué, por qué, por qué mierda?—. Pero ella lo había buscado, él no había hecho nada en realidad, lo había abrazado de la cintura cuando lo del caballo y se dejó hacer. Pero, —¿cómo iba a saberlo?—. La felicidad era un galope por el bosque y el resto basura, la basura de siempre, sólo que nos acostumbramos a su olor. Por eso el montón de tarados se arranca y se viene a meter a estos cochinos y estúpidos *camping* a dormir mal, a comer agachados sobre unos ladrillos. Por eso en las noches me pego unos buenos tragos, le había dicho el otro hombre. Pero él no, él no venía buscando un paseo a caballo con una mocosa, él venía por otra cosa y pensaba y no se le ocurría, pero sabía que había otro motivo, por último, los niños necesitaban sol y aire puro.

—Catorce, —pero qué estúpido, no darse cuenta cuando al borde de la balsa tenía el pelo mojado y se veía tan pequeña, entonces lo debió adivinar y cuando le preguntó "¿Tú qué hacís?", ahí debió saber que hablaban otro idioma. Estos no son ritmos de mi tiempo, se había disculpado, pero lo trató de hacer bien, por orgullo y hasta se atrevió a levantar los brazos como ella lo hacía al bailar. —¿Y para qué tenías que decírmelo, Ana? —yo quizás no te lo habría preguntado.

Se paseaba en los dos metros de la carpa, no se atrevía a salir para no encontrarla. Había inventado que le dolía la cabeza, que quizás bajaría más tarde. Apretó los puños, bueno, total nada había pasado, podría hacerse el tonto y demostrarle que era un hombre hecho y derecho, que no le interesaba, que la trataba como a una hija más, hasta podría contarle de Eugenia o incluso invitar a Eugenia por unos días y pasearse delante de ella abrazado con la Eugenia, la Eugenia que era tan mujer. Sólo le pesaba cuando en el caballo le había dicho con complicidad "no me atrevía a convidarte" lo demás hasta podría ser casual, ella lo podría haber mal interpretado o quizás él mismo estaba equivocado y eran cosas de niña, eran sus juegos. Todo había sido un sueño estúpido, se había dejado seducir por el encanto del lago, del aire, de una sombra, de su sombra proyectándose en la tela de la carpa. Se la imaginó desnuda en su departamento, arrinconada, avergonzada, como la Eugenia cuando lloraba y también parecía una niña con la cara sucia, pero la Eugenia era firme, tensa. Con Ana no se habría atrevido a desnudarse, como cuando se ponía el traje de baño delante de los niños y se tornaba un poco a la pared. Los oyó regresar y se acostó. En verdad que le dolía la cabeza, se sentía enfermo, todo le dolía.

Estaban muy entusiasmados con los anteojos de buceo. Andrés dijo que también le gustaría ser hombre rana además de arquitecto. Por un momento olvidó todo y se había sentado en la cama, cuando apareció Ana. Quería saber cómo se sentía, si iban a ir a bailar. Le contestó que no, malhumorado, y Ana se quedó un rato sentada a su lado balanceando las piernas. —Estai pesaíto —había sido su despedida, pero así y todo le pareció cariñosa.

En la noche paseó hasta tarde por el bosque, pateando, haciendo planes descabellados. —Estái pesaíto.

—¡Mocosa de mierda! —era lo único que se le ocurría, pero lo había notado, eso era lo que él quería, que se diera cuenta que no le interesaba. En septiembre cumplía quince, sus quince años, era virgo como él. La Eugenia que era aficionada a los horóscopos le habría dicho que los virgos se llevan bien entre sí, y mal con los sagitarios, que ella lo era, ¡Ay, si supiera! —¿Por qué no crees en los horóscopos, Darío, estás durmiendo?

Se fue decidido a instalarse con un grupo de hombres. No se había puesto el traje de baño para no meterse al agua. A los chicos los vio con sus equipos desde lejos. La había tenido que saludar con la mano y se sentó rápido escondido en un grupo. El viejo general de los ferrocarriles se había marchado, a los otros no los conocía bien, pero trató de ser amable, hablando cosas intrascendentes. Ana, que jugaba con los niños, se había colocado los anteojos de bucear, se la escuchaba reír.

—Graciosa la chica. ¿Es suya también?—. Enrojeció. Sintió que no podía quedarse allí, a los niños les gritó que volvía a la carpa, que tuvieran cuidado.

Ana regresaba nadando desde la balsa, la escuchó gritarle que la esperara, pero corrió.

Se sentía preso, con rabia sacó la cuenta de los días que le quedaban. Sabía que se estaba escondiendo.

—Muchacha estúpida —no alcanzó a decirlo cuando entró Ana. Traía el pelo mojado pegado a la cara, el calzoncito del bikini le goteaba agua por las piernas, hacía arriba se había colocado una camiseta celeste. Inmediatamente notó que se había sacado el sostén, pues sus pechos se traslucían nítidos en la blusa. Estaban frente a frente y pensó que ahora era el momento de aclarar las cosas.

Pero fue un pensamiento abortado, porque no tenía ordenadas las ideas. Punto número uno, acostumbraba a decir, pero ni siquiera alcanzó. Ana le rodeó el cuello con los brazos mojados, mientras los suyos colgaban indecisos. —Bésame—. Entonces se sintió cayendo a un río y se supo llevado por su corriente y la besó desordenadamente, cerrando los ojos sin poder pensar, punto número uno, punto número uno, número uno, era un pensamiento cuadrado como una caja dando tumbos en los rápidos del río, de su río, del de ella.

Estaba tendido sobre las hojas, pronto iba a oscurecer. Se sacó las alpargatas que le apretaban atrozmente. —¿Ves?, por no querer probártelas —le había recriminado Ana acariciándole el pie y él lo había escondido con vergüenza. Había caminado por la playa hasta el bosquecito. Ana vendría por el camino, pero a caballo. No quería que los vieran juntos, debió decírselo y ella lo comprendió, lógico también tenía familia. Con frecuencia se imaginaba teniendo que darle explicaciones a su padre, que, aunque no estaba aquí, podría ser informado. Los últimos días, después que se besaran en la carpa y metiera las manos bajo su polera, por la espalda nada más, no se había atrevido a más, desde entonces se negaba a pensar y cuando sentía una especie de remordimiento buscaba a los niños y se ponía a luchar desesperadamente con ellos en la arena y hasta encima de la cama.

Escuchó a lo lejos el retumbar de los cascos y salió a encontrarla. La esperaba detrás de un recodo, cuando vio que era un campesino y ya no alcanzaba a esconderse.

Se sintió ridículo, descalzo a la orilla del camino y sencillamente lo saludó porque aquí eso era una costumbre. El hombre lo miró sin asombro y quizás por qué le dijo: —Allá abajo se ahogó un chiquillo.

Comprendió. Comprendió de inmediato que era el suyo y quiso partir sin demora. —Por la playa

—pensó —es más corto —y gritó al hombre que se alejaba, —niño, hombre. ¿No?

—Sí. Un cabro —pero él ya corría hacia la playa había olvidado las alpargatas en el bosque mejor porque más que le molestaban y no sabía qué pensar, sólo le funcionaban las piernas, las piernas, las piernas, sentía una puntada dolorosa en el costado izquierdo y de repente se le vino, ¿cuál, cuál? y no quería pensar Andrés se le ocurrió él era más osado y había llegado con él y Ana hasta la balsa con los malditos anteojos, anteojos de mierda, debe ser terrible, terrible, morir ahogado pensaba con una angustia, lo debe haber llamado a él, a él, que lo fuera a ayudar a sacar a salvar, claro, claro, él habría podido pero no estaba él estaba escondido, escondido, el muy desgraciado con ella. ¡Mierda, mierda, mierda! Cuando él se iba a ir el otro día, mierda, mocosa de mierda, ahí estaría tendido en la playa muerto helado Andrecito, hijo, hijo con la gente rodeándolo, ¿el padre donde está el padre?, y él corriendo, corriendo, pero ya no podía más y ahora pasó por unos matorrales y llegó a una playa de piedras, de puras piedras, y se clavaba los pies y se fue por el agua pero igual se clavaba y no tenía más de veinte o treinta metros a lo sumo pero era tan larga y dolorosa pero quizás le habían hecho respiración artificial y no se había muerto porque a esa hora todavía quedaba gente la que hacía esquí y quizás lo habían salvado a su Andrés y la Susana la Susana ya no sólo lo miraría con reproche lo arañaría lo patearía y él le diría que lo hiciera no más que lo matara a golpes por desgraciado y por fin allá al fondo la playa.

Pero estaba vacía. —¿Quizás fue en otra parte? ¿O se lo llevaron? —se lo deben haber llevado a las carpas, no al pueblo y otra vez emprendió la carrera y en la orilla había un hombre sentado junto a un bote. No le salía el habla.

— ¿Dónde está? ¡Ah!... ¿El ahogado?

— ¿Qué ahogado? — el hombre su puso de pie asustado.

— ¿No dicen que se ahogó un niño recién?

— No, fue el hijo del botero que se cayó al agua, pero lo sacaron al tiro — y el hombre se sonrió.

Los chicos estaban tristes desde que les comunicó su decisión de partir al día siguiente y habían ido a despedirse de sus amigos. Ordenaba las cosas cuando encontró un diario de vida bajo el saco de Andrés. — ¿Y en qué momentos escribe Andrés? —. Nunca lo había visto hacerlo. Primero lo dejó y después quiso abrirlo. Finalmente lo abandonó con vergüenza. Tenía los pies adoloridos.

Lo peor habla sido llegar de la playa al campamento. Recién entonces se dio cuenta de lo cansado que estaba. Se había sentado un rato en la orilla y metido los pies al agua, pero igual tuvo que subir descalzo, después se había tendido en el catre hasta que aparecieron los niños. Ana lo andaba buscando, le manifestaron, les respondió que no se preocuparan. No la había vuelto a ver, no lo deseaba por nada del mundo, pero no resistió más y rápido abrió el diario de vida, atento a que nadie se acercara. — ¿Quizás qué dirían de él? —. Necesitaba saberlo. Pero estaba en blanco, sólo una dedicatoria de Susana. Trató de dejarlo igual como lo había encontrado.

Cargó el auto con prisa, con un apuro que lo ponía rabioso, ya a las nueve tenía todo cargado, perfectamente amarrado. La mayoría de las carpas aún estaban silenciosas, pero no faltaron los que vinieron a despedirlos. Con el motor en marcha les gritaba a los niños que se apresuraran. Sentía temor de que apareciera, no le importaba, se decía, ya no, pero quería irse así sin despedirse, y los niños echarían a perder todo.

Por fin pudo zafarse y regresar al silencio, pasó rapidísimo por el camino omitiendo el mal estado, y sin ninguna cautela por un viejo puente de madera y también por el pedregoso lecho de un arroyo. Necesitaba alejarse rápido para poder gozar de la tranquilidad y poder volver a manejar con cuidado y razonar. —¿Quizás debió despedirse? —pero estaba satisfecho, se había vengado de la burla, de su falsedad, por creerla una mujer cuando era sólo una niña y el tonto casi, casi cae, pero él no, él sabía mantenerse alejado y continuar sin inmutarse su camino. Iba a comenzar una cuesta de tierra rojiza y resbalosa y esto lo tranquilizó disminuyendo la velocidad.

Si se hubiese despedido al fin de cuentas habría sido lo mismo, le podría haber explicado con palabras sencillas, que era ridículo, que no podía ser, que podría encontrar un muchacho de su edad, que los jóvenes son, bueno, son jóvenes. ¿Y qué más quieren? Y que, por último, no se daría ni cuenta cuando lo habría olvidado. El polvillo rojo del camino empezó a introducirse por las narices y al rascarla recordó que hasta había pensado dejarse bigotes, porque estaba de moda. —Quizás algún día —se sorprendió en un nuevo melodrama, —¡cada día estaba más idiota!

—La Ana te lo mandó —Andrés le pasaba una flor. Una flor para él, enrojeció. Quiso simular extrañeza, pero los chicos no lo dejaron — y esto también —y le alargó un papel blanco y doblado. Tenía la flor en una mano y manejaba con la otra, cuando Gonzalo, que ya no se aguantaba, le confidenció. —Se quedó bien triste la Ana, a nosotros también nos gustaba—. Y como él no respondiera, haciéndose el desentendido. —Tú pololeabas con la Ana. ¡Ah! Nosotros te vimos cuando le diste un beso.

Entonces, entonces le pasó igual que en la carpa cuando la besó y la Ana había partido corriendo. Dejándolo helado, sin saber que pensar y sólo atinó a sentarse en la cama, a tomarse la cabeza y sonreír. Ahora también sonreía, sabiendo que los chicos lo observaban, como si por fin se hubiese sacado un gran peso de encima y los abrazó con la mano libre, revolviéndoles el cabello, mientras unas lágrimas le empañaban los ojos.

—Así es que espiaban a su padre. ¿Ah? —y soltaron la carcajada y él también rió, con un poco de recuerdo, de bosque, de caminos escondidos, de su boca, especialmente de su boca y con los dientes mordiscó la flor.

Al llegar al cruce recién se sintió tranquilo, cargó bencina, limpió los vidrios y revisó los bultos, como lo hace siempre un hombre equilibrado. A los chicos les compró helados y, ¿por qué no?, se tomó uno. Entonces por fin tomó la carretera. La sintió suya, lisa y brillante, como si él siempre hubiese pertenecido al pavimento, al cemento de la ciudad. Iba a encender la radio, pero no.

—¿Saben niños?, cuando lleguemos el papá les va a presentar una amiga, ¿les parece?

—¿A la Eugenia? —preguntó Andrés.

—Sí, —dijo alargando la sílaba. —Sí, a la Eugenia.

—A mí me gustaba más la Ana —intervino Gonzalo.

—Pero es muy niñita para mí.

—Sí, es cierto —dijo Andrés, —ya lo habíamos comentado.

—Papá, gánale a ese auto —gritó Gonzalo.

—Muy bien, muy bien. ¡Aquí va Ayrton Senna! Ponerse los cinturones —y hundió el acelerador hasta el fin, absolutamente hasta el fin.

Aquí dentro

En libertad tenía pies, tenía brazos

La prisión los troncha y los mocha

Los de afuera tienen luz

Quizás nunca lo supieron.

Aquí yo tan sólo tengo

Una ventana enrejada, casi pegada en el techo

¡Pero qué hermoso y azul es el pellizco de cielo!

La libertad tiene trancos largos

Llenos de lluvia en invierno

Aquí tan sólo diez pasos

Con el suelo siempre seco.

Tengo un muro, tengo un muro,

Tengo un muro,

Tengo un catre, bacinica,

Estoy vivo

¿Qué más quiero?

Anoche me sonreí

Y silbaba aquí en la cama.

¡Golpecitos en el muro!

¿Es el Dos, es el Tres, el Uno?

¡Hola tú!

¿Cantas?

Canto

¿Le viste la cara al guardia?

No

Es uno nuevo.

Anoche me sonreí

Anoche me sonrieron

Es el Dos

Que tiene a su cargo un muerto

Pero ahora está por robo

Aunque él dice que no es cierto.

Tenía los ojos claros

Como cualquier hombre, creo

Y entonces me sonrió

Y yo al punto le contesto.

Después cerraron la reja

La cierran y lo recuerdo

¡Pimpím! Le golpeó el muro

¡Pimpóm! Es el Dos

No ha muerto

¿Qué haces Dos?

Nada, pienso.

La libertad es tan sólo un paso

Es el sol, es la mañana

Es el bullicio

Es un auto que yo escucho

Son las voces que circulan

¿No saben que estoy adentro?

La prisión

Es el Dos y el Uno

Es el golpe aquí en el muro

A veces lleva mi voz

A veces el pensamiento

A veces no lleva nada

Como volantín sin viento.

Es apenas un murmullo, un murmullo

Un mur-mu-llo y me duermo

Afuera nadie respira

O sólo de tiempo en tiempo

Aquí me abren la puerta

Y el aire me lo digiero

¿Cómo pasó la noche?

Anoche, anteayer, mañana

Guardia, ¿qué día es hoy?

No importa, tome el almuerzo.

La prisión se ha oscurecido

Y me encierra como un sueño

¡Pim!

¡Pimpirimpím!

¡Pomporompom!

Contéstame Uno

Contéstame Dos

Oye Uno. ¿Qué día es hoy?

No sé, desde hace un año que duermo.

Enero 1974

El ratón y el curandero

Suffering is one very long moment
(O. Wilde)

Hace muchos, muchos años, tantos como si fuera el mañana, se asomaba a la ventana el bueno del curandero, para mirar una estrella, la única de su cielo o charlar con la paloma que anidaba en el alero. Así fue pasando el tiempo, después los meses enteros, detrás del verano el viento, detrás del viento aguaceros.

Una mañana de invierno, bajo la lluvia y los truenos, la paloma le contó que ya esperaba polluelos y que en los campos halló tan sólo paja mojada para mullirles el nido a sus hijos que esperaba. Pensando en sus propios hijos, tocado en el corazón, el curandero le dio la lana de su colchón. Así nació la amistad y de mañana en mañana, a través de la enrejada ventana, se contaron tantas cosas: dijo la paloma, ufana, que al volar sobre la aurora se posó sobre una rosa y se impregnó con su aroma. El viejo le contó entonces: antes de ser prisionero y de entrar en esta celda, yo poseía un jardín, donde crecían hermosas: rosas, jazmines y lirios y la reina de las flores, mi capullo de alelí.

Después, como siempre pasa, se corrió la voz ligero, que el vejete de la torre sabía de curandero.

Primero llegó una araña, por el temblor de una pata y la tela, le relata, le queda con agujeros. Una hermosa mariposa de colores desteñidos y también un matapiojos con un ala lastimada por chocar con un naranjo, a él se la reparó con puntadas de hilo blanco. Una rana que, jadeante, dijo venía del norte y que saltar no podía, pues se le venció el resorte; también contó que, en el llano, una vaca mandó hacer, con las aspas de un molino, dos alas para volar, pues que quería llegar a la torre del castillo, para que el viejo le viera la lengua de su chiquillo.

A tanto llegó su fama, dio la vuelta al llano entero, que un día del extranjero, andando, llegó un ratón. Dijo: yo yo vengo, se señor po porque tengo un diente su suelto, por eso ta tartamudeo para popo po po poder afirmarlo.

El viejo tomó el colmillo, que ya estaba por caer, lo afirmó con un tornillo, que sacara del somier. Y el ratón para probar como el diente le quedaba, de un tarascón se comió una pata de la cama.

Después, y guiñando un ojo, al curandero llamó y al oído le contó el secreto de su vida. Y la paloma curiosa se acercó a la ventana para poder escuchar el secreto que contaban y a sus pichones retó: —éstas son cosas de grandes, se van corriendo a la cama.

En verdad, mi buen señor, yo no he nacido ratón, que soy un genio del bosque, y en ratón me convertí jugando con un amigo, y él se convirtió en un gallo. Eso fue un martes, recuerdo, hace hoy quinientos años. Mi nombre es Ramón, el genio, y de ratón, Ramoncito, soy nacido hace un milenio por allá en el viejo mundo, cuando me vine a esta tierra entonces ya era ratón, fue en las bodegas de un barco, viajando de polizón. Mas cuando quise volver otra vez a ser un genio, no me pude recordar lo que tenía que hacer, y era, pues, señor, leer mi nombre entero al revés, pero por más que he tratado, con este diente fregado, que hasta la voz me cortaba, cada vez que lo probaba, ¡Catapum! que se movía y con la lengua tenía que su sujetarme el diente, y ya todo se perdía. Pero las gentes del mundo, incluso de allá muy lejos dijeron que tú podrías romper este sortilegio.

El viejo pensó un momento y escribió en un cartón con unas letras muy grandes todo el nombre de RAMON, después con unas tijeras se las puso a recortar, las colocó invertidas y así decían N O M A R. Después llamó al ratón, diciéndole ahora lee, pero éste que ya era viejo y no tenía los lentes, por más que le puso empeño, no lo pudo conseguir. Y el viejo tuvo que ir a romper una botella y con el fondo de ella fabricar una gran lupa.

Así fue como el ratón leyó su nombre invertido, y sería divertido contarles lo que pasó, si no fuera por el susto que al viejo hizo arrancar a esconderse tras la cama y a la paloma volar muy lejos de la ventana, a meterse en el alero, y su temblor producía tal ruido en las calaminas que bien parecían truenos. Y es que al ratón le salía por las orejas un humo, rojo, negro y amarillo y poco a poco crecía hasta el tamaño de un niño.

Cuando se atrevió a salir, y que fue después de un rato, nuestro amigo se encontró con un pequeño hombrecillo, con cara de buen anciano, con un gran libro en la mano y lentes de tinterillo. Cuando a él se iba a acercar, el genio cayó en la cuenta de que no tenía puesta ni una sola prenda de ropa, y se puso rojo entero con su libro por delante y una mano en el trasero, y de un brinco se escapó a esconderse en el ropero.

Tomó el viejo las tijeras y un trozo de hilo negro y con tela del colchón le fabricó un pantalón, una chaqueta cruzada y hasta un sombrero de genio, todo de un verde chillón, puesto que así era la tela del tan mentado colchón.

Y ahora, mi buen amigo, dijo el genio agradecido, veamos si por ti puedo realizar un milagrillo. A ver, señor curandero: —¿Qué cosa quieres pedir?—. Y el hombre con emoción dijo con la voz quebrada, «de aquí quisiera salir para volver a besar otra vez mi flor amada». —¡Ejem, ejem! —tosió el genio con un aire de importancia. Lo primero, es lo primero, veamos que dice el texto del deseo que me pides, pues que, si es verdadero, lo que yo de eso recuerdo, deberás pasar la prueba del yo quiero, puedo y debo. Y con lentitud hojeaba en su libro con afán y el polvo se levantaba del color del azafrán.

Por fin, y después de un rato, dio el genio con un refrán: "Se equivocan los que creen que poniendo tras las rejas a los hombres porque piensan, matarán la libertad, que ella es una flor rara, se nutre del sufrimiento, se alimenta con pobreza y en el silencio acrecienta". —¡Ah, la libertad! La libertad es hermosura —agregó de su cosecha. Es por eso que te pido que me debes señalar las tres cosas más hermosas que existan o han existido, para eso, y desde ahora, tienes tres días corridos, cuando el sol esté llegando a la punta de aquel pino tu plazo habrá terminado, así es que, ¡a pensar, mi amigo!

Se sentó el curandero en su cama, ahora coja. Cuando vio que con congoja lo miraban del alero, ahí lo esperaban tristes una abeja, una pulga, un conejo, una loica, un grillo y un jilguero. Así es que, ¿qué le iba a hacer?, gritó: — ¡Que pase el primero!

La abeja que era coqueta, venía muerta de pena, pues se le quebró una antena al pasarse la peineta. La pulga -¡cosa más rara!- ni que fuera un castigo, pues que tenía urticaria y se rascaba el ombligo. El conejo le contó que las orejas tan largas le taparon los dos ojos y que por eso cayó y que ahora estaba cojo. El grillo estaba aburrido de cantar siempre lo mismo, la voz quería cambiar y cantar con otro ritmo. El jilguero está tan ronco que no decía ni pío, por cantarle a una jilguera había pescado un resfrío, pues un balde de agua fría le había echado el marido. La loica por un descuido, cuando contemplaba un río, su rojo pecho mojó y ahora está descolorido.

A unos les dio consejos, de esos que sanan el alma, y a los otros cataplasmas, de esos que hacen transpirar, mientras que al conejo hacía ventosas con un dedal. El jilguero estornudaba y tenía romadizo, entonces a él le hizo, con la tela que quedaba del conocido colchón, un abrigo con faldón, y la paloma reía, mas lo hacía con decoro, ya que el pobre pajarito parecía un verde loro.

Cuando por fin terminó, ya casi un día pasaba y de su colchón quedaba tan sólo una corta hilacha. La tornó en una mano y ya la iba a botar, cuando apareció el enano y sin dejarlo ni hablar le quitó el trozo de tela, se puso a hurguetear el libro y un rato más tarde dijo: bueno señor curandero, te la vamos a aceptar como la primera prueba, pues aunque la hilacha no es bella, bella ha sido tu BONDAD, y este hilo lo demuestra.

El día partió a los cerros a dormir lo trabajado, la noche empezó a pintar de negro el cielo en lo alto. Cuando por fin se sentó a pensar lo deseado la luna estaba jugando. Fue entonces que recordó su vieja fotografía, donde salían sus hijos junto a su añorada esposa y de inmediato pensó que esa era la otra cosa hermosa. Pero grande fue su pena al ver con desilusión que el tiempo había borrado toda figura en la foto y sólo había quedado una gran mancha marrón.

Triste estaba el curandero cuando volvió el geniecillo y le preguntó por qué cara de pena tenía y él le contó entonces lo de la fotografía. Pero al mirar a su estrella al viejo se le ocurrió convidar al geniecillo para hacer la travesía, la misma que noche a noche su imaginación hacía.

Así cerraron los ojos, con la cara puesta al cielo y se sintieron volar como si fueran polluelos. Cruzaron verdes nogales y azahares limoneros, buscaron por los trigales y contemplaron los juncos que bordeaban los esteros, hasta que por fin llegaron a la casa que buscaban y al borde de su jardín que desde el cielo miraron.

Aquí es donde tengo yo, dijo entonces con pasión, desde hace ya muchos años latiendo mi corazón, pues aquí es donde nacieron como capullos mis hijos, y con estas manos mías yo sus flores florecí, y al igual que el labrador quise apuntalar su tallo, para que no fuera a crecer chueco como el del zapallo, por eso en las noches vengo, aunque sea en pensamiento, para mirarlos dormir y tocarlos con mi aliento.

Esa que tú ves allí es mi flor de Girasol, sus cabellos son sus rayos y aunque tiene cinco años, para mí que fueran mil. Sus brazos como leche tibia sabían rodear mi cuello, y por eso a veces sueño con su textura de miel, o esas palabras de niño que las dicen sin pensar, pero que ahora en las noches me hacen poner a llorar. Recuerdo que yo tenía a veces en las mañanas que sacarla de la cama y no quería despertar, así de su tibia pereza palpitante aquí en mis brazos añoro su ronronear.

Ahora te he de mostrar al Clavel de mis claveles, quizás ya has oído de él. Hermoso, rojo el clavel, hermoso clavel mi hijo, él no es como su hermana, rubio, pues que es un clavel de junio, nacido junto a las lluvias, también traído del cielo, cuando yo más lo quería. Por él yo llevo este hielo en medio del alma mía. Y por los días lo sé correteando en el jardín sin saber qué es lo que pasa, aquí, tan lejos de casa. Pero lo que más me aflige es no poder consolarlo, cuando en medio de sus sueños de vaqueros y piratas, de buenos y de malvados, él me llamaba a su lado para que papá lo ayudara, y bastaba con besarlo suavemente ahí en la frente para que el sueño volviera otra vez ahí a su mente. Así he sentido en el viento muchas veces su llamado, cuando llega el mes de junio y se pone a silbar aquí encima del tejado, y yo sé que es mi Clavel, pues el aire es perfumado.

Pero usted sabrá, señor, que en la tierra no ha nacido hasta ahora ni una flor sin que la madre dé abrigo, que ella es el sol y el agua, y en la tierra de sus manos yo entregué mi corazón. Si bien fue en un abril lejano aún conservo su sabor, que a veces supo a manjar, otras fue más bien salado, que aunque la vida es hermosa tiene sus momentos malos. Porque yo le di una rosa cuando subía al altar y la cuidó primorosa, sin dejarla marchitar, por eso a ella le di las semillas de mis flores y esa es la otra cosa hermosa que mostrarte prometí. Y es la flor que más yo quiero, mi capullo de Alelí.

Un gallo cantó a la luna y la noche se asustó arrancando con enojo, sólo entonces los dos hombres recién abrieron los ojos. El AMOR, sí, el amor es hermosura. Dijo el genio con dulzura, secándose los anteojos.

Y ahí comenzó el problema. ¿Cómo encontrar la tercera? Y el viejito se paseó todo el día por la pieza, y hasta el genio lo ayudaba, pero ni uno ni otro halló. La paloma se voló muy temprano del alero, recorriendo todo el llano por la tierra y por el cielo.

Después fueron llegando todos sus buenos amigos. Todos le traían algo que creían hermosura: la abeja un tarro de miel; la rata uno de basura; el conejo, zanahorias; el sapo, el agua fresquita; el jilguero, un pito casi nuevo; el grillo, trinos de luna y una canción la ranita.

Así se pasaba el tiempo y hasta la punta del pino el sol ya iba a llegar, cuando un viento que era amigo sopló tan fuerte, tan fuerte que dobló la punta al pino, pues de lejos todos vieron que la paloma venía volando a todo volar, que hasta el sol se detuvo para poderla esperar.

Más cuando la vieron entrar, todos con mucha tristeza se impusieron con sorpresa que nada pudo encontrar. Pero entonces la paloma, toda hecha una sonrisa, a su amigo curandero vino y le abrió la camisa.

Y fue así que todos vieron. azul, latiendo una llama, era la ESPERANZA, la esperanza como una llama pequeñita que crecía y que crecía y que a todos deslumbraba, puesto que todos sabían que nada en el mundo entero podría empañar el alma o la esperanza arrancar del pecho del curandero.

Esta llama que aquí ven, dijo entonces el buen viejo, y que yo sé es mi consuelo, casi no me pertenece, la encendió un hombre ignorado, interesado en el cielo, sin explicarse los rayos, buscando el porqué del trueno, y yo la guardo en mi pecho, como la fragua el herrero, de ahí la voy entregando con mis golpes de escalpelo. Por eso tomo el dolor como si no fuera ajeno y en esperanza lo trueco y hago a la muerte esperar que el tiempo me dé consejos. Y se mantendrá encendida mientras exista injusticia, la pobreza o el dolor, es por eso que yo sé que si aquí traen el odio su luz lo cambia en amor.

Y a la mañana siguiente se afeitó la barba el viejo y se puso un traje nuevo y se fueron por las calles avivando al curandero. Dicen, cantaban las hojas, las flores y naranjeros, dicen que un coro de aves lo despidieron en vuelos y todos mil cosas dicen, o alguna vez las dijeron. Pero lo que fue verdad, pues lo recuerdan las gentes, fue al Capullo de Alelí, al Girasol y al Clavel, cuando en un abrazo inmenso, de esos que nacen de adentro, de lo profundo y sincero, se unieron todos muy juntos y gritaron por el mundo:

¡HA VUELTO, HA VUELTO MI JARDINERO!

Y así termina este cuento, que yo dedico contento a mi Girasol-Andrea y a mi Rodrigo-Clavel, puesto que en ellos pensaba cuando así lo escribía y más de algún lagrimón le costó a esta poesía.

Cárcel pública de Santiago, enero 1974.

P.S.: Este cuento fue escrito en una celda de incomunicados, en servilletas de papel, con un lápiz entrado de contrabando.

Una copia de ellas digitalizadas fue donada al Museo de la Memoria.

Girasol-Andrea y Rodrigo-Clavel.

Verano

Día nublado, no es el mejor tiempo para empezar el veraneo, claro que nada estaba muy bueno en verdad. Ana Luisa traía una cara de pescado, así de muda. Ni siquiera tuve que preguntarle si quería que yo manejara, se sentó al volante, se encasquetó sus tremendos anteojos ópticos, que al principio me pareció le daban un aire intelectual, pero con esa boca fruncida que lleva parece sargento. Los niños en el asiento de atrás hacen causa común con su madre y todos parecen jugar a la ley del hielo con el papá.

Por suerte la servidumbre viajó antes para tenernos la casa lista, porque a mí el puro pensar en sacar las maletas me da lata, lata, lata. ¡Por Dios la gente pesada!, no me dejan ni cantar. La tonta de la Ana Luisa está enojada en serio, me mandó al cuarto que usaba de soltero, soltero, soltero, la felicidad. ¿Quién manda al hombre a casarse y perder la libertad? A ver, ¿cómo decirlo mejor? Después de todo estoy metido en esto de contarlo todo y a cualquier edad uno se puede decidir a escribir sobre su vida. Lo primero sería presentarme, Rodrigo Ismael Lezaeta, lo de Ismael, por un abuelo de mi vieja o algo así. La vieja es mi madre que tampoco me tiene buena, por eso de la pintura, tener un hijo pintor, que no haya sido abogado o diplomático como toda la familia, la vergüenza, la maldición, la oveja oscurita, y desde niño me mandaron a dormir al cuartucho, como lo llamaban, con mis telas, mis pinturas, mis amigotes y bueno, unos pocos tragos, porque el trago, unos pocos, son liberadores. Y en eso estaba, me dejé una barba un tanto colorina y casi estoy aprendiendo a prender la pipa, porque se me olvida y se apaga, pero ya lo lograré, ya lo verán los viejos retrógrados, y en eso estaba con la cosa un poco bohemia, o como dice el palote, que es un hombrote regio de aquí, las ideas raras que tienen a veces los ricos aburridos, y claro no me lo dijo a mí, pero igual lo supe.

Y en eso estaba cuando apareció en la playa, lo más que hay o ha habido en este balneario de viejos, morena, ¿o tostada?, con unos ojotes verdes, así, así de grandotes y todo grandote, se entiende. ¿No? Y me dediqué a mirarla y a hacerle ojitos y ella que miraba a otros, y me fui a jugar al voleibol, a lucir el físico y hasta gritaba de repente, porque tampoco tengo mala voz.

Y en eso estaba, y no lo había advertido, en la casa de al lado, habían arrendado la casa vecina, y yo ahí en la terraza tomado un whisky o un jugo para que ella creyera, y mirándola y ella sentada en una silla a sólo 3 ó 4 metros y sin mirarme siquiera, y yo sin querer que se note, cuando tampoco tiene por qué importarme, cuando aquí nadie me quiere y me tiene durmiendo en el cuartucho y yo soñando, soñando con ella, hermosa muchacha morena, ¿o tostada?, sonriente, joven, joven, joven, y yo enamorado, sí tengo que decirlo, no puedo pintar porque no puedo sufrir, el sufrimiento es para mí necesario, ahora sólo tengo sueños. Y en eso estaba el tontón y se me pasaron los dos meses sin hablarle. ¿Cómo hablarle?

Llegar y tomarla, sí, tomarla y besarla y se me pasó otra semana. Y en eso estaba, y no estaba, hoy no fue a la playa, mañana, mañana, sí, le hablaré, lo juro, y en eso estaba cuando las amígdalas, la fiebre y yo el idiota tres días sudando y ni siquiera mi madre me visita, sólo me mandan al mozo a retarme, pero no, en el delirio la veo, ahí hermosa, y: —¿Qué día es hoy? —Veintiocho. Veintiocho de febrero, señor.

¡No! Y salto, se han ido, se han ido, se están mudando y salto la reja y me meto a su casa, y no está, y bajo corriendo a la playa, y ahí sí estaba, bajando, bajando, moviéndose con sus pantaloncitos cortos y camino detrás y se detiene, se da vueltas, me mira, yo me detengo, sigue, yo sigo y me late, se me sale del pecho, y se detiene, me mira. —Ven —me dice ella, ella a mí, y yo muero, ahí mismo me muero, o casi me muero. —Sí —le digo. —Qué tonto has sido—. Me ruborizo. —Sí, sí, sí.

Así fue que conocí a la Ana Luisa, y no sé por qué ahora está tan enojada y con esos anteojos de sargento la tonta.

Cuentos del Cogotán

I - Esta noche

Luis Muñoz sudaba, el puente de cimbra crujía como una barca. Abajo el río amenazaba como todos los veranos arrastrar las grandes piedras, pero desde que tenía recuerdos nunca lo había conseguido. —Nada has logrado Cogotán —murmuró apretando las mandíbulas, mientras sus manos se agarraban a las cuerdas que servían de barandas y el temblor de las piernas hacía bambolear el puente despertando quejidos en las tablas.

—Esta noche, ahora podrás hacerlo —acababa de decirle el viejo, que a duras penas sacaba el aliento después del carrerón.

Entonces Luis Muñoz buscó una sombra y se sentó a esperar, se bajó el sombrero hasta las cejas, pero no durmió. Sólo llevaba puesto el pantalón y con los ojos cerrados palpó la culata del revolver cruzado en la cintura. El viejo se metió al cuartucho y volvió con cerveza.

Estaba agria, «quizás debió escupirla» pensó, tirándole la botella a las gallinas que insistían en picotear en su derredor. Quizás debió... si lo hubiese sabido, si el viejo no lo hubiera ocultado tanto tiempo, lo habría hecho antes.

El sol aún estaba alto, se llevó la mano a la pretina, sacó el arma y apuntó a un gallinazo que colgaba del cielo, alto y silencioso, pero el viejo lo observaba desde la enramada y se avergonzó. —¿Qué quieres? Eras aún muy joven, no habrías podido —se había excusado en ese entonces. Permaneció bajo el arbusto, eran escasos en estas soledades, donde solamente abundaba la piedra y el calor aplastante. Arriba, a la altura de las cumbres, el gallinazo se festinaba con el viento, pues arriba era fresco y aún en verano corría un ventarrón que obligaba a aferrarse firme a la mula. Desde allá, desde lo más alto de los picos, el cajón se veía estrecho y pequeño, de sus nieves nacía el Cogotán con múltiples hilos de agua que al juntarse semejaban gusanos bajando a los infiernos.

Conocía de memoria esas quebradas miradas desde las cumbres. Desde que volviera al Cajón -ahora sabiéndolo- evitaba remontar la ribera y desde entonces andaba armado, temeroso cuando oscurecía, ya que perfectamente sabía que el viejo había enseñado a disparar a su hermano. Aún recordaba la envidiable puntería de Esteban, capaz de darle a un conejo mimetizado entre las hierbas de un lado a otro del río.

Aún estaba claro, hacia abajo el valle se teñía rojizo por el arrebol. Debería ser de noche, tomarlo dormido, ojalá borracho, pero, antes despertarlo, que le viera la cara, que lo reconociera, entonces le vaciaría la pistola. De noche, con la luna nueva, que aquí suele verse casi al amanecer y para entonces ya estaría de regreso. —Vi a la mujer bajar con los mulos —le había gritado el viejo ya desde el camino, corriendo, arrastrando su pierna tiesa, encaramándose a la cimbra—. Esta noche, ahora podrás —terminó jadeando casi sin voz, mientras sus ojos resecos se cubrían de brillo y bajaba la vista hacia las piedras del río.

Luis comenzó desde entonces a sudar y aún conservaba las manos húmedas, a pesar de que ya estaba oscuro y la temperatura bajaba con rapidez, sólo los picachos con algunas manchas nevadas resplandecían alumbrados, pero ese momento era muy breve y él sabía que terminándose este último fulgor el tiempo empezaría a galopar. El cañón del revólver se apretaba a la boca del estómago en cada respiración y dejaba su huella allí impresa, como los dedos en la greda fresca.

Los mosquitos salieron de sus escondrijos, era la señal, ya estaba oscuro. Entró en la cabaña y al abrirla el viejo asustado dio un grito inconsciente, gesticuló con los brazos y luego sonrió fugazmente, palideciendo, sin poder explicar por qué lo había hecho.

No se miraron, le alcanzó un plato de guiso y trató de comer, pero se levantó bruscamente para salir.

—No, en la mula no, hijo. ¿Olvidas los perros? A dos cuadras te estarían ladrando, él es capaz de descubrir una chinche en un pozo de arena, irás por el río y el ruido del agua te ocultará. Puede que los perros te reconozcan, pero no te ladrarán antes que llegues a la casa, tenemos que sorprenderlo.

Dejó la choza. El viento soplaba helado. Se aseguró el arma a la cintura mientras subía y bajaba por las piedras de la orilla, a ratos gateando, ayudándose con las manos por temor a caer a las aguas. Eran las mismas piedras que conociera de niño. —Nada has logrado río, sólo redondearlas, nunca podrás moverlas—. La casa de Esteban también estaría igual, aquí todo era así, inmutable.

—Aquí nada ha cambiado —le había mentido el viejo cuando regresó al Cajón.

—No, no padre, ya lo sé todo —y lo miró a los ojos—. Tengo que matarlo, —pero el viejo no cambió su expresión. —No esperaba menos de ti, pero tienes que esperar la ocasión, ya llegará, —y desde entonces con su pierna a rastras se encaramaba en un pequeño montículo a espiar—. La mujer bajó al valle, la vi pasar en los mulos, no hace ni media hora, la estuve mirando hasta que desapareció en el bajo, no volverá, se ha quedado solo —y su mano le apretó el antebrazo. Hacía años que no se tocaban.

Se detuvo, había llegado al primer recodo y ahora se fue caminando por el agua, la casa aún no se divisaba, pero estaba cerca, eso podía olerlo.

—Mira, chico, tú tienes que aproximarte, pero si ella te ve primero escapará —le explicaba Esteban dejándolo atrás. —Sin moverte —le repetía, mientras a gatas por el matorral se apegaba a la liebre. Era capaz de acercarse hasta tenerla a un metro de distancia, entonces con movimientos muy lentos, con su calma habitual, se llevaba el rifle al hombro y ¡PUM! Nunca fallaba. —No esperes que la ocasión se dé, tú debes hacerla, fabricarla, chico, y ¡PUM!

No había velas encendidas, estaba a menos de cincuenta metros debes acercarte y acercarte, si él te ve primero, escapará, no puede llegar a verte, hijo, sobrepasa la casa y te encaramas por detrás. ¿Te acuerdas de la pieza del fondo? Espero que esté igual, no debes darle tiempo, pero tú podrás, ahora sólo tú puedes, —le había dicho tocándose la pierna envarada.

Se arrastró por la tierra, se acercaba, aún no ladraban los perros, sólo se oía el viento y el chapoteo de sus botas que se habían llenado de agua. Se tendió de espaldas para vaciarlas, levantando las piernas al cenit.

Estaba oscuro el cielo, las estrellas eran millones esa noche, el agua le chorreó hasta las ingles. El revólver lo empuñó con la diestra y empezó a reptar. Las únicas dos ventanas de la casa estaban cerradas con tableros de madera, ni un ruido, sólo el chiflón helado y su respirar.

Se irguió, tomó carrera y de un solo empellón derribó la puerta trasera y ya estaba adentro, en un par de segundos recorrió las dos piezas. No habla nadie, sólo un par de cajones vacíos. Se lo había llevado todo.

Volvió, por un sendero que las pisadas de su hermano y quizás las de él mismo habían hecho por años, con la pistola aún en la mano. Huyó le temía, Esteban le temía, pero lo seguiría, por aquí era fácil encontrar a la gente, mañana mismo hablaría con el viejo y cuando lo tuviera cerca —¡PUM! —la ocasión hay que hacerla, fabricarla, viejo, si te ve primero escapa, esta noche, esta noche no se pudo, pero mañana, mañana, no importa donde se haya escondido, yo lo encontraré, lo encontraré para matarlo.

Pero el viejo no se movió, acurrucado en su rincón. A oscuras para no despertarlo se sacó las botas y el pantalón que estaban empapados. —¿Qué caso tendría contárselo ahora? —sólo conservó la camiseta de franela, echó una última mirada al viejo y abrió la cama. Entonces Luis Muñoz comenzó otra vez a temblar esa noche, bajo las frazadas, a menos de un metro, con su calma habitual, lo apuntaba Esteban.

II – La barca

U n chico harapiento lo zamarreó, tirándolo de un brazo.

—Alvanderlic, despierte señor.

La muchedumbre que lo rodeaba y que recién comentaba a gritos la noticia, calló unos segundos. El viejo abrió los ojos con lentitud, inmutable, a pesar que todo el pueblo lo miraba como a un aparecido. Hasta querían tocarlo aquellos que hasta ayer lo evitaban con repugnancia. Casi lograron ponerlo de pie entre varios, pero el viejo era peso pesado, con una barriga nada despreciable. Sin embargo, bastó que se levantara el sombrero de paja sobre los ojos, para que todos comenzaran a gritarle, Alvanderín, el barco, Alvanderlizt, el buque, el galeón, la goleta, Vanderick, despierta gringo borracho, la fragata está en el río, en medio del río.

Se lo llevaron a tropezones, envuelto en sus habituales efluvios, a pesar que en los últimos años la falta de dinero, la incredulidad contagiosa y el acostumbramiento de los lugareños a su presencia hacía cada vez más difícil que alguien le invitase un trago. Así y todo, terminaba las noches borracho. A veces alcanzaba a llegar a su choza, otras muchas se dormía tirado en el suelo, rodeado de gallinas y cerdos en cualquiera de las casuchas a la salida del poblado; por allí donde el ron sin refinar, grueso como un jarabe, se vendía suelto; donde se juntaban tres o cuatro contrabandistas, las escasas putas del pueblo y un ocasional novio en despedida de soltero.

María los vio pasar, al viejo lo llevaban casi en vilo, instintivamente quiso seguirlos, pero la presencia de Juan dentro de la casa la retuvo. Siguió sentada frente a la puerta, con los pies en un tiesto de agua y se arremangó los vestidos para mostrar sus encantos, queriendo competir con la farándula que se alejaba, para que todos supieran que el viejo ya no la atraía, porque ahora Juan era su hombre y que ella lo abandonó, ella, por borracho y aburrida por el eterno cuento de la fragata inglesa hundida en 1806 y que demoró años en encontrar en el fondo del río. Pero ahí estaba ahora el mentado barco a flote, cuando ya todos habían olvidado su cuento; la historia que contada mil veces le significó tantas copas gratis, en los tiempos en que todavía era un extranjero joven, pronunciando mal el nuevo idioma; cuando aún le fiaban en el hotel; cuando las camisas que tanto zurció María tenían etiquetas en los cuellos y la gente comenzaba recién a afinar la orquesta de mitos sobre su pasado; que era un nazi oculto; que venía de un campo de concentración; que tenía un número marcado en la piel.

Pero María que no sabía ni leer, menos aún distinguía guarismos, sólo veía en su piel de leche las ampollas que le producía el insistente sol, por eso andaba siempre de sombrero, le había explicado él.

Una vez María encontró una fotografía entre sus cachivaches, un flaco larguísimo de chambergo oscuro y pantalones bolsudos sosteniendo una bicicleta, tieso, como los hombres que devolvía el Cogotán después de unos días.

Juan estaba de mal humor, lo delataban sus movimientos. Calmosamente María se secó los pies, mientras soñaba corriendo con su vestido blanco, descalza, por el sendero amurallado por la maraña de matas que lleva a la Barra. Justo allí donde esperara por más de cien años el bergantín cargado de oro.

Nueve años le costó encontrarlo, sólo a ella le contó su ubicación exacta, su forma, su estado actual, le dibujó sus palos, interrumpiendo hasta el placer con sus sueños de loco. —Puras tablas podridas —aseguraban, dolidos, ahora sus seguidores primitivos; los que alquilaron barcazas para traer tambores bencineros, hasta que se agotaron en la comarca. —Gringo ladrón —apostrofaban los más iracundos —nadie ha visto su dichoso barco, se sumerge bajo el agua con su escafandra, sudamos echándole aire y ¿quién sabe qué hace abajo?

A ella le había explicado que ataba tambores vacíos al casco y que cuando juntara suficientes el barco subiría solo. Al principio don Abelino le discutía, papel en mano sobre las leyes de la Física, cuando aquí ningún tipo de ley se conocía mucho. —Si le retiras aunque sea los cañones necesitarás menos tiempo —pero ya para ese entonces el gringo se embriagaba con muy poco y don Abelino, profesor jubilado, se encontraba hacía mucho bajo tierra. Los tambores que al comienzo se regalaban, valían ahora lo suyo. —Por un tambor me limpias el establo, si quieres una soldadura hermética trabajas aquí una semana —y se fueron pasando los meses y la fragata firme como una roca, tan sólo unas tablas salieron a la superficie un par de veces.

Juan el cabrero, que la requería torpemente con sus pocas palabras y sus 23 cabras paridas, hasta le había regalado un vestido blanco para los domingos, pero ella prefería correr entre las matas, cerca de la

Barra, porque por ahí estaba el barco sumergido, sin perder nunca la ilusión, a pesar que el último tambor hacía más de seis meses le fuera amarrado y que hasta el mismo viejo lo tenía casi olvidado entre sus malas noches y el difícil despertar.

Ahora al alba María lechaba sólo 15 cabras, pues ocho se murieron y se había acostumbrado a los golpes de Juan que la culpaba de las muertes por su reconocido mal agüero. Cuando Juan se emborrachaba no se dormía como el viejo y había vuelto a fornicar con las cabras que tampoco entendían de las leyes de la naturaleza. Quizás lo soportaba porque se sabía distinta, era la única en el pueblo que nunca se había preñado y que, aunque se secara las piernas subiéndose las faldas hasta el pubis, ningún hombre se atrevía a tocarla. Desde sus tiempos del prostíbulo la perseguía la fama de que los hombres que la pichaban sufrían una muerte violenta.

De nada le servía ahora saber más que nadie de la fragata: A fines del siglo XVIII los británicos bloquearon el puerto de Copenhagen con toda su Escuadra. Exigían la entrega de la esposa del rey danés, nacida en Inglaterra y hermana del monarca reinante. La reina había sido acusada de infidelidad, mientras a su amante, médico y brujo que ocupaba el cargo de primer ministro le cortaban las manos con un hacha, antes de ser decapitado en la plaza pública y por ello las campanas tocaban y tocaban a fúnebre en Copenhague. A ella le gustaba que el gringo le repitiera esa historia, aunque no era tan seguro que la barca fuera la misma.

El mal humor de Juan se hacía insoportable, ya se había despachado media garrafita de ron y podía gritar a su antojo, pues el pueblo estaba vacío, ya que todos se habían ido tras el viejo. Al atardecer fueron regresando felices, intencionalmente comentaban en voz alta. Sólo María no había visto tanta maravilla, era gigantesco, mayor que las barcazas que remontaban el río transportando la caña, rodeado de tambores de todos los colores, de un tono indefinible, café verdoso, azulado en otras, cubierto de una pelusa costrosa que no dejaba distinguir las tablas del metal o incluso de las cuerdas.

El viejo súbitamente lúcido lloraba o reía o bramaba y había rechazado de un manotazo la botella que alguien le ofreciera. Había permanecido en la ribera observándolo con una mezcla de asombro, deleite y temor, pero cuando los más osados partieron a buscar sus embarcaciones con el fin de abordarlo, el viejo comenzó a dar gritos para impedirlo, metido en el agua hasta la cintura. Estaba podrido, si alguien subía de seguro pasaba de un viaje hasta el fondo y el barco podría hundirse, ahora para siempre. Por suerte los hijos de don Fermín, dueño de medio valle, y que siempre andaban armados, se pusieron de su parte y uno sacó el revólver y se decía que disparó, cosa que María por supuesto dudó, pues había estado con la oreja parada y lo habría escuchado.

Pero el viejo no regresó, se lo llevaron los Santelices, después que el propio don Fermín, a pesar de su dificultad después de la hemiplejía, pronunciara unas palabras, llamando su amigo al viejo. Recordó que varios de los tambores, los más antiguos, porque él fue el primero en creer en el gringo, los había donado, o prácticamente donado y muchos de los otros pertenecían también a su hacienda y que siempre fingió no percatarse que se los robaban, porque sabía que estaban destinados a un buen fin.

El viejo que reía y balbuceaba que ahora comenzaba lo más delicado, por de pronto había que amarrarle por lo menos una docena más para que no se fuera a hundir porque no estaba para flotar, y sólo lo hacía por milagro. Los norteamericanos o quizás los mismos ingleses pagarían por él un millón de dólares, porque dejarlo en el pueblo sería una estupidez, podría atraer turistas, pero, ¿quién iba a atravesar medio mundo para mirarlo unos minutos? Un barco de guerra que nunca protagonizó una batalla y cuyo único mérito era estar mezclado en el lío político sentimental de Christian VII, rey de Dinamarca, con lo cual, y hay que ser honesto, no se correspondían exactamente las fechas.

Esa noche nadie durmió, quizás sólo Juan entre las patas de las cabras. El viejo, como cuando recién llegó al pueblo, se fue al hotel, a la suite, como llamaban a la pieza menos destartalada, le instalaron una tina portátil que llenaban con baldes un par de muchachas, al comienzo a medio vestir y completamente desnudas más tarde, a exigencias del irreconocible extranjero, que de tanto en tanto bebía una copa de champaña que casi estaba helada. Había pedido una tijera fina y después de rasurarse la barba se afinó los bigotes, de manera que cuando se miró en los espejos, sólo la barriga lo distinguía del joven que horrorizado por la guerra puso sus ojos en América, la América de la mulata tetona que ahora lo masajeaba, haciéndole reír con sus cosquillas.

El calor era asfixiante, María echó una última mirada al establo y se fue sorteando las matas tupidas de la ribera, la escasa luz la hacía imaginar el barco en cada recodo, a pesar que sabía de memoria su ubicación. Al llegar al punto, varios muchachos habían encendido una fogata y su resplandor no dejaba ver más allá. Se sumergió en el agua y desató una canoa de la vecindad. En unos minutos estaba a su lado, los tambores impedían acercarse y al subir uno de ellos se desprendió con un trozo de borda y lento partió río abajo. Por fin lo tocó, era poroso, como piedra pómez, increíblemente liviano, logró encaramarse, estaba pegajoso, el piso resbaladizo, cubierto de ramas entrelazadas y desperdicios, de tarros, de botellas y piedras. Temió caer y gateando agachada se dirigió al otro extremo. Dos cientos años antes, y con mayor dignidad, la joven reina Carolina Matilda, erguida a pesar de su dolor, había recorrido la misma cubierta antes de encerrarse en su camarote durante toda la travesía. Desde allí escuchó el lastimero tañido de las campanas y al cerrar los ojos no podía dejar de imaginar la hermosa cabeza cana rodando a un canasto y sus nobles manos mutiladas ensangrentando los puños de encaje. Temblaba de temor, de ira, de ultraje, pero más que nada de dolor. Creía la llevarían a la Inglaterra que había dejado de quince años para casarse, allí debía enfrentar a su madre y al rey más poderoso de la tierra, que por lavar el honor de la corona debió impedir se le hiciera un juicio público acusada de adulterio, de mantener amores nada menos que con el médico de su hijo y que por su influencia llegó a ser primer ministro. Por eso Inglaterra bloqueó la bahía y bajo amenaza de bombardeo exigió la devolución de la reina. Pero no retornó a la isla, la exiliaron en un remoto condado alemán donde falleció a los 23 años. La pena le partía el alma, teniendo que abandonar a sus hijos en estas tierras tan frías con un idioma abominable.

Forcejeó la puerta y un quejido la estremeció, antes de darse cuenta y olvidar a la embrujada reina. Toda la estructura se partió, el piso se abrió en un tremendo boquerón, varias aristas le hirieron la piel y rasgaron el vestido, la barrosa agua del río se le introdujo por la boca y nariz, golpeó en el fango del fondo e instintivamente manoteó para volver a la superficie. Un enjambre de cuerdas y tambores súbitamente liberados enfilaban al mar, algunas maderas flotaron un momento, pero el grueso del esqueleto se hundió suavemente, sin ningún ruido, de manera que los adormecidos guardianes de la orilla no repararon en su desaparición hasta el amanecer.

Horas más tarde, varios hombres golpearon a la puerta de la suite, las mulatas tiradas en la alfombra no alcanzaron a vestirse.

—Despiértate Vanderín, gringo borracho, —lo tironeaban.

—¿Cuándo, cuándo van a aprender estos ignorantes a pronunciar bien mi nombre? —habría dicho el viejo, que por primera vez en años amaneció sobrio, antes de abandonar con paso altivo el hotel. Por lo menos eso contó la mulata a María, la pobre que, con el borrachín de Juan, fueron los únicos que no vieron la hermosa barca cargada de tesoros sin par, mientras remojaba sus piernas en el lavatorio, pues estaba visiblemente lastimada.

—¿Te golpeó el Juan otra vez? —la interrogó.

María se quedó pensativa, bajó los ojos, recordando otra vez a la joven reina.

¿Qué habría respondido a los reproches de su madre? Es imposible hacerle comprender a todo un pueblo que, aunque naciera princesa, siempre habrá mujeres así.

—No, fue sólo la mala suerte —respondió intentando sonreír, alzando las manos heridas y aún manchadas con sangre.

—Sólo mala suerte —suspiró —mala suerte.

III – Los hombres llegaron gritando

A la altura de la Misión el Cogotán pierde su apremio, los cuatro brazos primitivos que caen juguetones sorteando piedras por los estrechos desfiladeros de la selva se unen, entremezclando sus aguas en remolinos negros, el valle se ensancha entonces para que el río se silencie y aparezca como detenido, nostálgico.

La pequeña Xídu giró la cabeza y retiró los cabellos que le tapaban los ojos. Como sucedía con frecuencia en las mañanas, una bruma espesa, más alta que su propia cintura, cubría las aguas, haciendo imposible precisar la orilla opuesta. Una cabeza se movía a ras de ese manto algodonoso, un penacho de plumas sobresalía de ella sujeto con una tira cruzándole la frente. Era una cabeza, no cabía dudas, pues movía los ojos, mirando a ambos lados. Se deslizaba hacia la izquierda, hacia el origen del río, hacia los mismos dioses.

—Será mejor invocar al lagarto —sugirió el brujo, sin atinar con una explicación como solía hacerlo. Volvieron a la orilla, la neblina ya se había levantado, lo que hacía menos verosímil el relato de la pequeña. Una cabeza emplumada volando sobre el agua, alejándose río arriba, mientras los ojos sin razón escudriñaban la arboleda.

—Es un anuncio —había sentenciado por fin el viejo, molesto al no poder saber cuánto de verdad había en la historia de la muchacha.

Pasaron los años y, ocupada por los juegos infantiles, los pequeños trabajos que la comunidad le tenía designados y su primer parto, (cuyo fruto no sobrevivió y fue arrojado al río) Xídu olvidó el asunto de la cabeza emplumada que tanto revuelo en el pecho le había causado cuando niña, como si un sapo saltara allí en su adentro, igual que los maleficios que el viejo sacaba de las entrañas para la luna grande a los poseídos.

Tres hijos se apretujaban ahora a sus piernas desnudas, cuando, los hombres emplumados reaparecieron.

Fue una noche especialmente húmeda en que el aire parecía penetrar bajo la piel. Llegaron de improviso, armados de piedras y garrotes. Cuando logró salir de la choza, las otras viviendas estaban en llamas, a los niños fue imposible sacarlos de los escombros y debió partir corriendo hacia el monte.

El viejo hechicero yacía con la cabeza partida en dos, sus brazos y pies habían sido cercenados con algo muy filoso.

—Debería ser algo muy filoso para lograrlo —pensó mientras corría dañándose con el ramaje.

Dos noches con sus días permaneció al acecho, sin moverse hasta que la venció el cansancio. La despertó el dolor, porque unas manos firmes la aprisionaban, un hombre emplumado emitía raros sonidos que repetía sin cesar, intentó escapar, pero la golpeó en la cabeza y una visión de luz intensa la hicieron caer. El reía y daba saltos. De un manotazo se arrancó el taparrabo y se encaramó encima. Su saliva sabía a hierbas. Su

única defensa era enterrarle las uñas en la espalda.
—Algo muy filoso —volvió a pensar, mientras el
hombre seguía moviéndose.

Clayton se levantó, el sudor chorreaba por su
cuerpo desnudo, en su dorso las huellas apasionadas
de las uñas femeninas se habían transformado en dos
surcos rojizos. Se acercó a la mesa, se tiró agua y
empezó a abanicarse con el sombrero. Costaba respirar
por el calor. María permaneció sobre la cama, su
andrajoso vestido blanco colgaba de una viga. Miraba
al hombre afeitarse, cuando desde la puerta sonaron
unos golpes.

—¡María, el padre José, el padrecito ha llegado
María!...

Dio un salto y como una serpiente se introdujo en
el vestido y emprendió la carrera. Por los muslos le
corría el líquido tibio y las gallinas se alborotaban a su
paso.

Clayton no había dejado de rasurarse, doblando
las rodillas y arqueando la cintura para hacer caer su
imagen en el pequeño espejo y ni siquiera reparó en su
desnudez para cerrar la puerta. —Después de todo
estaba en el recinto de la Misión —le reclamó más tarde
el padre José.

A la cena, María imperturbable, les servía a la
mesa, con los pies desnudos y su vestido casi
transparente. Tan sólo esa tenue tela que dejaba
adivinar hasta su aroma. El padre José había traído
cerveza de su viaje, pero lastimosamente estaba tibia.
Le relató de los malos ratos que pasó con sus
superiores que no entendían la vida de la selva.

—Pero en todo caso creo, no, estoy seguro, que todo es obra de algunos hacendados mal paridos, que prefieren que el indio permanezca ignorante de Dios, y no por problemas económicos, no lo creerá, pues al revés, que los indios vivan aquí de alguna manera significa para los hacendados mayores ingresos, pues aunque sean chucherías algo consumen los pobres, que metidos en el bosque sólo compran aspirinas, viajan tres días en sus piraguas para cambiar su trabajo de meses por tres o cuatro aspirinas, que más no les dan tampoco. Por eso le digo, no es por dinero que se oponen a la Misión, es difícil de explicar, pero tienen temor del indio por esas estupideces que se dicen de sus brujerías. Sabrá usted que los quince días de viaje río abajo fueron una cadena de chismes inverosímiles. Ya no sé quiénes son más paganos, si los pobres indios o esos blancos con sus rifles cruzados al pecho. Acérquese un poco, que no quiero que María nos oiga—. Clayton tenía la cabeza mojada de sudor, no podía comprender como el cura soportaba la sotana.

—María llegó a la Misión hace unos seis meses, huyendo de la Barra, donde se la culpa de la muerte de un holandés medio loco que quería reflotar un barco, río abajo, allá en la desembocadura, incluso gente de prestigio en el pueblo dice que lo reflotó, pero se volvió a hundir durante la noche, lo cual yo creo que son puras patrañas, la cosa es que el hombre apareció colgado de un árbol. Para las autoridades quedó en claro que se suicidó, pero después comenzó a circular una rara historia que culpaba a María.

La vela estaba por consumirse y Clayton se paró agradeciendo la cerveza. Se recostó desnudo, esperando a María, cuyo olor tenía metido en el entrecejo. La temperatura no bajaba y se oían zumbar los mosquitos, puso atención a sus pasos sigilosos hasta que los pájaros le indicaron que había amanecido.

El emplumado la volvió a poseer con la misma brutalidad, esa noche y las siguientes, repitiéndole incansable las mismas palabrotas en medio de risas y saltos. La había llevado a su poblado y la mantenía atada por el cuello a una estaca de la choza. Canul lo llamaban los otros salvajes, —Yo Xídu —quiso explicarle la muchacha después de unos meses. —Yo me llamo Xídu.

—Xídu —repitió el hombre dando saltos entre carcajadas—. Tú no puedes ir al lugar sagrado, Xídu no puede ir —repitió varias veces Canul, amenazando atarla otra vez con la cuerda. Después se embarcaron en sus canoas y partieron río arriba. Xídu vio que nadie la vigilaba y empezó a seguirlos protegida por el ramaje.

María corrió por la orilla, el ruido del motor sonando como un moscardón la guiaba, cuando lo alcanzó él estaba recién amarrando el bote.

—No has ido a mi pieza desde hace días, María. ¿Por qué?

—Es por el Padre José —comenzó a explicar, pero Clayton ya se internaba entre los árboles, con su machete cortando ramas.

—Doctor, doctor Clayton —le tironeó la camisa, insistiendo en que la llevara. Él refunfuñó un rato, pero aceptó, secretamente con placer.

Los machetazos sonaban secos cortando lianas. Cada vez era necesario hacerse un camino, la vegetación crecía tan rápido que jamás fue posible encontrar el sendero para regresar. Xídu los siguió a una distancia discreta, pero en la noche estaba asustada, sin saber volver sola y temiendo el castigo de Canul si era sorprendida.

Se detuvieron, Clayton sacó un instrumento para mirar el sol, como el que tenía el holandés, garabateó en unos papeles y trazó unas líneas con la regla. —Creo que estamos cerca —le sonrió, echándose viento con el sombrero, mientras el sudor le caía por la frente. Pero como iba a oscurecer prefirió encender fuego —por los mosquitos —le dijo y mientras bebía ron, le contó sobre los indígenas que construyeron grandes templos y pirámides, antes de la llegada de los españoles. Fue más al norte, de México hasta Honduras, pero yo pienso que llegaron hasta el Cogotán mismo, y en el lugar donde está ahora la Misión debieron tener un caserío, porque es la parte más ancha del río. ¿Has visto que parece un lago de calmo? y es una constante de las civilizaciones el florecer en las riberas, como los egipcios. ¿Entiendes?

—Ja.

—¿Hablas alemán, María?

—No, es holandés —dijo sonrojándose quizás por primera vez en su vida.

La fogata crepitaba en medio de los hombres que habían comenzado a beber, Xídu los vio danzar en su derredor por horas, hasta que agotados se fueron tirando al suelo. Con el sol ya alto, remontaron un curso de agua muy empinado, gateando por las piedras hasta una meseta donde los árboles habían sido talados. Avanzaron por una avenida flanqueada por estatuas de piedra. Eran terroríficas cabezas de gruesos labios y ceños fruncidos. A unos cincuenta pasos se alzaba el templo. Viendo las enormes moles apoyadas en la hierba, Xídu recordó bruscamente la cabeza sobre la neblina y aquellos días casi olvidados de su infancia.

Había nacido en la Barra, sólo había escuchado que su padre fue un brasileño buscador de diamantes, después siempre había vivido de un prostíbulo en otro y aunque el holandés sólo frecuentaba la casa para tomarse unos tragos, se las arregló para llevársela con él. Mirando danzar las llamas María continuó contando la historia de sus azarosos 20 años, hasta comprobar que Clayton roncaba. Se levantaron al amanecer, María entonces ensayó un golpe en el aire con el machete, Clayton la advirtió — ¡Cuidado! es muy filoso, puedes dañarte.

Hasta el mediodía siguieron remontando cerros, él, extenuado por la humedad pegajosa, se sentó en un tronco, María lo miró fijo a los ojos. — No es aquí, no es por aquí doctor — pero Clayton rió con desgano, sacó sus papeles para mostrarle. — Todo no pasa de ser una corazonada, nacida de leer y releer los relatos de Landa, un cura fanático del siglo XVI, que además de perseguir a los indígenas y quemar sus escrituras, había dejado excelentes pistas para comprenderlos. Desde hace siglos las ruinas se encuentran sepultadas por la vegetación, se puede pasar todos los días a su lado sin que nadie lo note—. María lo miró amurrada. — Bueno — dijo finalmente — pero no es aquí.

Por la tarde remontaron un arroyo que caía casi en perpendicular, agarrándose con dificultad de las piedras. María parecía alegre. Clayton se preguntaba por qué la seguía, cuando era absolutamente imposible que ella hubiese estado allí alguna vez, si ni siquiera sabía lo que estaba buscando. Ella se había adelantado, trepando como una cabra, llegó primero a la cima donde el cerro se aplanaba en una meseta de selva espesa.

Se había soltado la trenza y su cabello negro y ensortijado le daba un aspecto desconocido.

Xídu lo miró con los ojos despavoridos, el pelo en desorden y el cuerpo magullado por los malos tratos. Canul la increpaba por haberlos seguido, era un reto a los dioses, ella no podía concurrir a los templos. Pero hablaba muy rápido, cierto que casi no tenía tiempo, pero Xídu apenas entendía su idioma, llorando gritaba para que le soltaran las amarras, sin lograr comprender la situación.

Entonces los hombres llegaron gritando, dispuestos a matar.

Saltaban alrededor de la plataforma de piedra donde la mantenían atada. Con un garrote le golpearon la cabeza y entonces uno de ellos que parecía sacerdote, con un puñal de pedernal, le abrió el pecho, mientras el corazón aún palpitaba.

María dio un grito. Cubierto por completo de ramas y raíces había una especie de mesa de rocas. Clayton concurrió asustado por su alarido y empezó a palpar la piedra. No cabían dudas, había sido construida por la mano humana y olvidando las normas mínimas de la arqueología comenzó a despejar la vegetación a machetazos.

Era una tarea para cientos de hombres, habría que reclutarlos con sumo cuidado, años demorarían en despejar la selva que enmarañaba todo. Debería volver a la Universidad, informar y traer recursos. Sacó sus cartas y con la ayuda del sextante marcó la ubicación. María se bañaba en un arroyo, su cabello negro, goteando, le sobrepasaba la cintura. El calor era asfixiante y él también se metió al agua. No sabía cómo comenzar, era imposible hacer nada solo. ¿De qué tamaño sería su descubrimiento, una ciudad o tumbas quizás, cómo formarse una idea?

Pero en regresar a Estados Unidos y después volver, por lo menos un mes. Necesitaba saber algo más. Volvió a la tarima de piedra, María se había recostado encima.

—¡Oh, María, *you don't know, you don't know*! —repetía riendo, enloquecido por la felicidad, dando saltos en su derredor, sabiendo que ella no comprendía su idioma. Entonces levantó el machete con las dos manos, con la hoja dirigida hacia abajo. Ella lo miraba sonriente, se detuvo a dos centímetros de su pecho desnudo cubierto de perlitas de agua. Tiró el arma al suelo y se introdujo entre sus muslos palpitantes, mientras María enterraba sus uñas en su espalda una vez más.

Canul no había sido capaz de presenciar el sacrificio, sabiendo que después de extraérsele el corazón sería desollada y el Chilán se cubriría con su piel. A él le ofrecerían una mano o un pie, para que conservara como prueba de su valor, pues siendo Xídu de tribu enemiga bien podría jactarse de haberla capturado. Había huido al bosque, nada podía hacer, el Nacom lo había decidido todo, el no castigar la presencia de Xídu en el templo habría enojado a los dioses, lo que sólo se podía reparar matando a su propio padre, a lo cual los Chacs, que ya pintaban sus cuerpos con la pintura azul de los sacrificios, lógicamente se opusieron. Canul huyó entonces para no escuchar sus gritos, tampoco estaba dispuesto a matar a su padre para salvarla, pues los dioses exigían sangre para apaciguarse. —Siempre ha sido así y así será siempre —lo tranquilizó más tarde el Nacom con sus uñas teñidas de sangre y de añil.

Clayton ardía de impaciencia, desde su regreso todo se había complicado, el padre José estaba nuevamente de viaje y él era su único contacto con la civilización, ni siquiera existía telégrafo en la maldita Misión. Se dedicó a ordenar papeles y a revelar sus fotografías en blanco y negro, las de color deberían esperar, esperar, pero la paciencia se agotaba. Sólo lo consolaba la presencia de María, con su indefinible aroma, que se metía en su cama noche a noche, despertándole una sexualidad que nunca sospechó poseer. Durante el día mientras ella efectuaba sus labores domésticas, la veía deslizarse con su vestido deshilachado y, sabiendo que nada más la cubría, le despertaba el deseo casi en forma animal.

Pero las cosas siguieron peor, la misma tarde del regreso del Padre, comenzó con fuertes calofríos y siguió en los días siguientes con fiebres muy altas que lo hacían delirar. Llamaba a María a gritos y ella le ponía paños mojados o lo amarraba a la cama cuando los fuertes tiritones amenazaban con tirarlo al suelo. Tenía alucinaciones, un par de veces lo encontraron vagando entre las chozas y costó convencerlo pues ya no reconocía.

Había enflaquecido, su cuerpo mojado de sudor picante, sus ojos celestes se habían hundido y ya no tenían color alguno.

María vio al Padre José despierto y con mucha agilidad se sacó el vestido. Sus pechos se mantenían erguidos, seguramente porque nunca pudo concebir. El cura observó la excitante curvatura de su vientre, el azabache de su pubis y las narices se le llenaron de su olor salvaje, abrió los brazos y la dejó hacer. María comenzó a manosearlo y mamarle el sexo como acostumbraba. La luz de la vela la iluminaba húmeda y tensa. Apretó sus senos, mientras ella a horcajadas subía y bajaba riendo. La candela amenazó con apagarse cuando la puerta se abrió de un empellón. Todo fue muy rápido. María alcanzó a dar un salto, el Padre José ni siquiera a sentarse en la cama, Clayton pintarrajeado con la tinta de escribir entró como una tromba, gritando en inglés, lo cual nadie entendía y clavó un enorme cuchillo en el pecho del sacerdote. A María le pareció que introducía las manos en el hueco, pero la sangre que fluía a borbotones y el espanto que le produjo su rostro desfigurado por una mueca sardónica, con los labios tan elevados que se le veían las encías chorreando saliva azuleja, la hicieron desistir de su intención de auxiliar al Padre.

Partió corriendo sin siquiera dar un grito, a esconderse entre las matas de la orilla, mientras la luna grande navegaba silenciosa sobre el río que empezaba a cubrirse de bruma, y el corazón le saltaba como si fuera un sapo. Cuando vio venir a Clayton, ya amanecía. Sólo su cabeza sobresalía de la niebla, sólo su cabeza y una pluma. Una pluma que quizás de dónde obtuvo.

IV - Gringo

L a Abadía de Santa Ana ya había perdido su techumbre hacía años y de ella sólo permanecían restos de sus muros, cuando se descubrieron los diamantes. Se decía que era el yacimiento más grande del mundo, pero este supuesto rápidamente se convirtió en un sueño más de estas tierras que alguien muy optimista llamó de la esperanza. Al menos el hallazgo sirvió para la fundación del poblado de Santa Ana. Se talaron árboles de la ribera y en su lugar aparecieron las chozas, un almacén de provisiones, muchas cantinas y, algo escondidos, los prostíbulos, que en los tiempos heroicos de los pioneros habrían sido muy numerosos. Lo que no tiene explicaciones es la ausencia de Santa Ana de los mapas, de la República como llaman a su país en tono mordaz los guerrilleros, chiste de humor negro que también es imposible de explicar al que no ha nacido allí, al Gringo.

El remolcador subía tediosamente el río, arrastrando una balsa veinte veces mayor, allí se apilaban los pasajeros junto a cachivaches imposibles de describir. El rubio Franz Teeple había abordado al hombre de camisa rosada directamente en inglés, había contemplado que sudaba tanto como él, no podía ser lugareño. Y no se había equivocado. Dean, con no disimuladas muestras de alegría por encontrar un coterráneo, le hizo saber que era de Nueva York, cantante popular, de, bueno, regular éxito, le mintió, observando como reaccionaba el otro, porque tampoco tenía motivos para contarle a un recién conocido, que como cantante se moría de hambre, y que aceptó un contrato en el fin del mundo como su última posibilidad.

Franz, dijo que no hablaba español y le pidió que le sirviera de intérprete mientras durara su estadía. Venía enviado por la Universidad en busca del doctor John Clayton, arqueólogo extraviado hacía más de seis meses en la zona.

Al doblar un recodo, el monótono ronquido de la lancha cesó, habían llegado. Santa Ana estaba allí y no era más que eso, menos de cien casuchas tiradas como al azar en la ribera. Don Richard, como el mismo se hacía llamar, y que era algo parecido a un alcalde, los recibió en el muelle. Era un gordo sudoroso, entero vestido de blanco. Con horror Dean descubrió que una vez más en la vida se había equivocado, su actuación debía realizarse para la romería del niño, que era un acontecimiento que atraía gentes de los alrededores, pero para ello faltaban tres semanas, casi un mes en que debería sobrevivir con sus escasos ahorros, por otra parte, la pobreza manifiesta del caserío no dejaba dudas que como artista no lograría ni un real. En menos de media hora habían recorrido el pueblo entero, la gente se asomaba a verlos y él sonriendo intentaba despegarse la camisa empapada que se adhería a la piel.

Teeple lo convidó con una cerveza, el hombre conocía del país. —Aquí hay que ser cuidadoso, nada se parece a la democracia que conocemos —le confidenció Franz a media voz, a pesar de hacerlo en inglés. —Desde hace 30 años el gobierno lo maneja Plazuela, un militar casi analfabeto que se las arregla para hacer elegir presidente a su hermano o a su cuñado. En los últimos años, igual que en otros países de la región, la guerrilla apoyada por Castro intenta derrocar el régimen. El gobierno responsabiliza a los guerrilleros del desaparecimiento de Clayton, pero no sería raro que fueran ellos mismos los captores.

Sí, Teeple sabía del país, y estuvo a punto de largarse a reír, él, de este lado del mundo, sólo conocía, y por fotos, el Festival de Río, y eso había imaginado, de Río, pero no de este río barroso lleno de mosquitos quede seguro transmiten alguna enfermedad.

Al día siguiente un chico los guió a La Abadía, más de una hora a caballo cruzando matorrales, hasta encontrar los gruesos muros derrumbados, donde las raíces y las ramas cruzaban incomprensiblemente las gruesas paredes.

—Esto es un error, dígale, Dean, esto está abandonado por más de un siglo, Clayton nos escribió de la Misión hace apenas seis meses.

—Santa Ana, Santa Ana —se limitó a repetir el niño.

Un empleado de Fermín Santelices, el hacendado más poderoso de la comarca los esperaba en el hotel. Estaban invitados a su casa —no es posible —explicó más tarde —que dos extranjeros decentes se alojaran en esa porquería. ¿Qué dirán del país?—. Santelices era un hombre de suaves modales, hablaba el inglés perfectamente, rengueaba un tanto por una antigua hemiplejia. Dean notó de inmediato que Teeple parecía interesarse más en un gran retrato de Plazuela colocado sobre su escritorio. Don Fermín rió al ser informado sobre la equivocación de la mañana.

—La Abadía de Santa Ana fue fundada por los Jesuitas y abandonada para el terremoto de mil ochocientos cincuenta y ocho, si no me equivoco. Lo que ustedes buscan es la Misión de San Agustín, pero ella está en el alto Cogotán, a varios días de bote río arriba. Ahora de ese señor Clayton que ustedes mencionan, por aquí no se ha oído nada o yo lo sabría.

—Ahora, para ir a la Misión deben organizarse —si quieren volver vivos, se echó a reír Santelices. En todo caso él estaría muy complacido de ayudarlos con hombres armados.

Al amanecer Dean permanecía con los ojos cerrados, la cama era protegida por un mosquitero; mentalmente repasaba una melodía, cuando sin hacer ruido una muchacha se introdujo en su cuarto, le trajinó cuidadosamente su maleta y la vio detenerse por largo rato en sus hojas pautadas de arreglos musicales. Se quedó quieto, esperando ver qué le robaba, pero como nada se llevara, esperó conversarlo primero con Franz.

Sin embargo, Teeple desayunaba tan embelesado con Sarita, la hija de don Fermín, que prácticamente no lo escuchó. Tampoco le pareció adecuado acusarla al dueño de casa. No quería que nada turbara su gratuita estadía en el lugar.

Santelices les prestaría una lancha, pero Teeple había perdido su apuro, no dejaba a la muchacha ni un momento, ella, una morena de ojos verdes, busto erguido y un pantalón de montar ceñido al trasero, deseaba mejorar su inglés, con lo cual desplazó de inmediato a Dean como intérprete. Sin trabajo aparente éste decidió entrevistarse con don Richard, la verdad es que necesitaba un adelanto.

A Dean no le salían bien las cosas y se autodefinía como un tipo perdedor, estaba convencido que era algo casi genético y por ello tenía cierta tendencia a aceptar sus fracasos como algo esperado, aunque no por ello se sentía un tonto optimista. Pero el asunto con el alcalde sobrepasó sus límites y montó en cólera, la paga era en dólares cogotanos, cuya existencia no conoce nadie en el mundo civilizado, le gritó Dean fuera de sí, buscando insultos en español, pero un pistolón que don Richard sacó de su escritorio lo hizo volver a la realidad con rapidez.

Vagó por horas hasta el atardecer y entonces entró a una cantina. No había whisky, después del tercer vaso de una porquería de ron grueso corno jarabe, el piso empezó a ondular bajo sus pies y decidió volver a la casa. Alcanzó a caminar media cuadra oscura cuando un golpe en la cabeza lo tiró al suelo. Después entre varios lo patearon hasta que perdió la conciencia.

Despertó en la cama, no podía abrir los ojos de lo hinchado que tenía el rostro, quiso moverse y se le escapó un quejido. Lo encontraron en la mañana, casi desnudo pues le habían robado hasta la ropa, le informó María, la muchacha de larga cabellera que hurgara en su maleta noches atrás. Franz había partido río arriba, la señorita Sara quiso acompañarlo, pero el padre no la dejó, le confidenció la mujer que, siendo la única que entraba a su cuarto, se atrevía ahora a contarle los chismes de la casa. Lo trataba como a un niño, le acomodaba las almohadas y al comienzo hasta le daba los alimentos.

No es bonita, pero tiene un atractivo salvaje, pensaba Dean cuando lo dejaba solo.

Recién a la semana se pudo sentar en la cama, pero al intentar pararse comprendió que la golpiza había sido de proporciones. Ella lo ayudó, Dean apoyó el brazo en su hombro y María lo afirmó de la cintura, dieron algunos pasos por la pieza. Entonces no resistió más su deseo y casi con violencia la tomó de los senos. La mujer no opuso resistencia y en unos instantes se revolcaban bajo el mosquitero. Después de ello, Dean decidió que ya estaba sano y que debía abandonar la pieza. Pero el ambiente había cambiado, Sarita sin noticias de Franz lo trataba con hostilidad, don Fermín había partido al interior. Tampoco tenía deseos de encontrarse con el alcalde, sólo la muchacha, que por las noches se deslizaba a su cama, le devolvía el ánimo.

Deseaba el pronto regreso de Teeple. Franz podría ayudarlo, sin duda era un triunfador, capaz de conquistar a la dueña de la casa, mientras él debía contentarse con María, que después de todo era sólo una mucama. Sin embargo, ese día creyó que su mala suerte había cambiado. Contemplaba el río desde el muelle cuando un chico se le acercó, tenía noticias del Clayton, ese que había desaparecido. Dean no lo pensó dos veces, era la oportunidad de hacer algo grande y granjearse las simpatías de quienes lo miraban en menos.

Se internaron por una calleja hacia el monte, aunque ello no distaba más de cuatro cuadras del río. Habían avanzado una veintena de metros entre las matas, cuando varios hombres le cayeron encima y con presteza lo ataron de pies y manos. Después, durante horas lo transportaron por la selva. Cientos de aves volaban en estampida a su paso. Un tremendo negro los guiaba, y por fortuna lo había defendido de los otros que deseaban golpearlo. —Párela, compadre, no ve que este gringo es importantazo, déjenselo al comandante, que ahí sí que va a cantar. ¿No es cierto que vas a cantar, gringo carajo? Porque por ahí dicen que eres cantante *rocs* —y con una risotada se alejó.

Lo dejaron solo, no sentía dolor a pesar de las ataduras, tenía la conciencia extraordinariamente lúcida, tratando con celeridad de aclarar su situación: se trataba de guerrilleros, pero ¿qué querían, pedir un rescate? Eso era absurdo, por él nadie daría un centavo. Había sido un error no haber esperado a Franz, él habría advertido la trampa, por último, Teeple andaba armado, lo sabía pues había observado una pistola bajo la chaqueta que nunca dejaba a pesar de la canícula.

El Cholo Flores se sentó a fumar, estaba cansado, aún faltaba una jornada para alcanzar el campamento. El comandante Raúl tenía su genio, quería al gringo de la CIA y así no más tenía que ser, no aceptaba errores, entonces mejorcito que hiciera cantar al gringo, y —¿Si no era ese el gringo, y no quería cantar el muy pendejo? —Que igual cantaría, pobre de él, que canta o es hombre muerto, y que no se aguantó más el Cholo de tanta pensadera y se puso de pie. —¡Chico, Emilio, ven Chico, dile a los muchachos que lo ablanden, al Gringo hijo de puta, ese que te trajiste del muelle, que se me hace que no es, pero que, si no habla mismito que se lo echen, que se lo echen, he dicho ¡Carajo! que tampoco voy a estar cargando gringos por el monte.

Entonces el Cholo, que era un negro gigantón, se sentó otra vez a fumar, pero ahora más tranquilo,

—miren que cosa, —estaba pensando —¿Por qué serán todos igualitos estos gringos?—. Cuando un horrible alarido despertó a las aves que se desbandaron en mil vuelos y él mismo dio un salto tratando de alcanzar su metralleta. Después avergonzado de su error se dedicó a hacer argollas con el humo, muchas argollas, hasta que los gritos de Dean se apagaron por completo.

V – Nunca

(A esa mujer valiente que cantó)

Nos llevan al río —murmuró la mujer que había caído sobre mí. Debe estar tan golpeada como todos nosotros, pero creo que no podría tolerarlo otra vez, el peso de su cuerpo me aplasta las manos contra el piso, además que cada vaivén del camión me lastima todas las protuberancias de los huesos. Al comienzo era capaz de levantarme un poco apoyándome en los dedos, pero después de horas de atadura la amarra me los tiene insensibles, pero quiero mantener la esperanza que aún puedo hacerlo, que si necesito las manos en alguna emergencia me responderán. La mujer vuelve a cargar su cuerpo sobre mi hombro y me desequilibra, trato de acomodarme, pero las rodillas no me obedecen y caigo sobre el hombre de mi izquierda. —Aguanta, aguanta, coño —se queja susurrando, como todos cuando quieren comunicarse con el vecino, porque, así vendados, no sabemos si alguien nos escucha. Cuando nos subieron, adiviné que era un camión cerrado, pues había una rendijita, una sola, en la cabaña donde me retenían y los había visto sacar gente amarrada. Nos tiraron al suelo aquí dentro y en la misma posición en que caímos hemos debido seguir y todavía no es posible estirarse ni un milímetro de repleto que está.

—Que aquí en este pueblucho no pasa nada, sargento—. ¿Y qué querrá que pase el muy pendejo? Llevo ocho años aquí y me viene a contar que no pasa nada. Ojalá nunca pase nada, pues González, para eso estamos, para eso nos sacrificamos estando de guardia, siempre de guardia, desde hace dos meses. —¡Qué dos!—. Casi tres, impidiendo que los desgraciados se organicen y asesinen y maten. —¿No sabrá el cabo los planes que tienen?—. Debería estar al tanto, viene llegando de la capital. Allá saben, estudian, investigan, aquí es distinto, uno los conoce a todos, o cree conocerlos y de repente le llega el soplo que fulanito y menganito están metidos hasta el cuello y ahí unos los agarra y los hace cantar y si no quieren parlotear, mismamente se les saca la mierda. Pues no nos van a venir de la capital con la vainita esa de contarnos lo que pasa en nuestras narices, cabo González. Llevo años viéndolos todos los días con sus caras de moscas muertas y ellos maquinando para matar a los nuestros, o a uno mismo si tuvieran cojones, adoctrinando a nuestros hijos, como el tal Raúl, que bien debilucho y hasta afeminado parecía el profesorcito y ¡Miren lo que se traía guardado! —¿Qué carajo le pasará a González que se queda atrás? —¿Le aprieta el zapato, cabo? —Que no mi Primero, venía pensando. —Usted no tiene nada que pensar, González, no ve que llegaremos atrasados al camión. —Y que sí, mi Primero, que ya lo alcanzo, mi Primero.

Las puertas se abrieron y entró una bocanada de aire fresco, como si fuera de noche, los cerrojos de los fusiles sonaron a nuestro lado. Sacaron a varios a empujones, cayeron como sacos en el camino. Se escucharon voces de mando, les ordenaban pararse.

Parece que alguien se resistió pues empezaron a patearlo. La mujer de mi lado temblaba, al viejo más cercano se lo habían llevado. Todo quedó en silencio, salvo los pericos y un hilo de agua que corría por ahí. Pasaron los minutos y cuando me iba a estirar aprovechando el espacio de mi compañero ausente, sonaron las descargas, venían de varios puntos, se repetían. La atmósfera aquí dentro pareció agitarse, pero nadie se movió. Las voces retornaron, se reían, el aroma de un cigarrillo nos llegó desde la puerta y, mientras el camión se ponía en marcha, la mujer empezó a llorar, dulce y suavemente, como el hilo de agua que dejábamos atrás.

No tengo porqué contarles mis dudas a González, pues lo encuentro medio macaco, pero para mí que nos desprecian, se creen que ellos no más saben hacer las cosas, cuando yo con un par de patadas en los cojones al Raúl le hago confesar que hasta su vieja es guerrillera, y todo el jaleo que lo hacen hacer a uno, tener que sacarlo de la escuela durante las clases, que hasta el Toño confundido me interrogaba en la noche y todo para tener que entregárselos a los muy lindos, mientras uno tiene que aguantar todos los días a la vieja preguntando por el Raúl, lógico, no se traga eso de que lo dejamos libre y que ahora no más debe estar escondido en el monte, y dale con decirme: —Usted que es bueno sargento —de nada ha servido decirle al cojudo de González que no la deje acercarse al cuartel. Y ahoritas, ¿qué se creerán que voy a estar toda la noche esperándolos? ¡Qué vaina! Como ellos andan de incógnitos y no tienen que meterse con la gente, pero a mí me miran y me preguntan, cuando se atreven, claro, y tengo que poner carita de santo. —¿Qué está haciendo con esa varilla cabo? —Que nada mi Primero, que es para matar el tiempo. —Páseme eso, que el arma de servicio no es para estar pelando ramas. ¿Tiene cigarrillos, González? —Que no, mi Primero, que ahorita le puedo ir a buscar.

—De una carrera, González, mire que el camión debería haber llegado.

Nos hemos detenido dos veces más, quedamos pocos, calculo que bajan grupos de 4 ó 5, se los llevan lejos y los fusilan. Ahora el barullo es insoportable, rezos, llantos y chillidos, verdaderos chillidos. Me he tendido en el suelo, por fin puedo estirar las piernas, trato de moverlas muñecas, de desentumecer los dedos, de acomodarme los hombros. La mujer me imita y quedamos muy cerca saltando con los barquinazos, despide un hedor acre a transpiración y orina, me imagino que debo oler igual, tantos días sin lavamos. Alguien está completamente fuera de control y comienza a gritar y patear en el suelo los guardias ríen y le ordenan callar, pero continúa.

Entonces la mujer se arrastró hacía allá, empezó a susurrarle, pero su vocecita minúscula irrumpió poco a poco en un canto y se fue redondeando hasta emerger firme y bien articulada, llenando el espacio, rebotando en las paredes. Yo trato también de modular, de convertir el aliento entrecortado en canción, pero los gemidos me recorren con espasmos.

En cada paso golpeó las botas con la varilla, para matar el tiempo, como dice González. El cielo sin nubes y tanto calor. ¡Qué vaina! Justo ahora recordarme que el Toño quiere una maldita bicicleta para la Pascua y la Tere dale con que es peligroso, que se le va a arrancar de casa y con tanto guerrillero suelto, que cualquier día se lo matan. ¿Por qué no dice que anda asustada? Porque ya nadie se toma una cerveza conmigo desde que ellos llegaron de la capital a darme órdenes, y con tanto hombre y hasta mujeres que hemos golpeado en el cuartel, más los que aparecieron en el río destrozados por las dentelladas de caimanes o por los picotazos de los goleros y que tenían un olor tan espantoso como nadie en el pueblo había sentido nada parecido. Eso estaba recordando cuando aparecieron las dos luces en el extremo del camino y desde luego el torpe de González aún no regresa.

Una angustiosa sensación de volar en el vacío y un golpe seco en la tierra. Choqué con la cabeza, un breve embotamiento y toda la noche conmigo, toda silenciosa, los grillos aserrando la oscuridad, una bota a escasos centímetros de los oídos, las carabinas rondándome las sienes, el pecho o la espalda quizás. La venda se me había corrido un poco, podía ver una luminosidad colándose por las alas de la nariz, llevan linternas. Creo que no lo harán aquí, es más fácil hacerme caminar que después arrastrar un muerto, quizás me tiren al río, el zumbido de los mosquitos me hace suponer que está cerca. Las piernas me tiritan, no resisto más y me orino de a chorritos, lo siento tibio y mojado en el pantalón, no puedo dejar de temblar, pero el camión no está, se ha ido, debo haberme aturdido, pues no lo sentí partir. Sólo percibo las botas a mi lado, una linterna que parece pasear su luz sobre mi cuerpo y un TIC-TIC-TIC, como si estuvieran golpeando algo suavemente. Varias veces se ha alejado, pero vuelve, siento las pisadas muy cerca y otra vez comienza el golpecito, a ratos con un ritmo: TIC-TIC-TIC-TAC, como si estuviera siguiendo la melodía de una canción. Tosió, estoy casi seguro que está solo, volvió a toser. Me voltea con el pie, ha encendido la luz, las manos atadas se me aplastan en el camino, coloca su bota en mi pecho, pero no hace presión, parece que me examina. Si me obligaran matar a alguien preferiría no conocerlo, bueno, se me ocurre. De alguna parte llegó una voz y partió corriendo, deben haberlo llamado, no logró comprender, me cuesta concentrarme por el temblor que me sacude. —Primero —algo así escuché, pero deben referirse a otro, porque si yo fuera el primero para que iba a gritar. Otra vez me oriné, es incontenible con los tiritones. Me dejaron solo, estoy esperando oír descargas en alguna parte, o quizás a los otros se los llevaron muy lejos, por eso la demora. Si grito, si grito ahora, de seguro me muelen a culatazos. Una bala no duele, debe ser rápido.

Agarré del brazo a González para darle instrucciones, y que no la cague, con lo poco inteligente que es, no entendió nada. Por último, que importa, me basta y sobra con que, lo haga, que se lleve al Raúl hasta el acequión o más allá si quiere. —Pero lo más importante, González es que no abra el pico, no parlotee, ¿lo ha entendido cabo?

Desde aquí lo alcanzo a ver forcejeando para ponerlo en pie, pero el Raúl trastabilla y cae, lo intenta varias veces, arrastrando lo saca del camino y ambos ruedan por un desnivel. Aún se escuchan los quejidos. Recién iba a encender el cigarrillo, cuando ya volvía González, que no puede, que perdone, que no puede hacerlo.

Otra vez se alejó, quizás fue a buscar el arma, pero a los otros no le han disparado, no he escuchado balazos. Me dejó tirado boca abajo y así me quedo unos momentos. Los escucho conversar, pero están lejos, lo hacen en voz baja, quizás se están sorteando quién dispara. Ruedo sobre un costado y logro por fin ponerme de rodillas, las siento firmes, sus voces aún suenan distantes y empiezo a caminar arrodillado, no sé hacia donde, choco, me lastimo con piedras y ramas, la cabeza se me enredó en unas cañas, la muevo tratando de enganchar la venda, pero está muy apretada. Se acercan, retumban sus pasos, se mueven a mi alrededor, me hago un ovillo bajo unas plantas, pero el corazón me golpetea tan violento que me van a descubrir por su culpa. Escucho sus pasos dar vueltas y vueltas. —Lo dejé por aquí —explica uno e inmediatamente algo que sonó como una bofetada. Aguzo el oído, parecen estar muy cerca. Alcancé a poner el cuerpo tieso para recibir el primer puntapié.

Me siguen pateando, los dos lo hacen, no me insultan sólo patean. Ahora uno me golpea con un látigo, o una rama, se escucha silbar en el aire para después caer cortante, rebanando las carnes.

Lo tomamos entre los dos, arrastra las piernas, no quiere levantarlas, la cabeza le va colgando. Escupe sangre, parece que le di un varillazo en pleno hocico. Está bien hediondo y pesado el carajo, con razón González no se lo pudo. ¡Coño! Se le repite que no parlotee y es lo primero que hace. —¿Cuántas veces tengo que explicarle que es el profesor del Toño y que capaz que después le arme jaleo al chico?—. Aunque ellos no le hayan encontrado cargos, no significa que sea un angelito, porque yo también hago mis averiguaciones. —Por aquí, por aquí está bueno —le señaló a González. ¡Por Dios que estoy cansado! Le indico que le corte las amarras. —No, sólo las de las manos.

Apenas puedo respirar, parece que me rompieron todas las costillas, cada vez que tomo aire me punza tan fuerte que debo botarlo de inmediato. Lo hacen todo en silencio, como autómatas, como si lo tuvieran ensayado muchas veces, hasta preferiría que me insultaran o se rieran como en el camión. El silencio lo hace más tenebroso, lo único humano es su jadeo. Me arrastraron como dos cuadras y estoy tan adolorido que me derrumbo.

Ahora espero, no, más bien quiero que sea ahorita. Tengo el oído atento. —Prefería un balazo en la nuca —estaba pensando, pero no tuve dudas, sacó el machete, lo escuché saliendo de la funda. El sabor a sangre me llena la boca. —No así no —deseo gritar, pero se me atora el sonido en la garganta y se convierte sólo en un graznido pequeño. Pero demoran, me giran dejándome boca abajo. Un sudor, un sudor bruscamente helado me recorre erizándome la piel, siento que estoy tenso, duro.

No sé si serán capaces de hacerlo de un sólo golpe o me clavarán el machete en la nuca una y mil veces. Me levantan las muñecas por la espalda, lo hacen tan bruscamente que un agudo dolor en los hombros me hace gritar, con algo las remecen por unos momentos y de repente ambas, ambas muñecas, ambas manos muertas de dedos tiesos e hinchados ruedan lacias a mis costados. Me desatan, no desean dejarme amarrado, me arrojarán al río y culparán a los babillos y caimanes, pero no puedo tener una noción exacta de mis manos hasta que un torrente de dolor va y vuelve hasta la punta de las uñas. Por unos segundos he olvidado la hoja filosa abriéndome la garganta o clavándose entre las paletas y de un repente se me suelta todo, por un lado el llanto, y por allá abajo, sin poder contenerlo, ni pararlo ya, me defeco, y sigo cagándome cuando recibo un par de golpes con el látigo y sigo haciéndolo cuando los siento alejarse y que me dejan solo y parece que aún lo hago cuando hace rato que comenzó a amanecer y descubro que otra vez puedo mover los dedos y quizás pueda sacarme la venda y huir a esconderme en el monte, pero antes, no sé, no sé por qué me acuerdo de la mujer y del viejo en el camión y rompo a llorar, a llorar como un niño y creo que nunca podré dejar de llorar, nunca.

VI – Emilio

Emilio había nacido allí, en primavera, a la hora de los truenos y de las breves pero torrenciales lluvias que apenas lograban refrescar las noches. El río, achocolatado como sí la tierra se derritiese por el calor, crecía y sería difícil cruzarlo.

Para la primera guerra, cuando se luchaba por derrocar a Plazuela y con esfuerzos cargaba el arma, pues en realidad era apenas un niño, con el Cholo se habían aventurado un tantico al norte y salido unos metros del monte y hasta transitado por algún camino. Se sabían bienvenidos por los lugareños, ocultados de la tropa si fuera necesario, pero ahoritas no era así, porque los traidores le habían lavado el cerebro a la gente, dale que dale por la televisión, repitiendo como guacamayos la misma cantinela, mientras los muy ateos no respetan a la familia. Así lo había dicho el padrecito y así era no más.

Para la primera guerra no lo dejaron llegar a la capital, a las celebraciones, no es justo, le quitaron el uniforme y de vuelta a Santa Ana. —A estudiar chico, la patria necesita hombres ilustrados, y si sabes leer, entonces enseña Chico —mientras ellos se daban la gran vida en la capital, por eso hermano, mismito por eso se habían armado nuevamente, pues no estaba bien que un grupo de traidores comunistas se robaran la revolución.

Ahora sería distinto, escucharían su voz los muy carajos. —La única voz del guerrillero —había dicho el comandante y PA-RA-RA-RA-PA-PAN con la metralleta dirigida a las cañas que iban siendo segadas, como lo serían los milicianos por traidores. Raúl, el comandante, él sí que había demostrado como se combatía, sobreviviendo a tanta emboscada, sin dejar el arma ni para darse una siesta, él sabía decirlo todo así de fácil, como que había sido maestro de escuela antes de irse al monte, en tiempos del Maldito.

El Cogotán seguía de crecida, tendrían que vadearlo a cualquier costo esta noche, pero sabían que el enemigo podía estar en cualquier parte, por eso se habían desplegado en abanico por la ribera, cruzarían de a uno, después se reunirían en la hondonada y de ahí bajando por los cerros hasta la costa misma. Pero tenía que ser ahorita, los gringos no esperarían con las armas hasta el amanecer.

Cruzó el río, pero la correntada lo desvió por lo muy menos una legua aguas abajo y con el arma todavía seca, pues bastante lo había practicado, se sentó un momento en la orilla para ubicarse y avizorar al resto de la tropa. Por ahí no andaban, sólo aullidos de macacos y pájaros de la noche. Estas eran sus tierras, por ahí lo llevó su padre cuando niño, antes de que lo matara la Guardia Nacional del Plazuela mal parido y violaran a su madre que, para más carajo, se quedó preñada de quizá cual hijo de la más perra, que ojalá esté bien muerto, el concha de su madre, como el tirano mismo hecho polvo de un bazucazo. Y por ahí mismito, cruzando el monte se había ido siguiendo a los milicianos para la primera guerra, ayudando en todo al Cholo Flores, la puta que lo parió, que para eso había sido nombrado su ayudante por el propio comandante. —Los gringos, los gringos, Chico, son los culpables de toda desgracia, mantienen en el poder al Maldito con sus dólares y sus armas —repetía el Cholo carajo, que sigue de miliciano y se hizo comunista y se negó a seguir peleando al lado del comandante Raúl para la nueva guerra y por ahí debe andar por la capital, dándoselas de intelectual o de técnico con los cubanos o los rusos, cuando tampoco sabía escribir, el Cholo piojoso.

Agazapado, con el arma pronta, se fue internando en el monte, tan espeso que era una bendición. —Es riesgoso dejar el monte —le había enseñado el Cholo esa vez que lo llevó a conocer mujer. —Aquí hay que ser precavido —y él mismo se había quedado haciendo guardia en los alrededores. —Ya eres un hombre —se rió después, mientras lo abrazaba con sus manazas casi blancas en las palmas —ahora puedes mandar al infierno a un par de malditos y hasta unos cuantos gringos si se te viene en ganas.

Le pareció escuchar algo, un murmullo distinto al sonido de la selva, el dedo presto en el gatillo, de seguro eran sus compañeros que se arrastraban a escasos metros, pero que ni en pleno día se podrían distinguir a veinte pasos por lo tupido del ramaje. Se detuvo, pero, —¿qué ocurría?—. Le pareció escuchar voces. —¿Qué pendejada están haciendo? —les había advertido que debían guardar silencio, el enemigo podría estar cerca y todo irse al carajo, tendría que hacerlos callar. A su derecha, en medio de la oscuridad distinguió un punto brillante, estaban fumando, pero, —¿cómo se les ocurre, se han vuelto locos?—. Como no podía gritarles, se acercó con decisión, con rabia, con la mierda hirviendo, estaba a menos de diez metros apartando ramas, cuando antes sus ojos se encendieron las metrallas, con un ruido infernal, como nunca lo había sentido, los monos y los pájaros aullaban en todas direcciones.

No alcanzó a pensar en tirarse al suelo, en su derredor rebotaban las balas entre las matas y troncos. De cien puntos de la oscuridad llamaradas azul-amarillas como lenguas de mil víboras lo buscaban, dio media vuelta y partió de regreso al río.

— ¡Coño, como se había equivocado, caer en pleno campamento enemigo! —. Echaría a perder toda la misión.

— ¡No disparen, a ese lo conozco, no disparen he dicho, carajo! —. Era la voz del Cholo, difícil de olvidar la voz de Evaristo Flores, lo sentía gritándole en la espalda. —Que se detuviera, —gritaba, y su machete ferozmente cortaba las matas, pero él no dejaba de correr hacía el río, perdió el arma que por ahí se quedó enredada, pero seguía corriendo, sin parar, tenía que correr, llegar al río, pero el Cholo atrás, cada vez más cerca, más nítidos sus pasos, su machete. Esconderse, que pasara a su lado, pero eran muchos y ahora para más desarmado, tropezó, tropezaba, pero seguía, corría, corría cada vez más rápido, al río, al río, cayó, pero otra vez corría. El Cholo ya no gritaba, pero oía su jadeo, pero al fin, por fin el río, ahí estaba.

Fugazmente la luna lo iluminó un momento, se detuvo, las aguas llevaban aquí una corriente endemoniada.

—Chico, soy yo —el cholo con su fusil apuntando al suelo y los dientes brillando en la noche, como cuando sonreía.

—Cholo —alcanzó a decir con un hilo de voz e instintivamente dio un paso para acercarse a él, como para abrazarse de sus rodillas, cuando de la ribera opuesta cientos de disparos sonaron al unísono.

El niño cayó a tierra y el hombre de un salto trató de protegerlo cubriéndolo con su cuerpo. —Al río, salta al río, Chico —fue lo último que dijo.

Emilio había nacido allí, en primavera, el Cholo, quizás dónde había nacido, algunos comentan que era cubano, el muy traidor.

PA-PA PA-PA-RA-PAM, hasta que callaron las metrallas.

Después algunos tiros ocasionales desde ambos lados del río.

VII - Balada

E l hombre cubierto de lodo hasta las axilas parecía desnudo con el breve calzón que se adhería a sus formas. Dejó sus pertenencias en la orilla y después caminando con cuidado, como si algo le incomodase las plantas de los pies se introdujo al río. Recién cuando las aguas le alcanzaron la cintura se zambulló desapareciendo.

No era frecuente que los mineros vinieran a bañarse a ese remanso un tanto escondido. Acostumbraban a hacerlo junto al muelle, con gran alboroto, trescientos, quinientos o quizás más, en medio de risas y palabrotas, uno al lado del otro, igual como trabajaban en el monte, entrechocando las palas, buscando el diamante escondido en el barro, cada cual en un espacio tan reducido que apenas cabían ambos pies.

Procedió a jabonarse la piel que alguna vez fue blanca y sólo entonces vio a la mujer, arrodillada, lavando. Sus miradas se cruzaron y eso le bastó para comprender que él estaba invadiendo su territorio.

Para Epitacio resultaba incomprensible no haberla visto antes de entrar al agua. Ostentosamente ella se dio vueltas para tender la ropa en unas ramas, y él de cuatro saltos agarró sus bártulos para vestirse apresurado.

La noche estaba más calurosa de lo habitual, miles de mosquitos atestaban la oscuridad. Epitacio fumaba un cigarrillo que él mismo había liado y que sostenía entre los labios enmarcados por unos bigotes que lacios bajaban por las comisuras. La imagen de la mujer surgió de las sombras como algo tan inesperado que hasta lo sobresaltó.

Ella parecía jugar, descalza caminaba con los brazos en cruz sobre un tronco seco, simulando un paseo en la cuerda floja. El oscilante resplandor de las fogatas daba a su figura un dejo fantasmagórico. La reconoció, vestía el mismo vestido negro casi hasta los tobillos que cuando lavaba hace unos días. Repitió su jugarreta varias veces, siempre aparentando que se trataba de una maniobra de gran riesgo.

Epitacio la miraba extasiado, en su infancia había oído un cuento a los negros que asociaba con la escena, no lo recordaba bien, pero tenía que ver con una mujer surgida de la oscuridad. Sin embargo, no tuvo tiempo de pensarlo mucho, pues ella con un paso de baile se acercó tendiéndose a su lado, casi rozándolo. Lo miró seria con la boca apretada y entonces sus carrillos comenzaron a inflarse y el pecho a estremecérsele con una risa que la hacía enrojecer. Epitacio comenzó a su vez a reír y pensó que nunca podría detenerse. Las lágrimas le corrían mojándole los mostachos y eso parecía que la divertía aún más, con un dedo pretendía detenerlas en la mejilla y sus carcajadas se renovaban. Tenía los dientes completos, lo que por aquí era más que raro, un par de hoyuelos sobre las comisuras.

Era ruda, tosca, pero casi hermosa, se le ocurrió. Algo de ella le recordó a María Venancia, su hermanita desaparecida para una de las sequías, y que nunca tuvo en claro si efectivamente fue raptada por los *cangaceiros* o vendida por su padre, tampoco pudo preguntárselo, pues el viejo murió ese año, igual que los cebués y hasta las lagartijas que aparecían panza arriba sobre la tierra tan partida por la sed de meses, que uno pensaba que jamás se podría cicatrizar. Ella intuyó la tristeza apoderándose de sus pensamientos y comenzó a hacerle cosquillas, entonces lucharon, revolcándose sobre la tierra y las hierbas y las piedras y hasta las espinas, sin preocuparse. Sus lenguas se conocieron mezclando las salivas, se mordieron suavemente. Estaba desnuda bajo el vestido, él lo retiró, acomodándola bajo su cuerpo, después la abrazó con fuerzas observando cada pequeño detalle de su rostro.

—Parece que nunca había reído —le explicó más tarde tratando de contener el llanto. Al amanecer dormía boca abajo, la cubrió con una manta y partió al cerro. Comenzó a picar la tierra rojiza, a deshacer los terrones gredosos entre los dedos, palpando cada piedrecita con suavidad. Cualquiera podía ser un tesoro, el pasaje a la felicidad. Es cierto que en los últimos meses sólo se habían encontrado diamantes industriales de escaso valor, pero de aquí de este peñón de Santa Ana había salido el diamante más grande de la tierra. Todos los hombres lo sabían, lo repetían a los recién llegados, como si alguno lo hubiese visto, pero cada cual en su relato lo agrandaba, de manera que por esos momentos se decía que entre cuatro habían tenido que cargarlo y a pesar que todos lo dudaban, repetían y aumentaban la historia. Epitacio suponía que era una manera de recobrar la fe. Del impresionante cerro, por lo menos un quinto, había sido demolido, pulverizado, tamizado por miles de manos provistas de herramientas rudimentarias. Los hombres trabajaban codo a codo, de lejos parecían hormigas en un trozo de carne, sólo había espacio para mover los brazos. Cuando llovía se hundían hasta las rodillas, pero los brazos seguían carcomiendo la tierra y los ojos aguzando la visión. Para los frecuentes desmoronamientos siempre alguien caía arrastrando a docenas que estaban más abajo, pero el resto seguía laborando, mirando con indiferencia a esos competidores de la esperanzada búsqueda.

Al atardecer, con cuatro piedras como granos de maíz, Epitacio se dirigió a la pulpería. A su turno las colocó en el mostrador, Fermín Santelices, como tantas veces, ni siquiera las puso sobre la báscula, se limitó a hacerlas rodar con el dedo —industriales —sentenció, las echó en un cajón y anotó en el libro. Después uno de los hombres le pasó una bolsa de arroz y frijoles. Epitafio enrojeció y con su marcado acento extranjero indicó que necesitaba otra ración. Los empleados requirieron a Fermín, quien antes de acceder paseó su mirada por la figura desgarbada del brasileño, su sombrero de alas caídas, sus brazos huesudos y se detuvieron por fin en sus ojos profundamente azules. Respondió con una sonrisa —pero no flojees —e hizo pasar al siguiente en la fila.

Por varios días recorrió las chozas de la orilla. El remanso donde lavaba y las cuatro callejuelas del pueblo. Por las noches volvió a dormir junto al tronco tumbado.

Sólo después de una semana decidió visitar los prostíbulos, algo escondidos por el bosque. Pero no sabía ni su nombre y a pesar de su minuciosa descripción nadie parecía conocerla.

La tercera tempestad de la temporada otoñal fue un verdadero huracán, las faenas se interrumpieron, las aguas y el barro caían de los cerros como si fuera lava, arrastrando a su paso todo cuanto se ponía en su camino; el fuerte vendaval derrumbaba árboles y techumbres; los hombres se refugiaron en el monte, agarrándose de los troncos para no ser arrastrados, mientras abajo el Cogotán rugía y verdaderas olas se levantaban de sus aguas achocolatadas.

Con su vestido pegado al cuerpo parecía un pájaro muerto, los huesos de las caderas hacían prominencia bajo sus ropas. Sólo se le ocurrió rodearla con los brazos. No había manera de secarse, sólo tiritar juntos. —¿Dónde te habías metido? —le gritó entre dos truenos, mientras un rayo partía el cielo como a una calabaza y sus rostros enlodados se iluminaron como fantasmas. A ella no le salía el habla con los dientes castañeteando entre los labios granates de frío.

Recién al amanecer lograron encender un fuego, había dejado de llover, pero el agua en el cielo se debatía con la misma furia que el río allá abajo. Pusieron a secar las ropas y calentaron sus cuerpos cubiertos de barro.

Sus pechos colgaban lacios como frutas secas, sobresaliendo apenas de las costillas. Epitacio se paró a su lado, sólo adentro de sus ojos parecía aún quedar un vestigio de vida, se le ocurrió, pero se equivocaba, su boca, su lengua, su garganta incluso, guardaban un ardor casi incomprensible, una compatibilidad jamás imaginada.

Tenía tanto que preguntarle, pero ahí estaban todas las respuestas. Cuando se quedó dormida suavemente empezó a desprenderle las costras de barro. De vez en cuando le acariciaba los senos pequeñitos y flácidos, los acomodaba a su mano y tomaba distancia para observarla y observarla.

Cuando despertó, ella se había vestido, el pelo tirante tomado en un moño perfectamente redondo, la cara limpia y hasta olorosa, con una energía arrolladora le restregó sus mugres, lo dejó limpio y lo mandó al trabajo, besándolo al partir. El entre rezongos se fue bajando al río. Pero subió al monte noche a noche y allí lo esperaba sonriendo, con su vientre aumentando mes a mes, hasta que se hizo difícil hacer el amor, pero igual lo hacían, y sus pechos marchitos se hincharon otra vez como si aún fuera joven y ya todos sabían de sus dos raciones en el almacén y su pala trituraba la tierra con una furia indispensable, de sol a sol cavando, hurgando en la greda, sudando, mientras el bigote le sobrepasaba el mentón y los huesos de la cara se le hacían transparentes y los ojos, sólo los ojos eran los mismos, con sus visiones de tierras de sequías y hambrunas, de hermanos vendidos a los bandoleros, de padres que morían como lagartijas y hombres matándose por un puñado de *farofa*.

Ella ya estaba por parir y debieron trasladar la vivienda a un sitio más cercano, a las márgenes del bosque. En las noches oían los gritos ebrios de los hombres de juerga en los lupanares, aún sombríos y protegidos por la selva.

—Si es niña la llamaremos María —dijo él, aún nostálgico, seco de sus tierras áridas, fumando, sin escuchar sus palabras, la historia de su vida en el Cajón, donde los hombres no se matan por la comida, pero igual se matan, donde se vive tan cerca del cielo que se llega a sentir y pensar igual que los gallinazos y los cóndores gigantescos. Ella le relató como su hombre la encaramó en los mulos y sin explicaciones la mandó río abajo, por unos despeñaderos donde el agua es apenas un hilo y el aire aún más tenue y que bajó y bajó entre los riscos y que los mulos murieron uno a uno y que debió comerse al más pequeño para no morir.

—¿Y si es hombre? —la interrumpió Epitafio, —María, si es mujer, pero si es varón, ¿cómo lo llamaremos?

El primer palazo de esa mañana sonó como una campanada. Epitacio miró a sus vecinos, pero seguían cavando cada uno lo suyo, introdujo la mano hasta la muñeca y ahí estaba, como un huevo de paloma. No necesitaba mirarlo, lo sabía, lo escondió bajo el pantalón, pero siguió cavando hasta el atardecer para disimular. Que Fermín Santelices era un pillo lo sabían todos, pidió sus dos raciones como de costumbre y el peñasco bajo el calzón le sacó una sonrisa. Se recostó entonces junto al tronco tumbado. Necesitaba pensar, encontrar un escondrijo. Las fogatas lejanas lo iluminaron como latigazos, imaginó que de las sombras surgía el vientre grávido, entonces sacó su tesoro y lo examinó, sus ojos relampaguearon como electrizados, lo volvió a su bolsillo y partió sigiloso hacia el río. Cerca del remanso, se le ocurrió, pocos iban allá.

Cuando la mujer dio a luz, su rostro estaba empapado de sudor frío, desvariaba, insistía en contar que su hombre la había echado, cargándola en los mulos y que ella se los debió comer para no morir de hambre, extraviada en unas sierras pedregosas y secas. Las mujeres del prostíbulo, que la ayudaban después de haber escuchado sus gritos, ligaron el cordón y le dieron quinina que según la más entendida cortaba la sangría.

Afuera, mientras tanto, los borrachos reclamaban su presencia y comentaban el rumor de que, en el río, los capataces de Fermín le metieron dos balazos a un brasileño ladronazo que se robó un diamante de la pulpería, tan grande que era imposible de describir. —Como un melón, o aún mayor, pues entre dos hombres tuvieron que llevarlo de regreso al almacén —dijo uno que a esas alturas ya juraba haberlo visto con sus propios ojos.

—Es una niña —dijo preocupada la improvisada comadrona, viendo con horror que la hemorragia progresaba como un río. La parturienta con las piernas lacias siguió sangrando. Hasta el fin insistió en una historia sobre los mulos. Pero su voz ya casi no se escuchaba, pues los hombres aburridos con la espera habían exigido música y otra vez el tocadiscos mezcló sus melodías con la de los pájaros, pues sobre el Cogotán un rosa pálido en el horizonte anunciaba un nuevo amanecer.

Un viejo

C uando entreabrió los ojos aún resonaba un murmullo, como una correntada de aguas y piedras. Su derredor impenetrable, oscuro y quieto. Con el primer parpadeo comenzó el ardor, como arena hiriéndole las córneas, y se los restregó.

Algo zumbaba dentro de su cabeza, un moscardón atrapado en el cráneo estrellándose contra sus paredes sin cesar. Volvió al prado verde, sus tres cuadras de alfalfa y muchas flores blancas y lilas, pero el olor a estiércol las sobrepasaba a todas. El sol, un sol de fuego inundaba la tarde, tiñéndola de un rojo anaranjado, como la sangre que gotea en el agua.

Volvió a despertar. Ahora con mayor conciencia del silencio, sí, estaba despierto. Intentó sentarse apoyándose en los codos, pero sintió que lo jalaban de las piernas, un golpe de hacha en las ingles y un dolor agudísimo le subió rápido desde el dedo gordo hasta la cadera.

— ¡Suéltenme, suéltenme!

Otra vez de espaldas, con los ojos abiertos o quizás cerrados. —¿O se quedó dormido? —pero no, los tenía abiertos, aunque no veía.

Las piernas, un inmenso dolor allí. Instintivamente, con una sensación de horror se llevó las manos a las... pero chocaron en su camino con una dureza, golpeándose los pulpejos. Los dedos crispados temblaron y se le escapó un grito, un alarido que escuchó como aumentado por un megáfono y tuvo la sensación que se quedó resonando un rato más, retumbando por su cuenta.

Apenas unos segundos habían trascurrido y estaba otra vez sentado. Alcanzó a dar dos tirones hacia atrás pero su esfuerzo fue seguido de un sudor frío, su aflicción aumentaba, pero igual repartía puñetazos, hiriéndose al golpear golpeando, al gritar gritando, al doler doliendo, hasta que extenuado se desvaneció y las náuseas se le encaramaron al gañote. Lloraba, con sollozos desordenados y algunas palabrotas rebeldes. Pero el cansancio y la oscuridad impenetrable lo obligaban a dormir, a gemir cada vez con menos fuerzas, sólo un sibileo, apenas un hipo largo y suspirado que parecía un péndulo anunciando el paso de los minutos y de las horas más tarde.

— ¡SocoooORRROOOO,   socorro,   dios mioayudénmmeEEEE!

Esa voz era un espectro de la suya, como lo fue su primer grito, raspaba el gaznate. Se notaba que la había hecho gritar por horas, vagamente lo recordaba, como si otro lo hubiese gritado. Ahora sí, bajó las manos y palpó las piedras, la tierra y los maderos. Permanecía de espaldas, cubierto por los escombros, un poco inclinado —escorado a estribor —se le ocurrió. Si se quedaba quieto casi no sentía malestar, sólo un calambre en la pantorrilla, sin embargo, tenía que sobársela, darse vuelta, —¡MIERDA, MIERDA, POR LA MISMA MIERDA! —hasta que por suerte cedía, pero estaba obligado a estar quieto, hasta el respirar profundo lo desencadenaba.

Era extraño, después de tanto tiempo en la oscuridad y no se acostumbraba. Sólo lograba ver unas nebulosas manchas blancas, imprecisas, que se deslizaban lentas, aunque al parpadear rápido, como lo hacía ahora, cambiaban de posición. Se aburrió con ellas, pero siguieron martirizándolo y canturreó un momento para demostrarles que no le interesaban, pero seguían ahí, flotando. Tocó las piedras nuevamente, imposible retirarlas, más aún en su estado, entonces abría los ojos asustado, con la vana esperanza de ver y volvía a restregarlos, ya no le escocían. Ponía atención con una y otra oreja, girando la cabeza para auscultar las sombras.

Era un silencio denso, ocupaba todo el espacio, se introducía por los oídos y hasta por la boca como el plomo fundido. Jugaba con los dedos sobre la tierra y su golpeteo sonaba como los pasos de una mujer en zapatillas, ahora, si lo hacía con más intensidad, era como sentir que los pasos se acercaban.

—¿Y el Pomarola? —lo dijo en voz alta, y por primera vez tuvo absoluta conciencia de que era su propia voz.

—¡POMAROLA ...... POMAROLA... EY ... CABEZA DE PICHI!

—¿Cómo es que se llamaba?—. La Bernarda le decía siempre mi viejo, como todas las mujeres por aquí, igual que los patrones y capataces que llamaban viejos a los hombres que bajaban a los piques, sin importar que a veces fueran adolescentes, el Poma era un viejo joven en este dialecto pampino. —¡Ay! Pomarolita... Viejo querido. ¿Cómo te llamas? ... ¡No me puedo acordar!

—Poma —gritó otra vez, sabiendo que no le iba a responder, debía estar debajo de tanta piedra, muerto, como él si no lo sacaban y también... ¡Ah! ... Aquí estoy, socorro, Beto, Beto, me muero, SÁQUENME, EEEEEEY, BEEEETO, SooooCOOORRRROOOOOO.

Venía con el Pomarola, él más atrás, unos pasos más atrás, por la galería nueva, la chica, que además de seguro no tiene oro, mientras el Beto se había quedado achicando con el balde, ya que siempre se juntaba un poco de agua por las noches. Pero debería poder escuchar el chicharreo del motor que sube el tarro, porque tenían que saberlo, tenían que estar buscándolos. Debía haberse juntado harta gente arriba, don Mauricio, todos deben estar, todos los viejos; también las mujeres. ¡Mierda y los pacos! Seguro que estaban los pacos. La Bernarda, y la Yané. —¡Puta de mierda!, debe estar durmiendo. Siempre está durmiendo. ¡Conchadesumadre!—. Claro que quizás es mañana o pasado mañana. No, porque tendría hambre y no lo sentía. Sólo estaba molido. Lo peor era el huesito de la cola porque lo estaba cargando, si pudiera ponerse boca abajo, pero sólo era capaz de pasarse la mano por debajo del cuerpo y colocarla justo en el huesito y sobárselo con el dorso y levantarse unos milímetros, por un momento unos milímetros, hasta que la mano, unos milímetros, también le empezaba a... también...

No llovía, no quería llover, pero el cielo era negro y bajo y tan bajo, ahí no más, que cuando fuera grande lo alcanzaría de un salto. El feroz viento le llegaba caliente, soplaba las llamas no muy altas y ellas se escondían a su paso, pero se erguían otra vez, burlándose, entonces el Surazo le daba de nuevo en la cara, llenándole los ojos de lumbre picante y bella. Su padre pasaba el arado, destruyendo espigas, y el bruto brillaba en la noche relinchando cuando el vendaval tocaba su morro y el vertedero saltaba por las piedras y todos corrían y gritaban. —¡Empezó a llover, está lloviendo!—. Pero el trigal seguía crepitando, cada mata ardiendo su cuota. Ellos, marginados, al otro lado del potrero, también ardían con el hermoso fuego de la súbita libertad. Los ratones huían por cientos y, descalzos, con los muchachos, los pateaban lanzándolos lejos, haciéndolos dar volteretas en el aire y chillaban y chillaban, pero el fuego chillaba más fuerte y los adultos aún más. —¡Se va a quemar la trilladora, la trilladora! —gritaban, y él hubiese querido ver como se quemaba, pero despertó, otra vez despertó y estaba meado.

Era la segunda vez que se orinaba, la primera se aguantó como un estúpido, pero ahora sólo le molestaba no saber si era la segunda o la tercera vez, cómo si la lucidez se le escapara y a cada rato tenía la sensación de despertar de nuevo, como si recién lo hubiesen puesto ahí, un poco oblicuo, escorado bajo las piedras, esperando que llegaran a sacarle una fotografía y comentaran con asombro. —¿Cómo pudo resistir tanto? Nunca nadie había podido—. Entonces se pararía, se erguiría delante de la Yané para escupirla, ése era él, otra vez él.

Pero no llegaban, no importa, las piernas las tenía calientes, con un latido hostigoso en el muslo. Lo enfurecía el no saber si había cesado o él se había distraído, entonces ponía toda su voluntad, llevando el compás de sus pulsos, golpeteando el suelo con los dedos, pero retumbaban y estaba gritando otra vez y no se había dado cuenta que lo hacía. Lo había pensado, no era bueno que gritara pues le secaba más la boca, la lengua, la garganta. —Todo seco, Yané, como la maldita ventisca de la pampa—. Se pasó la lengua sobre los labios y la sintió marchita y porosa como una piedra volcánica.

Había pensado en el agua, la había escuchado correr bulliciosa, la había visto brotar entre los peñascos, la había visto caer a raudales del espeso cielo sureño, la había buscado arañando, doliéndole las uñas, la buscaba en la negrura, la gritaba medio sentado sin ninguna compasión por sus piernas.

¡AGUA... AGUA... Socorro... aguUUUAAA... por favor, señor, SEÑORCITO AGUAAAAA... SOCORRRROOOOO...!

Y la había sollozado sumiso, queriendo hundir la cara, sumergir la nariz en la humedad, como en el pique donde se juntaba agua en las noches. Entonces escupió. Se había echado un puñado de tierra en la boca, pero estaba seca y era incapaz de juntar un poco de saliva para lanzarla lejos. Lo intentó con los dedos y sintió la lengua hinchada, como si hubiese crecido, ya que apenas pudo despegar los labios.

Después o antes o hacía mucho, estirando los brazos cuanto pudo, palpando el suelo quizás para qué, encontró el zapato. Lo primero fue un estremecimiento, pensó en un pie del Poma, pero estaba vacío, parecía viejo, con la punta levantada, quizás podría ser el suyo, sintió que podía mover los dedos, pero no si lo tenía puesto. También halló un trozo de madera, como una estaca pequeña, como una cuchilla, pero sin el brillo de la suya, además que no producía emociones, no necesitaba esconderla, ni tirarla al río, ni salir huyendo con la chaqueta manchada de sangre, ni gritarle ni pedirle, ni rogarle, ni amenazarla a la gorda detrás del mesón. —¡Nada con los pacos, Reina! Tú no has visto nada, Reinita, el Pelluco se cayó. ¿Oíste? Tú lo viste, tú no lo viste, tú me conoces, tú no me conoces, Reina. Reina, Reinita —nada no trasmitía nada, era ni más ni menos que un puto palo de mierda, eso era no más. Sin embargo, era mejor que el zapato, pues el zapato estaba muerto, era el Pomarola aplastado, reventado, con su cara pecosa contra el polvo, su frente calva redondeada como un melón y sus ralos mechones rojizos. Su cabeza rota debería ser igual por adentro, roja como una sandía quebrada al caer al suelo.

Con la punta del madero había dibujado rayas en el polvo. Unos trazos cortos simulando letras, ondulantes como los dientes de una sierra ya que nunca fue capaz de aprender a escribir, pero querían decir:

YanéYanéyoséqueteacuestasconelargentinoAlfred oOscarputaputa   y   después Huevónmetidoconunaputamentirosamentirosa...

Había jugado a arañar el suelo, y FUN-FUN-FUN-FUN hacía eco corno una locomotora, resonaba en su cabeza vacía también, como la sandía del pobre Pomarola.

—¿Vienes o no vienes?

—No —le había gritado —déjame hacer mis cosas.

Y se había ido con el argentino.

Lloraba, mientras el palo continuaba hurgando el suelo, ahondándose, sepultando la ira. Lo empuñaba firme, golpeando cada vez con más fuerza, buscando el pensamiento adecuado. Era la rabia de no poder odiarla y llorarla incluso ahora, era sentir en el pecho su puñalada otra vez, lo que más le había dolido y el palito FUM-FUM-FUN y la sed, ya casi había olvidado la sed. Entonces reía o era algo como risa, porque se la imaginaba llorando allá arriba, creyéndolo muerto y era un placer verla sufrir. Mejor morirse, eso, morir para que le duela, pero por sobre todo para descansar, dejar de martirizarse con su presencia en el campamento, escapar de las burlas, escabullirse de su trampa, pero entonces: —¿Por qué lloraba? ... Puta... Yané, Yané.

No tenía fuerzas, desde que decidió que iba a morir, pero quería despegar los labios y tampoco pudo y ahora se le ocurría que el palo podría servir. ¡Por Dios Yané! Ahora que estaba muerto le traía el agua, agua, agUA, un POquito, señor, agua... entonces con el palo podía hacer un túnel y sacar las piernas cavando, sacarlas, cavar, eso es lo que hacía desde hace años, primero una y después la otra, arrastrarse afuera para tomar agua, hartarse de agua, chorreársela por el cogote, como allá en la quinta de la Reina, en medio de una risa incontrolable, con la boca llena de pipeño, sin poder aguantar más, hasta que el líquido se le salió de los labios apretados por una rendijita. Salió a presión en dos chorros y cayó en la mesa desnuda y verde.

Tendría que descansar un rato, dormir y después cavar, cavar y retirar las piernas de a una, suavemente para que no dolieran y después... saldría... un chorro... no tan helada... un chorro, suavemente de a una... así no más Reina... suav... no tenía fuer... no ven que no tenía fuerzas el agua Reina. Tú me conoces, tú no viste el agua Reinita...

La tierra se había espesado en sus párpados, toda sensación lo había abandonado, cuando una luz intensa parecía querer quemarlo, dejarlo ciego. Intentó hilvanar un pensamiento y transportarlo hasta los labios: —Los carabineros, los pacos no, Yané, el agua...— Sin embargo, una voz lo desconcertó, primero la sintió a su lado, pero después los gritos se fueron zambullendo por las muchas galerías del pique donde hacían ecos y más ecos. —¡EY!, ey, eY, vengan, VENGAN, VENgan, aquí está, está, está, es un VIEJO, VIEJO, VIEJooo...

Aquí crecían los lirios

C uando yo era un niño, y corría por un sendero ancho como mi mano de ahora, aquí, en este mismo patio de tres por cuatro, crecían los lirios, desordenados y sin flores, y más allá el pasto amarillo y largo, siempre largo.

Yo tenía siete años, de eso hace mucho, pero en algún lugar de mi periplo sigue presente.

Igual que ahora, atardecía. Recuerdo a Trom agitar su cabeza tan sorpresivamente que casi me bota de la silla; le acaricio sus crines azabaches y me responde con un relincho que sólo ambos conocemos. En el bajo, por el acantilado el enemigo avanza. Trom con sus patas tiesas comparte mi ansiedad, la incomprendida soledad del que debe comandar. Un denso silencio a mis espaldas me estalla en los oídos con más fuerzas que los feroces gritos de combate. Mis tigres sólo esperaban una orden para lanzarse ladera abajo blandiendo sus nerviosas cimitarras. Estiro una mano y me alcanzan el catalejo. James Brooke, el maldito Rajá de Sarawak en persona comanda el pelotón. Nunca la ocasión había sido más propicia.

Pero descubro que somos observados desde la galería del segundo piso y enrojezco. Trom simula cualquier juego. Más tarde subimos los gigantescos peldaños de la escalera, resbala, pero mis manos en las riendas invisibles logran sostenerlo.

Hemos sido traicionados, pero no abandonaremos la vieja ira, nuestro malvado enemigo tendrá su merecido, lo juro ante ustedes mis leales tigres, lo juro por Mompracem y por mi madre.

Mi mamá está enferma, está grave, no me lo pueden ocultar, aunque sea un niño, ya hace mucho que no es capaz de leerme y releerme las aventuras de Sandokan, que es el único libro que posemos. El doctor ha venido varias veces, pero ella no ha podido abandonar la pieza. Nos paramos frente a su puerta, en mi rostro ninguna expresión que pudiera delatarnos. El médico y Berta, la dueña de la pensión, permanecen adentro. Por fin el hombre parte y ella con un rostro desconocido nos llama. Trom intenta unos pasos de retirada, pero antes, ella me abraza con su fuerza de gigante y suelta el llanto. También lloré, pero creo que fue para liberarme de sus brazos rollizos.

Al día siguiente del entierro partimos al Sur, con una tía Eugenia que nunca había conocido, Trom galopando cercano a la ventanilla del tren, yo animándolo cuando no era observado. En las praderas sin fin conocimos victorias y derrotas, jamás la paz.

En verdad que el sendero no era más ancho que mi mano arrugada de esta tarde, por aquí y por acá crecían los lirios, pero hoy las frías sombras de los grandes rascacielos terminaron por estrangular la propiedad. Decenas de tarros vacíos se apilan en el patio. Ya no serán posibles los arrebolados amaneceres del desierto, ni las furiosas batallas en el desfiladero de la muerte.

La casona permanece clausurada por el peligro de derrumbe, mientras silenciosa espera la picota de la demolición. Subimos los gastados peldaños, hedores a orinas impregnan la penumbra de las altísimas piezas desocupadas. Frente a la puerta que fuera de mamá Trom emite un relincho haciéndome erizar la piel, pero en mi rostro ni un gesto, nada que pueda delatarnos. Por los cristales rotos de la galería se cuela una brisa helada y reconozco en ella la presencia de mis viejos tigres esperando una ceremonia que les estaba debiendo. Entonces, mientras uno de ellos toca a silencio un clarín lejano, muy lentamente elevo la diestra en un saludo hasta rozar el turbante de penacho rojo.

Y sólo entonces bajamos, por última vez, por última vez los gastados peldaños del abismo. Sin duda no habrá otra. Trom trata de afirmar las patas en las grietas y resbala, pero mi mano tensa sus bridas invisibles y logra sostenerlo. Estás viejo, demasiado viejo para estos juegos Trom. Pero yo te entiendo porque conozco tu porfía, esa obstinada tristeza que no ha querido abandonarnos en posadas y caminos, yo también la conozco, Trom, la conozco desde siempre.

Gonzalo

—Y ¿qué es el dolor?—
Preguntó el sapo Trombolín.
—Reconocerte—
Respondió el hada Trombolina.

Estacionó a dos cuadras —para aprovechar la sombra —además quizás no habría lugar frente al departamento de Gonzalo. Pero, estaba consciente que eso era una mentira, una más, ¿de qué sombra hablaba?, si era casi de noche. —Bueno, mejor así oscuro, hasta algún periodista podría estar merodeando, nunca se sabe con esos tipos, capaces de todo por unos miserables pesos —caminó lentamente. Sin duda no quería arribar, ojalá nunca hubiera tenido que hacerlo.

Lo había postergado por días, primero por la pena, lógico, no hay dolor más grande que perder un hijo; identificarlo en la morgue, salir de esa cámara horrible donde se apilaban los muertos como en un supermercado y contarle a su mujer que lo esperaba afuera, aún con una pizca de esperanza, que sí, que era él; que él mismo se había disparado —justo en el corazón, muriendo de inmediato —le aseguró, quizás por consolarlo, el fulano que lo acompañaba en el trámite.

Sacó el llavero, lo encontraron en un bolsillo de sus ropas, de su Gonzalo; se lo habían entregado con unas pocas pertenencias, nada especial, una billetera plástica con documentos y papeles. Y ese llavero, sencillamente una argolla con dos llaves. Sólo dos, no alcanzó a hacer la vida ese hijo suyo, sólo dos llaves livianas en su mano; no tenía automóvil, ni caja de valores, sólo las llaves de un alejado departamento arrendado que ahora debería entregar a su propietario.

Tenía dos cerraduras la puerta; le costó abrir, no conocía las llaves, también por los nervios. Titubeó, quería entrar rápido para no ser visto, pero tampoco quería hacerlo. Quizás cuantas veces su hijo realizó el mismo ritual, quizás de noche, quizás ebrio. Con toda naturalidad debe haber mirado esa pieza pequeña que de inmediato sintió que lo aprisionaba. Cerró la puerta y se apoyó en ella. La atmósfera se sentía espesa. Una mosca o acaso una polilla golpeaba el vidrio detrás de una cortina amarilla y una llave goteaba en la cocina. El resto era silencio, no se escuchaban los ruidos de la calle, sólo el goteo y la mosca. Quizás las pirámides esperaron así por años al primer profanador, en la penumbra, en afonía, aunque sin goteras para contar los siglos, sólo juntando infinitas capas de polvo una sobre otra.

En un muro, al lado de la cama en desorden por muchos días, como único adorno colgaba de la pared desplegada una red de pesca. Tirada sobre una silla una bata de levantar en una pose ridícula, una manga en el bolsillo parecía buscar algo y el cuello ladeado a un costado semejaba una mueca dolorosa, pidiendo auxilio. — ¡Ayúdame padre, por favor!

No pudo tolerarlo, la sacó de su mustio reposo y empezó a repartir golpes con ella sobre los muebles, el lazo de la cintura salió volando —mugre, sólo mugre ¡Dios mío! —en tanto que el polvillo volaba y la mosca hacía esfuerzos por escapar. No logró abrir la ventana que estaba atorada.

Se sentó, mientras el polvillo regresaba calladamente a sus escondrijos. Recogió una fotografía que había caído en el estruendo. Era de él mismo y su mujer; Teresa había escrito algo que por lo oscuro y lo borroso no pudo descifrar. Se miró sin reconocerse, se parecía a Gonzalo por el hoyuelo del mentón.

En un momento apoyó los codos en la mesa y se cubrió la cara con ambas manos, pero lo desechó de inmediato, le pareció una postura grotesca. Los ojos con un picor en aumento comenzaron a mostrarle una visión borrosa, pero no podía llorar, no era lógico; entonces los cerró apretándolos para impedir el lagrimeo y los mantuvo así por unos instantes, que le parecieron horas, mientras la imagen de Gonzalo se le hizo clara por allá adentro del cerebro. Un pequeño Gonzalo que corría y corría a abrazarlo por el larguísimo corredor de baldosas blanco y negro, mientras él buscaba en su maletín de vendedor viajero el obsequio confundido entre las muestras de telas y botones. —¿Quizás si hubiesen tenido otro hijo? Pero no se pudo, ¿quizás la pena sería distinta?

La campana del teléfono lo sacó de su abstracción. Miró en todas direcciones tratando de ubicar el sonido que parecía resoplar bajo la cama. Se paró a recogerlo cuando a sus espaldas, del otro extremo de la habitación, poniéndole todos los pelos de punta, la voz de su hijo lo hizo detenerse. —En este momento no estoy en casa, deja tu recado —después el acostumbrado pito, mientras del otro lado de la línea cortaban la llamada.

Sintió una apremiante necesidad de terminar pronto, después de todo era tan sencillo, tan sólo hacer un arqueo visual de las escasas posesiones de su hijo, formarse una idea de qué hacer con ellas, ver si cabrían todas en un camión.

Abrió el clóset, su ropa. —¡Qué desorden, por Dios! —el velador, una cómoda, papeles, papeles absurdos, cigarrillos viejos, elásticos, monedas antiguas, revistas asquerosas, poemas. Leyó algunos reglones, pero no logró concentrarse. —¿Qué había pasado, quizás sus largos viajes?

Recordó: Recordó todo, pero a jirones dolorosos, como trozos de carne ensartados en un anzuelo, en muchos anzuelos; las cosas que se decían en sordina, ridiculeces, siempre los mismos malpensados, envidiosos; miradas que parecían ser burlonas, huidizas, cobardes, hipócritas, por sobre todo hipócritas; Teresa, siempre Teresa defendiéndolo; y él, en algún rincón recóndito, esperando un milagro. —¡Cuántas cosas soñé para ti, para los dos, hijo!

Se restregó los ojos, para secar algunos lagrimones, y allí estaba, encima de una repisa, lo que venía a buscar, la prueba que no quería encontrar. Un sobre cerrado dirigido a ese tal Roberto, al puto, al maricón de mierda, a ese infeliz lo había escuchado nombrar. Respiró profundo con la carta en la mano, indeciso, con un dolor lacerante que le partía las costillas. Le bastó leer algunas líneas y tiró el papel sobre la cama.

—¡Asquerosos!

Entonces partió.

Partió corriendo, dando un portazo.

—Y entonces el amor—
Insistió el sapo.
—Calla —dijo el hada.

La rosa de los vientos

L a oscuridad y el silencio deben haber durado unos minutos, calculó al salir del túnel, mientras por unos instantes lo cegaba la claridad de un día nublado. El tren lanzó un pitazo profundo y la locomotora de vapor empezó a bajar una pendiente hundiéndose en un valle teñido por el amarillo rojizo del otoño. Un pasillo lateral recorría el vagón y por una hilera de puertas de vidrio esmerilado se accedía a compartimentos separados, cada uno para seis pasajeros.

El amplio asiento frente a él conservaba el aroma a barniz y cuero, y allí sentada, había una mujer. Solos los dos en el gabinete, mientras el convoy atravesaba los campos ondulantes. Era una situación que no manejaba con soltura, casi le incomodaba. La miró con el rabillo. Seria, pálida, las piernas muy juntas empinándose sobre unos zapatos con terraplén.

—¿*Mluvíte Çesky?*

—¿Qué? No le entiendo —respondió aterrado, aunque sin motivo, pues al ver su asombro la mujer le sonreía, mirándolo a través del velo de su sombrerito negro.

—¡Ah! Español, ¿usted habla Español?

Su voz tenía ese tono ronco imborrable, también tenía esa sonrisa imposible de olvidar.

—¡Doris! ¡Por Dios! ¡Doris, qué torpeza no haberte reconocido! —se deslizó vertiginoso por el asiento y sin pensarlo la tomó de las manos enguantadas. Ella se dejó hacer con la mirada fatigada y los dientes tan perfectos como sólo la Doris podría...

—No, no, se equivoca, se equivoca usted, mi nombre es Rominna o Lena, todos me llaman Lena —pero no intentó deshacerse de sus manos.

—No puede ser —dijo perplejo, sin querer conformarse.

—Entonces, ¿usted tampoco habla Checo? *¿Ti ne mluvís Çesky?*

—No. ¿De dónde? Soy chileno, nunca, nunca he salido de aquí, apenas si he ido a Linares. ¿Sabe?, pero eso no viene al caso, estoy tan confundido, perdone, no sé qué diablos estoy haciendo en un tren.

Ahora Lena lo tomó de las manos y le acercó su rostro con un aire maternal.

—Parece que estamos en un mar de confusiones, es muy raro, yo pensé que usted era un conocido mío, Alexander, Alex, habría jurado que eras Alex y usted creía que yo era esa Doris suya.

Permanecieron en silencio, ambos pensando alguna cosa, un poco avergonzados de haber mostrado su intimidad a un perfecto desconocido. El carro dio unos sacudones y se miraron con una sonrisa algo triste y lejana.

—¿Le molesta que fume? Porque puedo hacerlo en el pasillo.

Lena levantó los hombros para señalar que no le incomodaba e introdujo las manos en un manguito de piel que apoyaba en sus piernas.

—Me tienen prohibido el cigarrillo ¿sabe?, tuve mi segundo infarto hace unos meses y el médico dice que no aguantaré otro. No sé ni porqué lo hago, en casa todavía fumo a escondidas, por costumbre, ya que la finada me vigilaba como un policía. ¿No le importa que le cuente estas cosas?

—No. ¡Qué va!, adelante, se lo ruego, pero no me ha dicho su nombre.

—Excúseme, Gerardo Mendoza, viudo, como ya escuchó.

—Rominna von Kenig, nacida en Melnic, a pocos kilómetros de aquí, soy checa y, para mi desgracia, de ascendencia alemana y aunque el señor Hitler repita todos los días, que entre nosotros no hay fronteras, no deseo renunciar a mi nacionalidad por nada del mundo, perdone, pero, ¿en verdad no sabe a dónde nos dirigimos?

—No, no me va creer, pero si ni siquiera sé cómo subí a este tren, como si todo… Lo único que recuerdo es la salida del túnel, pero antes, no sé, en verdad que no tengo idea…

—Nuestra próxima parada es la frontera checa, yo lo sé porque yo elegí venir o si lo quiere más poéticamente compré mi boleto. ¿Me entiende?

—No, Lena, no entiendo nada, es como si estuviera soñando, como si tú me estuvieras inventando una de esas historias increíbles que uno sueña y que quizás hasta seas la Doris que no desea perdonarme por haberla abandonado.

—Pero si yo creía que la Doris era su esposa.

—No y no, no me confunda más, no sé por qué se me vino lo de la Doris a la cabeza. Yo tenía como 18 años. Fue en un verano en Vicuña, que es al norte de Santiago, de donde venía la Gabriela Mistral, la que fue Premio Nobel en 1945...

—¿Qué?

—Que le dieron el Premio Nobel.

—Ya, ¿pero qué año dijiste?

—1945, si no me equivoco.

—Es que no puede ser. Hoy, hoy día es, o era, el 7 de octubre de 1940, mil novecientos cuarenta. ¿Me entiende? Ahora estoy más confundida que usted, tengo un tremendo lío. Yo creía que era todo por culpa de la CH, por confundir tu Chile con Checoeslovaquia o algo así, pero ahora no entiendo nada. Yo me dije, pobrecito lo subieron a un tren equivocado, pero al fin de cuentas no tiene tanta importancia, que el destino es siempre el mismo; quizás algún guardagujas aburrido se entretuvo jugando con la *Rosa de los Vientos*. Pero ahora no sé qué haces aquí. O soy yo quien se ha equivocado de tren. Por favor, trate de recordar su última visión o algo antes del túnel.

—La Doris, bueno yo siempre pienso en ella, así es que no es raro que fuera mi último recuerdo, parece que fue así, sentí como si se apareciera. Yo me había recostado en la mecedora porque me vino el dolorcito al pecho que a veces me viene, y una vez más me acordé de ella. Era como un sueño. Ella venía corriendo al lado de la ventanilla, quería alcanzarme, yo iba en un tren saliendo de la estación de La Serena, porque en ese tiempo había trenes para el Norte. Después del 73 los milicos los hicieron desaparecer; y yo sólo quería pedirle perdón por no haber regresado, ya que muy tarde, muchos años después, te lo puedo jurar, supe lo de su embarazo; yo estaba casado y ya nada podía hacer para remediarlo; pero créame, por más de cincuenta años me ha perseguido esa absurda idea de poner un aviso en el diario, diciendo que sólo deseo volver a verla, aunque sea una vez antes de morir; porque con esto de los infartos cualquier día puede suceder; pero el tren se alejaba y ella, que se veía cada vez más pequeña, lloraba en el andén; entonces el tren tomó una curva que me botó del asiento y entró al túnel. Sí, creo que así fue.

Lena se había puesto de pie y miraba por la ventanilla. Lo escuchaba pensativa con su traje sastre de hombreras pronunciadas. Se había levantado la rejilla del sombrero sobre la frente descubriendo sus ojos claros.

—Mire Gerardo, en mi caso fue muy distinto, muy rápido, no estuve nunca en ningún túnel, pero yo creo que en algún instante debe haber existido una brecha. Juraría haber estado con Alex, yo sabía que también igual que usted, necesitaba de su perdón, que viera mi vergüenza, mi tremenda cobardía —se interrumpió con un sollozo, Gerardo la observaba en silencio —lo peor fue el remordimiento, mire, nunca se lo he contado a nadie, yo me vi obligada a denunciarlo, en ese momento era él o era yo —terminó con un hilo de voz casi inaudible.

Gerardo se levantó a enjugar sus lágrimas silenciosas, mientras Lena se dejaba caer otra vez en el sillón. —¿Entiende por qué ya no tendría caso para mí poner un aviso en el diario, suplicando por su clemencia antes de morirme? Porque en estos tiempos de guerra nadie puede asegurar cuando le llegará la hora. A Alex lo asesinaron esa misma noche.

El tren lanzó ahora un largo pitazo y las sacudidas por los cambios de rieles indicaron la proximidad de una estación.

—Estamos por llegar a la frontera, no quiero que se asuste, pues sé que subirán por mí. Aunque no lo crea, yo misma les avisé, pero no pierda la calma, a usted no le harán nada.

—Lena, no llevo ningún documento, pasaporte, esas cosas, hasta mi carné está vencido, creo.

Ella había recuperado su ánimo y le tomó de las manos. Con un chirrido la máquina comenzó a frenar. Bajo el alero de la diminuta estación, un grupo de hombres de sombrero y largos abrigos oscuros exhalaban nubecillas de vapor frío y blanco. Justo cuando el tren se detuvo, con un guiño, Lena le indicó guardar silencio.

Por el pasillo las botas y los ladridos indicaron su presencia, Gerardo sintió un sudor helado, como cuando el infarto. Lena frente a él, chocándose con sus rodillas, le apretaba fuertemente las manos.

La puerta se abrió y el oficial tiró de la correa del perro de orejas afiladas.

—*Fraulain* Lena, esta vez deberá acompañarme.

Ella se puso lentamente de pie, acomodó ordenadamente el manguito de piel en el asiento contiguo y mirando de frente al hombre de la SS; como si tuviera estudiado todos sus movimientos, con mucha parsimonia, comenzó a retirarse el sombrero prendido al cabello con un largo alfiler cuya cabeza era una perla gris, casi negra.

—Debo comunicarle que ha llegado tarde, *Herr* oficial —dijo Lena con un aire de triunfo. Entonces se levantó un mechón sobre la sien derecha y con su dedo índice le señaló el agujero ensangrentado. —Quería tener el placer de decírselo personalmente.

El hombre dio media vuelta haciendo sonar los tacos y se alejó. Pronto el tren había reanudado la marcha. Gerardo la miraba sin comprender, y mientras ella acomodaba su sombrero, buscaba las palabras adecuadas para no parecer un idiota.

—Lena, dime, yo, yo también —se le atascaba la voz y carraspeó —entonces yo también... ¿No es cierto?

Ella lo miró dulcemente, con una mueca que quería ser una sonrisa, y la emoción escapándosele por los ojos. —Sí —susurró —es... es la ley de la vida.

Lena respetó la pesadumbre de su cabeza inclinada, con un silencio largo. Sólo cuando volvieron a rechinar los frenos se acercó.

—Gerardo escúcheme, por razones que no sé explicar bajaremos en distintas estaciones, en todo caso para mí fue muy importante haberlo encontrado, se lo juro, quizás este tremendo embrollo de tiempos y países cambiados no ha sido casual —tenía los ojos brillantes, a punto de llorar. Se abrazaron por un largo rato.

—Tengo miedo —confesó él.

—Todos lo tenemos —le susurró Lena al oído, mientras el tren volvía a detenerse.

Levantó su velo y la besó suavemente en los labios.

—Si tú fueras la Doris. ¿Me perdonarías?

Ella afirmó con un cerrar de ojos y una sonrisa, antes de bajar.

Llevaba a solas un tiempo indefinido. Por la ventana desfilaron variados otoños y una infinidad de recuerdos desordenados que se disputaban el honor de estar presentes en esos instantes postreros. El tren empezó a detenerse. Creyó que el temor le apresuraría el corazón, pero ello no ocurrió.

Se puso de pie perfectamente tranquilo. Lena había olvidado su manguito de piel sobre el asiento, no podía abandonarlo; después de todo era su único equipaje. En su interior palpó algo, entonces introdujo la mano, y helado, muy helado, encontró un pequeño revólver.

Fuga entre las dunas

Por esta prisión no ha pasado ninguno otro Muirelindo Mancilla. ¿Cómo se les ocurre? Según nuestros registros llegó aquí de muchacho; se lo encontró culpable de delitos de una brutalidad increíble que en su época estremecieron a la opinión pública. Y con ese nombre tan extraño, ¿dónde podría existir otro Muirelindo? —Esa fue la única declaración sobre Mancilla que efectuó el recién nombrado alcaide que, obviamente, no alcanzó a conocerlo.

Muirelindo siempre abominó de ese nombre que desde niño le significó arrastrar burlas a su espalda. Pero él sabía de una furia mucho mayor, porque igual como sucede con otros sentimientos, al odio se lo puede clasificar por intensidad, gozar, planificar y hasta llevar como un amuleto, pero no se lo olvida, aunque se haya dejado morir todos los recuerdos.

Los días en la prisión eran eternos, se sentaba contra el muro con la vista perdida en un camino en desuso desde que se construyó la autopista. Su mirada seguía el sendero en su ascenso hasta perderse tras una curva en el azul intenso. A ambos lados de la carretera las suaves dunas de la costa, desérticas y grises, eran capaces de deprimir al más pintado.

Su llegada al penal había sido de noche, eso tampoco se olvida. Desde el carro celular tenía la ocasional visión de un trozo de cielo por la ventana enrejada, y llovía. Con la muñeca encadenada a una de sus piernas agarrotadas, fue bajado con una suavidad incomprensible. Se le advirtió, con una sonrisita, que la noche ocultó, que tuviera cuidado, que muchos habían resbalado. Más tarde, chapoteando, con los zapatos sin calcetines pasados de agua, lo llevaron a un patio bajo potentes reflectores. La lluvia y las luces lo encandilaban, sólo podía ver unas sombras que entre risotadas circulaban en su derredor. No había comido en 24 horas y un nudo doloroso le daba vueltas entre las tripas. Cada vez más inclinado permaneció horas de pie, donde lo dejaron, donde el mundo comenzaba ya a olvidarlo, mientras el agua se le introducía por el cogote bajo la camisa.

Un estruendo de rejas anunció que la galería fue abierta y aunque pareciera estúpido, su único deseo era ingresar pronto a una celda para poder tenderse, sacarse las ropas heladas, y recostarse por fin. Entonces, mirando al techo, fumarse un pitillo, exhalando el humo con desesperación; mientras la primera semilla, el gen, el cromosoma de su ira comenzaría a buscar una expresión concreta. Porque se necesita tranquilidad y silencio; ausencia de dolor físico para aunar la rabia y la tristeza; para que el coraje aplaste a la depresión y el odio pueda entonces traspasar los muros y el tiempo; para que los traidores escuchen su estertor bajo la almohada, mientras duermen en el calor de sus alcobas sin remordimientos.

Pero ese deseo no se cumplió, como después muchos otros. No comprendió, pero algo acontecía con las rejas. Entre los guardias se recriminaban el extravío de un llavero. La solución fue atarlo a una estaca, de manera que pasó la primera noche en un corredor, entre ráfagas de viento que acarreaban una llovizna cada vez más fría. Intentó acomodarse sobre el piso de cemento, pero sus asperezas se clavaban dolorosamente en la carne.

El camino entre las lomas arenosas que rodeaban la prisión se parecía a una postal. El viento mecía los rudimentos de hierba. Era un paraje inhóspito, el desierto avanzando contra la civilización. Desde el murallón se veían dos curvas amplias, un par de aromos ignorando la erosión continuaban floreciendo, aunque quizás no eran más que espinos, y allá en su extremo, donde la senda se elevaba y desaparecía tras la colina como si se introdujera al cielo, un pequeño punto rojo. Podía ser un automóvil estacionado, ya que no se movía, aunque tampoco lo hizo en los años siguientes, no lo hizo nunca. Una vez se preguntó si no sería el postigo rojo de una ventana en el horizonte donde las putas del cielo esperaban sus clientes; aunque quizás fue el viejo quien se lo dijo.

Al poco andar Muirelindo se había hecho cargo de su situación, sus paseos por el patio dejaron de tener premura; esa incontrolable energía de macho encabritado golpeándose contra los muros neciamente. Fue por esos días cuando vio al viejo por primera vez. Estaba sentado en el suelo apoyado en el muro, burlando la resolana con un sombrero hecho de papel de diario. No hablaron. Parecía estar dormido y —por lo menos de mil años —masculló en silencio, enviándole su mejor mirada de rencor, que no se ablandó ni un instante, cuando al anciano los guardias debieron llevarlo en vilo porque era incapaz de caminar. —¡Viejo estúpido! De seguro que jamás logró matar ni una mosca —y olisó entre sus dedos, indagando si aún persistía el aroma pegadizo de la sangre, pero se había borrado; sólo conservaba el recuerdo inolvidable del estertor que gorgoteaba mientras la hoja de la navaja degollaba la garganta de su víctima.

Debería huir. Escapar es el primer mandamiento del prisionero, sobrevivir, es el segundo; tratar de no sentir el dolor, resistir, acumular la rabia, no olvidar, eso también es importante; que cada uno reciba su merecido apenas se pueda; mientras tanto, si es posible, sonreír. Nadie debe llegar a conocerlo a uno. El resto de los días es para meditar sobre la fuga, en el cómo y en el cuándo.

Un túnel bajo los muros, desde su celda, porque por el patio sería descubierto de inmediato, además debía considerar el material extraído, era menester deshacerse de la tierra y de las piedras.

Desde su rincón, donde lo dejaban apoyado contra el muro de la mañana a la noche, lo vio. El recluso nuevo paseaba por el patio con pasos enérgicos. —Poco les dura, poco les dura —trató de recordar. Había visto a tantos, pero el muchacho conservaba aún el estigma sanguinario en las pupilas. —Este es de los que intentan huir, debe andar buscando la herramienta adecuada—. Alguna vez escuchó que uno había hecho un túnel con una cuchara, pero quizás no fue aquí, parece que lo leyó.

—¿Qué miras, viejo, por qué no te mueres y me dejas tranquilo?

Hacía años que el anciano sólo abría su boca despoblada para ingerir los judiones que en un tarro le traían al mediodía. Carraspeó y una voz gruesa lo sorprendió a él mismo, mientras las hendiduras de los ojos hacían esfuerzos para enfocarlo, ya que con agresividad el joven se había aproximado a su rostro casi hasta tocarlo —te conozco, yo te he visto antes,

antes —balbuceaba, pero sus palabras eran apenas comprensibles.

—¿Cómo te llamas, a ver, cómo te llamas?

—Viejo, muchos años que me conocen como el viejo, pero antes —y sonrió mostrando las encías, mientras poco a poco se aclaraba el tono de su voz —me llamaba Muirelindo, pero así es mejor, porque nunca me agradó mi nombre, tú lo odias, ¿no es cierto?

Muirelindo que yacía en cuclillas a su lado para poder escucharlo, se paró, lanzándole un par de patadas. —¿Y a ti que te importa? Eso es cosa mía.

—Espera, estoy recordando donde encontré el atizador.

Pero pasó mucho tiempo, muchas noches soñando en su fuga entre las dunas; que escapaba más allá del muro, escurriendo el cuerpo por el agujero; para partir zigzagueando por las lomas cubiertas de arena gruesa, antes de alcanzar el bendito camino. A veces se paraba, jadeando bajo el aromo, para comprobar que era un espino seco y rugoso con una flor aromática y dedicaba, como si el viejo asqueroso hiciera el amor con una adolescente bella, increíblemente hermosa. Entonces corría y corría subiendo hasta la cima, para detenerse en el punto rojo sin poder descubrir qué era.

—¿Encontraste el atizador? —el viejo no llevaba su gorro de papel, mostrando su calva pecosa y unos escasos mechones rojos como hilos de cobre.

—¿Cómo lo sabes?

—Lo he olvidado.

—Silencio, viejo, si hablas... —se pasó el borde de la mano por el cuello simulando rebanarlo, pero lo hizo sin convicción, entonces para mantenerlo asustado le gritó: —Oíste, viejo, que no se te olvide —porque así es el mandamiento, nadie debe llegar a conocerlo a uno.

En las noches fingía accesos de tos, mientras con el trozo de atizador, levantaba las losas del piso bajo la cama y se echaba un par de puñados de tierra a la boca, no más cada noche, la mascaba con cuidado y con sorbos de agua la deglutía. Volvía a colocar las piedras en su lugar y se tendía a soñar. Ese Montecristo o el viejo, uno de los dos, había cavado el túnel con una cuchara, ahora lo recordaba, pero no fue aquí, lógico que no fue aquí. Entonces vestido como el Conde esperaba a la hermosa joven bajo el aromo, la cubría con su capa y juntos ascendían hasta la mancha roja en el alto de la cuesta, mientras el viento agitaba sus mechas colorinas.

—¿No te sientes bien? Te ves pálido.

—Tengo vómitos y calambres en la barriga.

—Es la tierra, ahora lo recuerdo, me llevaron al hospital del pueblo. Parece que es la única vez que he salido de aquí. ¡Mira! —se levantó la blusa, mostrando una cicatriz —me operaron, tenía un taco de barro —y se largó a reír enseñándole sus encías vacías.

—Duele —dijo Muirelindo, sobándose el abdomen, riendo por primera vez. Ya le faltaban varios dientes.

Debió cambiar de estrategia, distribuyendo el puñado de tierra en los zapatos y bajo un sombrero de papel de diarios que se fabricó. Aquí ni las blusas ni los pantalones tenían bolsillos. Trabajaba en la oscuridad, corría la losa para introducirse por el forado que ya le permitía ocultar el cuerpo por completo.

—Son siete metros hasta el muro, los he calculado cientos de veces, no puede haber error, sólo ignoro el espesor de la muralla y después un metro más, para seguridad —el viejo hablaba animado, incluso se había puesto pie.

—Si no fueras tan viejo e inválido te llevaría.

—Pero si nunca he renunciado, no he renunciado, sólo que casi todo se me olvida.

No se apareció por el patio por varias semanas, cuando lo hizo estaba en muy malas condiciones, esquelético, con los huesos pegados a la piel arrugada y su calvicie había dejado de ser incipiente.

—Los muy cerdos me golpearon hasta cansarse, me las pasé a oscuras en un calabozo inundado. Al salir, la luz me enceguó.

Su voz había enronquecido. Desde luego que lo cambiaron de celda.

—Quiero la cuchara, será más difícil, pero volveré a empezar.

—¡Mírame, mírame! —con sus pocas fuerzas, el viejo, lo agarró del blusón.

—¿No lo recuerdas? Hace por lo menos quince años que te di la cuchara, cuando me contaste lo de Montecristo. ¿Lo has olvidado? Cuando quedaste baldado por los golpes. Fue después del segundo o tercer túnel. ¡Qué sé yo!

Entonces a veces lloraba y a través de las lágrimas en una ocasión le pareció que la ventana roja del cielo se movía, como si alguien intentara abrirla.

La mañana del último de los otoños no lo encontró en su rincón y se arrastró con sus piernas tullidas junto al muro, levantó la cabeza y como siempre observó el camino. Entonces, por primera vez, algo se desplazó al extremo del sendero. Se restregó los ojos, menguados por sus largas estancias en las mazmorras de castigo. Una carreta, tirada por un caballo grueso de patas robustas y peludas, lentamente giraba la primera curva y poco a poco enfilaba hacia la cumbre. Le fue fácil adivinar que el ataúd que se bamboleaba atrás se llevaba al viejo, al viejo Mancilla, cuyo nombre todos habían olvidado. El carromato llegó a la cima, pero el portón rojo siguió cerrado y lo vio desaparecer al bajar por el otro lado de la cuesta.

Esa noche, la última de los otoños, los guardias lo olvidaron para siempre, no lo llevarían nunca más a su celda y sentado junto al muro vio amanecer y oscurecer una y otra vez por muchos veranos e inviernos.

Llovía a cántaros cuando el carro celular se detuvo en medio del zaguán. Observó como, al muchacho encadenado, no mayor de diecisiete, lo bajaban con inesperado cuidado. Los gendarmes eran sólo bultos en la lluvia iluminada por los reflectores. Muirelindo no vio sus sonrisas y se quedó donde lo dejaron, donde el mundo comenzaba ya a olvidarlo, en medio del aguacero, inclinándose poco a poco, mientras el hielo lo invadía por el cogote.

Un estruendo de rejas le hizo levantar la robusta cabeza colorina.

—¿Muirelindo Mancilla?

—Sí.

—¿Cadena perpetua, no es así?

—Sí, perpetua, —dijo el joven con la voz entrecortada por un terror que le agarrotaba las manos y le retorcía las tripas.

Té de los viernes

(Parece que a Dios le entristecía mi Puerto)

S intió el golpe y después el aullido. No alcanzó a pisar el freno. El perro había surgido quizás de donde y lo golpeó con el parachoques. Como un disparo el quejido del animal le trajo a la mente el bochornoso recuerdo de la infancia: Alguien había tropezado con el perro en la planta baja. Por lo menos eso creyeron con Ana. Él, instintivamente, había dado un salto y movido por la angustia de ser descubierto corrió a ponerse los pantalones, mientras la Ana estiraba la cama. Después nada había ocurrido, fue sólo una falsa alarma. Finalmente, Ana se largó a reír y él, aún algo asustado, también rió.

Detuvo la camioneta, del perro no había señales en la vecindad. Sin embargo, nunca había sido correcto que un cura atropellara a alguien y no se bajara del vehículo. Era una de las desventajas de ser sacerdote. Dio unos pasos alrededor, mirando a lo largo de la calle, sin detenerse en el parachoques, pues no faltaría quien maliciosamente comentase que al fraile sólo le importaba su automóvil. Bueno, siempre habría gente así.

En la parroquia aprovechó de examinar la máquina y aunque no presentaba huellas de la colisión, se sintió terriblemente incómodo, quizás debido al recuerdo de Ana. Ello siempre lo mortificaba.

Miró el reloj. Como todos los viernes Isabel lo esperaría a tomar el té. Desde hacía meses lo hacía todas las semanas. La excusa seguía siendo la madre que, además de ser una buena benefactora de la parroquia, ya no era capaz de levantarse para asistir a los servicios. Pero había una especie de sentimiento compartido con Isabel, un juego que él siempre se aseguraba de ganar. El té se acompañaba con roscas espolvoreadas de azúcar, de música de Chopin, de la chimenea en el invierno y la muy ocasional intromisión de la madre, que nunca acertaba con la palabra adecuada por su demencia.

Pero el fastidioso recuerdo no quería abandonarlo: su madre había bajado a Angelmó, y bastó comunicárselo a Ana para que ambos, desnudos, se introdujeran en su ancha cama, mientras entre risas compartían un vaso de limonada. La Ana tenía unas tremendas tetas para sus trece años; él, aún impúber, recién cumplía los once.

La muchacha tenía la piel gruesa y morena, como las algas que ayudaba a recoger a su madre al bajar la marea, y que eran el sustento de la familia. Isabel, en cambio, conservaba una piel tersa que exhalaba discretos aromas de lavanda; se paseaba sin ruido entre las viejas miniaturas de porcelana del salón, donde jamás se acumulaba el polvo, como si el mundo exterior se negara a penetrar las gruesas cortinas de felpa.

Desde esa cortés distancia que ambos imponían, se planteaba el juego del galanteo. Su diálogo se cargaba de mensajes indirectos, como cuando ella mencionaba los amores trágicos de Chopin y cuando el suspiro ya se le iba a escapar del pecho partía a buscar más roscas empolvadas.

Yacía sobre Ana, dando la espalda a la puerta. El grito lo hizo voltear la cabeza. Su madre se tapaba la cara con las manos, se mesaba los cabellos, después la respiración se le hizo entrecortada y cayó al suelo. Corrió a su lado desesperado, pidiendo · ayuda a gritos para revivirla. Pero no murió. Al revés, lo llenó de correazos, le tiró del pelo hasta el agotamiento; lo hizo lavarse la boca con jabón y cuando pensaba que eran imposibles mayores castigos, lo llevó arrastrando a la iglesia para obligarlo a confesarse. Nunca tuvo dudas que su madre quería que fuera sacerdote, pero esa fue la primera vez que lo dejó muy en claro, con una mezcla de risa burlona y llanto desgarrador. Pero de ello nunca se confesó, después de años sólo lo consideró una chiquillada.

Bajó de la camioneta, mirando el cielo que amenazaba llover, tragando saliva, que le pareció conservaba aún el sabor a jabón y correazos. Isabel sonrió desde la reja. Llevaba un peinado diferente, pero no quiso mencionar que lo había advertido. Adentro la temperatura era muy agradable, un quinteto de Boccherini en el tocadiscos y un olorcillo a confites en el aire.

La conversación giró sobre temas intrascendentes, pero cuando le preguntó por la madre, Isabel enrojeció, partió a buscar unos bocados, y desde la cocina respondió que no estaba en casa, que el hermano la llevó por el fin de semana. Se levantó de un salto. Isabel volvía con una bandeja en las manos, los ojos brillantes y las mejillas aún coloreadas. Se extrañó de encontrarlo de pie, pero no fue capaz de resistir su mirada.

—Deberías habérmelo contado, no está bien —pensó decirle, pero sin pronunciar palabra se dirigió a la puerta.

Afuera llovía y el cielo era un techo negro y cercano, como si ello fuera la postal del puerto, pero a la Ana y los muchachos eso no les asustaba y corrían más rápido que la lluvia, calle abajo, sin preocuparse de nada. Había olvidado su chaquetón en el perchero, pero no le importó y corrió hasta la camioneta. Tampoco tenía las llaves.

—¡Señor, Señor! —gimió apretando los puños, mientras el agua se introducía por ese pequeño trozo de plástico blanco asomándose del cuello que era su único atuendo de cura.

Tocó a la puerta con suavidad. Isabel no hizo nada para ocultar su llanto.

Micro amarilla

Y yo sin poder ser tan claro, no sé ni cómo empezar. Creo que me equivoqué al elegir el bus, por ahí partí mal, el chofer era rubio y conversaba con un chico, lo cual me desconcertó de partida. No recuerdo si tú estabas cuando el Raúl me aleccionaba: lo primero, fuera de escoger el paradero adecuado, uno del centro, era, desde abajo hacer una señal al chofer, con la mercancía en la mano, no mucha en la mano porque molesta a los pasajeros. Había dos clases de tipos. —¿Te acuerdas lo que decía? —Los viejos gordos, casi todos de bigote y los jóvenes con cara de volados que son más buenas personas, claro, cuando no van echando carreritas, que ahí no te paran y te tienes que bajar sobre corriendo, nunca de espaldas, que *gur-bay* tobillo. Pero éste era un rucio y no supe catalogarlo. —¡Por Dios, Alicia! La próxima será distinto, espero que esté bien detenido, te lo juro, y le muestro las dipironas. Pero es que venía conversando con el cabro chico, que se creía su ayudante y que estoy seguro era su hermano, por el orgullo con que lo miraba. El chico hacía de cobrador, cortando los boletos de lo más feliz y no tuve más que pasarle los treinta cobres y guardarme las dipis, que sólo llevaba dos sobres en la mano y nadie alcanzó a notar. Me senté adelante, venían conversando, pero con esos tremendos atochamientos de buses y taxis de casi dos cuadras de largo la micro no se movía. —¿Y si me bajaba de inmediato? —No, quedaría como un tonto, pensando todos que me equivoqué cuando ya había pagado. Había tratado de preguntar por alguna calle por donde de seguro no pasara para bajarme antes de pagar, pero no atiné a dar con ninguna, como que no me había fijado siquiera que recorrido era.

—¡Por la mierda! —y todavía tocándome las dipironas en los bolsillos los cien sobres estratégicamente distribuidos, una luca en dipironas. —¡Una luca! —cuando yo podía darle eso a los niños los domingos y tú no tenías que andar haciendo aseos por ahí. Pero dejaron de hablar y el chico se bajó y desde la puerta se puso a gritar: —¡Hasta el 24 de Vicuña, a Vicuña, hasta el 24! —Y la micro seguía detenida y tú deberías estar pensando, por la demora que por lo menos ya he subido a tres, y claro, en todas no se vende, pero una de tres, además que cuando algún gil compra todos se tientan. —¡A diez pesos las dipironas! —no vas a creer, se subió otro gallo sin preguntar a nadie y yo estaba feliz porque nadie le compró y cuando se iba a bajar se paró en la pisadera a medio metro de mi cara, sonriéndome con puros hoyos en los dientes y yo presentí que me iba a hablar. —¿Cómo le ha ido. Compañero?—. Estaba seguro, pero si llega a decirme compañero lo mato, tú sabes, lo mato y me miraba siempre sonriendo. —Patrón, ¿tiene un cigarrito? —dijo por fin sin dejar de mirarme, como si supiera cuan repleto de dipis tenía los bolsillos, aunque yo estuviera más que tieso para que no fueran a sonar o romperse. Me acordé que me quedaba un pucho suelto en el bolsillo chico y se lo pasé, para zafarme luego de él. Me recordó al flaco, ese de la fábrica. —¿Cómo es que se llamaba? ¡Por Dios! El flaco que iba a arreglarte el jardín, el que se llevaron preso por comunacho o mirista pero el muy cínico se hacía el respetuoso conmigo y me patroneaba de lo lindo para que yo me sintiera el dueño de la fábrica. —¡El buenas peras! —pensé en los desagradecidos, con lo que me costó que los Upelientos del sindicato no se tomaran la fábrica que hasta nos quedábamos haciendo guardias por las noches para cuidarla. Pero el micro seguía detenido y el chico se fue caminando hacia adelante por la fila de micros parados y se lo escuchaba gritar a lo lejos. Se me ocurrió que si me paro: —¡Bajaron las dipis, a nueve las dipironas! —y las saco de todos los bolsillos y se las lanzo a la cara a las viejas de mierda y que si no quieren, saco una metralleta y un pasamontañas y que, o me compran o les disparo, o te incendio tu micro rucio tal por cual, cuando en realidad tú estás convencida que no soy capaz de matar ni una mosca y que siempre ando amenazando y nada más, aunque si te lo cuento de seguro vendrá la eterna discusión, ya que insistes en creer que los terroristas no existen y que son los propios milicos que montan el *show*, y que mírate tú mismo, me dices: —¿Y qué cresta quieres que mire? —Mira los 20 años trabajados para salir con una mano por delante y la otra por detrás. Eres cruel, Alicia, pero te entiendo, sé que estás cansada, ten paciencia, ya saldremos adelante, desagradecidos, rapiñas, tampoco entienden nada de libertad de mercado. —¡A ocho las dipironas, a siete, bajaron las dipi, por término de giro!—. Trescientos pesitos diarios, menos los domingos, que son malos, hasta que me contesten de la Papelera, que la primera vacante me la dan, aunque hace seis meses que dicen lo mismo, pero habrá otra cosa, que no es lo único vender en las micros y estaba pensando en eso de traer mayonesa de Argentina, que sigue siendo un buen negocio, cuando regresó el chico todo excitado, que: —la Tere y el Chino andan juntos, frente a la iglesia de San Francisco, casi una cuadra más adelante y que venían tomados de la mano —y el rucio que no le contesta, pero que se acomoda en su asiento y comienza a acelerar detenido y la carcacha que ya se rompe con las patadas que le da al pedal y el montón de viejas detrás mío que se da unas miradas y la cola de micros que sigue detenida y el rucio que pretende cambiarse de fila y sigue acelerando en el vacío, pero que tampoco puede porque hay una segunda y una tercera fila de micros de casi una cuadra hasta la iglesia. El chico vuelve a gritar desde la pisadera. —¡Al 24, a Vicuña! —y el rucio que mejor se calle y que no puede salir del atolladero y que ya llevamos como un siglo detenidos o avanzando unos centímetros y que hasta las viejas están crispadas de aspirar tanto humo de tubos de escape y qué bien les harían unas dipironas a estas viejas de mierda y que ojalá se las tragaran sin agua. Claro que las aspirinas son mucho más malas, —pero se venden menos, o no se venden —y el Raúl fue tajante —aspirinas, no —y ¡Puchas, compadre! mejor que ni me vea, que estoy puro cagándola, con tantas lecciones que me dio. —Hasta quinientos pesos, usted que es inteligente. —Sabís, cabro, anda a mirar otra vez, que si los alcanzo ahí mismo que le saco la cresta a la desgraciada de la Tere—. Yo escuchaba al rucio porque iba adelante y el chico partió corriendo todo ganoso, mientras el otro hacía señas con el intermitente, que quería salirse de la cola y avanzaba dos metros y se devolvía, porque tenía que esperar al chico, pensaba yo, que me había olvidado de todo, menos de ti, que ahí estabas en la Plaza Italia, porque me querías acompañar la primera vez, seguro que para cagarme. El chico regresó, que —ahí estaban esperando micro más adelante y el Chino la abrazaba. —¡Cabro maricón! igual que tu hermano, ¿qué tiene que contarle esas cosas? —Y el imbécil que se pone a tocar la bocina, cuando los pacos están ahí no más y nada saca con hacerlo porque nadie se ha movido y vuelve otra vez, que —subieron a un bus azul, al intercomunal —y el rucio que se suba y cierra la puerta. Por suerte porque el humo no se aguanta y las viejas otra vez que se mirotean y se preparan porque ahora la bocina no para y el motor carraspea de lo lindo y yo, bueno, que si parte luego, me bajo en la

Universidad Católica y alcanzo a subirme a otra micro y a diez las dipironas que me echo tres pesos en cada una y que ganar trecientos pesos es una bicoca y que por último está empezando la tarde, que —en la tarde se vende más compadre, se vende más, Dios sabrá por qué, averígüelo usted que es inteligente y que siempre se ha dedicado al estudio de mercado, pero no se enoje, compadre, que era una broma—. Y bromas aparte, este imbécil nos va a matar si insiste en sacar la micro de la cola, pero lo está logrando, a punta de bocinazos. La Tere debe ser la novia del muy carajo, que no tiene pinta de casado y lleva un anillo, pero en el dedo chico, y tú eras igual de coqueta cuando soltera, cuando andabas con el pelotudo del Sebastián, que hasta facha de cola tenía. —¡Por la puta, Alicia, que ni reloj tengo! —pero llevo como un año en esta micro desgraciada, que por suerte se está moviendo. Pero si me bajo en la Universidad, capaz que te hayas aburrido o pensado que tuve una desgracia, con lo fatalista que eres, sabiendo que este tarado no vende ni media dipirona. —¿Crees que no lo adiviné? —con tanto entusiasmo que pusiste, que ni siquiera escuchaste al compadre, que después de todo vive de esto, o dice que vive, cuando todos sabemos, o es casi seguro, que su hija anda patinando por ahí, que por suerte no es mi ahijada y que harto fea es la diabla, pero mantiene la casa. —¡Échele compadre, saque su cachara del atolladero, que aquí va el rey de la dipirona! —quinientos pesos diarios ¡Mierda! que mi hija no va a andar puteando, que este huevecito manejaba a más de cien trabajadores porque se la podía, aunque lo duden los desgraciados y todavía se la puede. —¡Échale rucio, que la Tere es una puta de mierda y el Chino es un chulo mal nacido!—. Pero llegó un carabinero y a la fila otra vez y rezongaba el rucio y rezongábamos todos, pero entre bocina y pito de paco nos movemos y el rucio empieza como fiera a pasar micros y el chico asomado a la ventana. —Que es, que no es, que era un bus azul, un intercomunal de los nuevos —y métale crujidera al acelerador y parece que pasamos con luz roja y yo que me llevo los ojos otra vez a la muñeca para ver la hora del reloj que ya no existe. Pero tú quizás todavía me esperas en la plaza y que ya no me bajo en la Católica, porque a este desgraciado hay que alcanzarlo y darle su merecido y que es y que no es, pero para mí que ya lo pasamos entre tanto desbarajuste y sin darme cuenta, por lo rápido que vamos ya estoy viendo la plaza y para qué te voy a contar que el muy imbécil hasta pagó el pasaje, y de las dipirona, ¡las malditas dipironas!, que ahora a los costos hay que agregarle los treinta pesos del pasaje, cuando para ahorrar nos caminamos unas buenas cuadras y yo notaba que acezabas de cansancio y para distraerme me contabas puras estupideces de los niños cuando ahora que estoy en casa me las sé de memoria y que parece que me las recuerdas para cagarme y este infeliz que se pasó muy campante el paradero, que nadie se habría podido bajar y que tampoco le importa un rábano si alguno quería subir, que se nota que no es el dueño el muy flojo, porque todos son unos reverendos irresponsables y todavía hacerlo delante de su hermano, que quizás qué va a aprender de sus mañas y —¿qué me tienen que importar a mí estos infelices? —estaba pensando, y me paré media cuadra antes porque no quería escuchar más sus problemas, y me puse a mirar por la ventana por si lograba verte, porque que yo no haya vendido estas porquerías no tiene nada que ver, que hay cosas más importantes en la vida, que mi hija no va a andar patinando compadre, con sus mugres de dipironas y mi mujer no va a estar parada en la calle abrazada con el Chino traidor. Le toqué el timbre, —Plaza Italia por favor —le dije, te lo juro, pero íbamos en una increíble doble fila. Yo me preguntaba —¿Cómo va a doblar? —pero pobre de él si no dobla no le pagué sus buenos treinta pesos para que ande hueveando detrás de su mina. Y por fin dobló, yo te miré, ahora sé que estabas detrás del kiosco, pero no te vi, de seguro que se aburrió. ¡Por la cresta! Y el desgraciado sin abrir la puerta. —Para, pus cabrón —le grité —no ves que me quiero bajar —y el muy infeliz se hizo el desentendido. —¡O parai o te mato, te mato! —entonces agarré un fierro que había a su lado, quizás no le habría pegado, pero ahí la cagó el rucio —¡Cálmese, calma, compañero! —Así me dijo, el muy imbécil. —¡Ay Alicia! Llévate las dipironas y a los niños diles que salí de viaje o lo que quieras, a ti siempre se te ocurre.

Al otro lado del espejo

Ya era el tardín y los flexes terpines jilcaban y
roldían por la garta, párticos se encontraban los
murdines y astariban los gartes del selarta
(Chesterton-Lewis Carroll)

Isabel abrió el postigo y un rayo luminoso invadió la buhardilla, a contraluz vi a Anita soltar sus trenzas doradas frente al espejo cubierto de polvo, pintarse los labios, arremangar su falda y caminar por el desván moviendo la cadera, taconeado sobre los zapatos de la abuela mientras simulaba fumar.

—Yo te bautizo Capitán Silver —exclamó gesticulando, pero no se refería a mí, que aunque usted no lo crea soy el Capitán Silver, o su fantasma mejor dicho, sino a una percha de pedestal, a ella le colocó una gorra con visera y un calcetín enrollado a manera de bufanda. La verdad que esta ocurrencia de la niña no me fue tan extraña, pues mi nombre anda desde hace casi doscientos años en boca de los chicos de Dover, en sus sueños y juegos de aventuras.

Isabel, ocupada del bordado, no le prestaba atención, sólo cuando Ana invitó a su amiguito a jugar a las prostitutas, levantó asombrada los ojos. Los dos niños estaban sentados en el suelo bajo la percha disfrazada, Ana se veía divertidísima, por lo demás siempre fue graciosa, tenía la costumbre de pararse con las manos en jarra y soplar hacia arriba para despejarse la chasquilla de los ojos. Iba a hacerla callar -no fuera cosa que la abuela los escuchara hablar tanta barbaridad- pero la risa se lo impidió.

Según relataba Anita, yo había naufragado hace muchísimos años en estas playas y mi espíritu (así lo dijo ella) aburrido de vivir escondido en algún desván, respirando polvo, quería distraerse con cientos de mujeres, como lo hiciera en los bares de todos los océanos, aunque para ello necesitaba materializarse en el cuerpo de algún humano.

Yo, desde luego, recordaba esta escena con todos los detalles, pero seguramente Isabel había olvidado el juego de su hermana menor, cuando quince años después regresó a la casa. Se juntarían los hermanos y primos para pasar el verano como en tiempos de la abuela —la vieja —diría yo, que en verdad nunca le tuve cariño. Pero había tanto que hacer, el polvo y la telaraña, las tuberías y desagües, los muebles carcomidos por la polilla y Carlos, que desgraciadamente era poco lo que podía ayudarla. Para más, tenía que mantener quietas a sus propias hijas que subían y bajaban las escalas asombradas con una casa tan grande y tan sucia que sólo quedó habitable después de tres días de trabajo agotador compartido codo a codo con un pescador, que vagamente se parecía al chico que jugaba con Ana, cuando la Anita peinaba trenzas y ella recién se ponía de novia con Carlos que era un estudiante con una inteligencia que la deslumbraba.

El sábado llegó la madre, que en sus ademanes recordaba tanto a la vieja, y la primera remesa de hermanos y sobrinos, la casa se llenó nuevamente de voces. Yo los veía hacer turnos para las comidas y sólo en las noches volvía la tranquilidad, por lo menos para mí, acostumbrado al silencio y a la oscuridad. Isabel con su cabello encanecido, a pesar de no llegar aún a los cuarenta y Carlos con varias libras de más parecían una pareja feliz. En realidad, era asombroso como Carlos se había adaptado al grupo, se sometía mansamente a sus decisiones y no se quedaba observando la nada como era su costumbre. Se sentaba a jugar a las cartas con sus cuñados; Isabel observaba a la distancia y aunque todos sabían de su esquizofrenia, nadie parecía recordarlo y lo trataban como a un igual.

Para Isabel resultaba novedoso poder levantarse tarde en las mañanas y hasta poder bajar a la playa, todo lo cual tenía olvidado. Se la veía alegre, hasta habían hecho el amor una noche, con esa suavidad tan propia de él, con sus caricias delicadas que lo hacían parecer un niño. Con Carlos la pasión era reemplazada por la dulzura y al verlo apoyar la cabeza en su vientre se le llenaban los ojos de lágrimas. Había algo parecido a la felicidad, se le ocurrió, aunque fuera por un mes olvidar las angustias económicas, el olor aprisionado de su estrecha vivienda, la soledad de sus largas hospitalizaciones y después eso de tener que recibirlo sin que se notara ninguna mejoría, temiendo día a día encontrarlo colgado de una viga cuando la depresión lo acosaba. Las niñitas por otro lado haciendo todo lo que no podían en casa, correr y gritar a destajo, hartarse de golosinas, vestidas en traje de baño igual al de sus primos ricos, que aquí las diferencias no eran tan notables. Así había imaginado el amor al casarse con Carlos, joven ingeniero con un futuro prometedor, como decía la abuela, pero que se vio truncado por su maldita enfermedad y ella tuvo que ponerse a trabajar en lo que viniera y hacerse cargo de un hombre que vivía como al otro lado del espejo, que, si bien se lo podía mirar de cerca, era imposible aprehender tras la barrera del vidrio y penetrar en su mundo de extraños pensamientos y diálogos inexistentes. Es cierto que la vida así resultaba agotadora, que el carácter le había cambiado, que se sentía aliviada en sus ausencias, pero al mirarlo dormir con su mechón sobre la frente, se daba cuenta que seguía unida a él, aunque fuera con ese cariño con que se mira a un corderito, que eso parecía por su mansedumbre, que si se le hablaba golpeado se echaba a llorar.

Como la casa estuvo desocupada por años y yo no abandoné nunca el desván (que aquí el tiempo se pasa volando), creí en mi primera salida encontrar más novedades, pero el lugar no parecía muy cambiado, los automóviles no dejaban de ser curiosos, tan ruidosos y de colores chillones como los carros de circo. Había algunas casas nuevas, edificios cercanos a la playa, pero no resisten comparaciones, ninguna posee una buhardilla tan apropiada como la mía, y no porque un fantasma necesite un lugar lúgubre, como a mí mismo se me ocurriera una vez, ni menos tenebroso, es sólo un asunto de comodidad. El amanecer fue de maravilla, me recordó una mañana en Singapur, el sol (igual que en Dover sale por el mar) estiraba de a uno sus cabellos en el horizonte hasta transformarse en una bola roja como un tomate a punto de reventar y el mar estallando en mil puntos de los roqueríos del fondo de los acantilados y mi barco con todas las velas desplegadas rumbo a la aventura. Es algo parecido a la vida, vagamente parecido a cuando yo estaba vivo. Si el sol se mantuviera ahí a un par de pulgadas sobre el agua y se paralizase yo no tendría que preocuparme más de la aburrida eternidad.

Isabel despertó, Carlos se acercó a su oído: —¿Crees que el sol se reventará pronto? —susurró afligido, y ella lo besó en los ojos para tranquilizarlo.

—Capitán, una cerveza amigo, antes de embarcar, mujeres hay en todos los puertos, una cerveza antes de que la noche se trague las lenguas —pero ella lo llamó a almorzar y subió corriendo —¿por qué no hay tomate Isabel?

La noche de la llegada de Ana, Carlos había subido al desván, se detuvo largo rato frente a la percha de pedestal, no movía un músculo, apenas pestañaba, después de media hora quieto como estatua dio la vuelta y se fue —te lo he dicho, odio tu *eternez*, déjame, te lo ruego —y cerró la puerta de un golpe.

La pequeña Ana que recordaba jugando en mi desván, es ahora una muchacha muy llamativa, sin ser bonita. El cabello casi blanco le cae más allá de los hombros de piel tostada y es varias pulgadas más alta que sus hermanas. Pero lo que más destaca es su desenfado, camina distinto, se sienta diferente y desde luego habla de otra manera. Si se aísla en el último rincón de la playa, de por sí algo solitaria, las miradas se dirigen hacia allá y en su ausencia las conversaciones obligatoriamente la mencionan. En este ordenado clan, desde antes de la reina Victoria, la felicidad se convirtió en un bien colectivo, asignado desde el nacimiento, ni siquiera Isabel con su marido chalado se escapaba a la armonía, aunque para ello deba vivir aislada. Pero el caso de Ana no encaja bien en los esquemas, sólo la madre la defiende para guardar las apariencias, a los 16 se embarazó de un don nadie, y ella, en secreto, la hizo abortar. Poco después dejó la casa en forma definitiva y nunca se le conoció un trabajo estable, viaja con frecuencia al continente y no es necesario ser muy perspicaz para imaginar de qué vive. Eso lo sugerían todos con una sonrisa.

La noche de su llegada, mientras los adultos jugaban a las cartas y los menores se aprestaban a dormir, el *Austin mini* furiosamente rojo que un amigo le había prestado revolucionó la velada con su escape estridente, los niños bajaron en pijamas y pies desnudos, los grandes miraban de soslayo un par de maletas tapizadas de calcomanías de lugares exóticos. Quizás no fue casual, pero yo de inmediato reparé en una de Singapur. Para todos fue una sorpresa, la hacían en Norteamérica, con un amigo muy dispuesto a casarse, según había explicado la madre tratando de suavizar las cosas. Isabel la abrazó por largo rato, se decían un par de frases y se largaban a reír, entonces Isabel la volvía a mirar y le lanzaba otra sarta de alabanzas por su espléndida figura. Sólo entonces reparó en la ausencia de Carlos y salió a buscarlo por la puerta trasera.

El chino del restaurante me había ofrecido perro para la cena, como no le entendiera su mal inglés me llevó hasta una jaula y me los enseñó. Perdí el apetito de inmediato y me puse a vagar por las calles del puerto. La temperatura no había bajado ni un grado a pesar de ser pasada la medianoche, la ropa se pegaba a los pliegues y en el barco era aún peor. Abdou, un tripulante senegalés, me golpeó el hombro. —Capitán Silvér —me saludó con su acento afrancesado. La camiseta la llevaba empapada, su piel azuleja brillaba con el sudor y un olor acre lo traspasaba. Entramos a un tugurio malayo donde todos los muros eran azules. En un telón iluminado por detrás se proyectaban figuras, una especie de danza ritual simulaba una mujer haciendo el sexo con un monstruo parecido a un tigre. Los hombres llevan un cintillo en la frente y las putas se apoyan en las paredes. —El bomboncito de Singapur —así se podía traducir lo anunciado por el presentador, y una mestiza de cabellos rubios salió a bailar. Su padre era inglés —me relató más tarde —cuando tirabamos desaforadamente en una colchoneta sobre el piso de tierra. Al amanecer Jenny había desaparecido y me encontré rodeado de cientos de gatos. No pude ubicarla nuevamente, tampoco Abdou que odia la luz del día y no recordaba de borracho donde terminó la noche. Carlos se levantó al escuchar su nombre y guiado por la mano de Isabel volvió a la casa.

Ana tiene un atractivo que me atormenta, así dormida la vitalidad de sus movimientos se convierte en un relajo seductor. Yace boca abajo, me deslizo por su piel, la acaricio, la beso, sin lograr que lo note siquiera, que esa es la gran desventaja de la inmaterialidad. Pero volver al desván me es aún más mortificante y paso la noche en su maleta, adormilado por la suavidad de su ropa interior, allí se respira el fresco aroma de los arrozales malayos al atardecer.

Quienes más gozaron la presencia de la tía fueron los chicos, se encaramaban todos a su auto y recorrían la playa entre las rocas. Ana les repartía caramelos y Carlos como un niño más se integraba al grupo, mascaba las pastillas haciendo sonar las muelas. También los pescadores parecían encantados con su presencia, corrían a empujar el auto cuando se embancaba en la arena, sólo los grandes no veían con agrado la situación, no era muy decente que se codeara tan ligera de ropas con tanto hombre medio salvaje como eran los lugareños. Incluso uno de ellos, su compañero de juegos en la infancia, la pasaba a buscar por las tardes para llevarla a mariscar y regresaban con la oscuridad ya avanzada. Una noche volvió visiblemente ebria y el muchacho la gritaba desde la reja y Ana reía sin poder detenerse. Sólo Isabel la defendió, los pescadores eran buenas personas, Carlos también había hecho buenas migas con ellos, y eso era importante, ya que desde hace días había comenzado a construir el sueño de quedarse en el lugar, no volver más a la ciudad, adiós a psiquiatras y medicamentos, no era mucho lo que necesitaba, con sus trabajos de dactilógrafa y la pensión de Carlos podría seguir manteniendo a la familia, sólo las niñitas eran un escollo, sería como condenarlas a un destierro, quizás cuando todos partieran ni ella misma toleraría la soledad.

En Singapur casi siempre hay un volcán desahogándose y ahora las cenizas oscurecían el cielo, caen desde hace varios días, provienen del otro lado del estrecho traídas por el viento, no se nos ha permitido dejar el puerto. Recorrí cientos de lupanares, Abdou me dice que no sea tonto, que todas las putas de aquí se hacen llamar Jenny. Volví a ver docenas de veces las escenas proyectadas en el telón blanco, una suerte de sombras chinas adaptadas al ambiente erótico de los bares, también una danza masturbatoria con culebras articuladas de bambú que parecen verdaderas, pero a Jenny no la encontré y sigo durmiendo en su maleta, entre la seda de sus enaguas transparentes.

Desde el escándalo de la borrachera el muchacho no ha vuelto a buscar a Ana, pero ella sale en el auto al atardecer y regresa después de la cena.

Por fin en una calleja igual a muchas, el burdel de paredes azules, el bomboncito de Singapur bailando, voluptuosa, de rodillas, quebrando la columna hacia atrás, girando lentamente los brazos como aspas y después por dos chelines, sólo dos, abrazarla con furia, empaparse de su sudor, sentirla deshacerse, mientras afuera llueve y llueve, como si el mundo se fuera a acabar, con un calor endemoniado y las cenizas del volcán formando una costra resbalosa con el agua.

La madre no ponía obstáculos, se podían quedar en Dover, por último, para hacer la prueba; a las niñitas podría dejarlas en su casa para que fueran a un buen colegio, bueno que eso se vería con el tiempo, seguramente Carlos se alegraría al saberlo y salió a buscarlo, acostumbraba a sentarse en una escalera de piedra.

Yo desde mi buhardilla veo que Ana detuvo el automóvil en el alto del acantilado, el mar bailotea a unas cincuenta yardas en el fondo, y las olas golpean las rocas y una fina llovizna llevada por el viento de cuando en vez alcanza la cima humedeciendo los rostros. Me acerqué a su lado, traigo impregnado el aroma de sus ropas, de puta de dos chelines, la rodeé con mis brazos para gritarle a todo pulmón en ambas orejas, dentro de su corazón para traspasar la materia y el tiempo. Ella encendió un cigarrillo sin percatarse de mi presencia, sin sospechar mi desazón. Pero a lo lejos un hombre se acerca y sentí el peso agotador de la eternidad y la necesidad urgente de la materialización.

Nos vamos a Pinang, Jenny ha aceptado, la pasaré a bordo la víspera del zarpe. Desde la última noche juntos acaricio la esperanza de radicarme en Sidney, Jenny está feliz, he oído que hay buenas oportunidades en la isla, después de todo la vida en el mar termina por agotarlo a uno.

El hombre sube al auto y empiezan a besarse, Ana descubre sus pechos y toma sus manos para que la acaricie, él parece deslumbrado y temeroso de la visión. En algún momento de su periplo el sol se ha detenido, rojo, listo para estallar, el tiempo se ha detenido como tantas veces lo soñé.

Que Carlos sea un poco, bueno, no bien cuerdo, aquí no importa, podría dedicarse a la pesca o a mariscar, físicamente es más fuerte que la mayoría de los hombres. Podrían envejecer tranquilos, sin apremios y quizás hasta gozar de sus manos finas, aquí solos, dedicarse al jardín, hasta tener una pequeña huerta y de vez en cuando visitar otra ciudad sólo para comprobar que no necesitan nada más, las niñitas ya casadas vendrían a visitarlos, hasta que ya viejitos desaparecieran uno a uno.

Al llegar a la puerta un malayo de cintillo en la frente me interceptó, con su tez cobriza y sonrisa permanente, apenas le comprendo —diez libras, diez libras —entendí al fin que me estaba vendiendo a Jenny, saqué la bolsa para comenzar el regateo, cuando me dieron un golpe en la cabeza con un fierro. —Con un fierro —le confieso a Abdou al día siguiente cuando mi barco con las velas desplegadas va dejando el estrecho.

—Putas hay en todas partes Capitán Silvér —me dijo el negro que acentúa la última sílaba y su mano fuerte me da una palmada en el hombro.

Los vidrios del automóvil se habían empañado. Isabel se detuvo a unos pasos. Una duda rauda y lacerante le traspasó el pecho y de un tirón abrió la puerta. Ana inclinada sobre el vientre introducía sus labios en la verga de Carlos. La jaló de los cabellos con tanta fuerza que la hizo caer del vehículo y comenzó a patearla. Cuando Carlos logró bajarse arreglándose los pantalones, la Ana medio desnuda, sangrando del rostro, lloraba hecha un ovillo en el suelo, y viendo que Isabel se alejaba partió a la carrera, gritándole que lo esperara.

La falta de luz hacía imposible continuar el bordado y se puso de pie, Anita frente al espejo trataba inútilmente de rehacer sus trenzas. Isabel comenzó a peinarla y sacarle la pintura de los labios que había sido lo más exitoso de su atrevido disfraz, cuando fue interrumpida por la abuela que le gritaba desde la planta baja. Carlos venía a visitarla —Carlitos —le llama la vieja que tiene gran cariño por su prometido. Isabel enrojeció, el corazón le dio un vuelco y dando una palmada anunció a Ana y a su amiguito que bajaran, que cerraría la buhardilla.

Personalmente tengo cierta preferencia por la oscuridad y no es por nada trágico o tenebroso, pero cuando a uno sólo le quedan recuerdos, la luz del día suele confundir las cosas, como decía el bueno de Abdou que acostumbraba a llamarme capitán cuando en verdad sólo fui contramaestre.

La legión silenciosa

E n el último mes las cosas habían empeorado, Andrés andaba de casa en casa trasladándose por las noches; un compañero, tan atemorizado como él, lo llevaba en moto, otras, una chica lo hacía en Citroneta. Rodolfo lo sabía, sabía de las mudanzas nocturnas de su hijo, pero era informado con varios días de atraso. Era preferible que ignorara el paradero; algunos habían sido torturados para que delataran a sus propios hijos. —Debe ser difícil tolerar la tortura, uno nunca sabe si será capaz de aguantar—. Le contaron de un matrimonio a quienes amenazaron con flagelar a su pequeño nieto frente a ellos, lógicamente no resistieron, no fue necesario que les tocaran un solo pelo. Los perseguidos, apenas eran aprehendidos, desaparecían de la faz de la tierra. No había puertas que golpear, nadie los había visto, ningún diario publicaría semejante noticia, ninguna autoridad reconocía su captura, jamás habían existido.

—Al chico Mario y a su mujer los agarraron —le llegó el soplo. Eran los más cercanos a Andrés, bueno, eso suponía, quizás porque a ellos los conocía, tenían un niño de meses. Rodolfo poco o nada sabía de las actividades de Andrés, claro que según los diarios todos eran extremistas, siempre eran capturados *infraganti* colocando bombas o atacando a las fuerzas armadas. Nadie lo creía, menos aún los de su lado, los de su tribu, los de la legión silenciosa, como había dicho llorando una mujer días atrás. La casta de las cucarachas, escondidos en la oscuridad de la noche, había reflexionado Rodolfo que ahora también se sentía integrado a los que preferirían estar bajo tierra para no ser humillados diariamente, pero que sin más debían deambular por las calles con la cabeza inclinada, pegados a los muros, mendigando por un trabajo, o agachando el moño para mantenerlo y hasta simular una sonrisa cuando se hablaba mal de los suyos.

Ni siquiera las puertas de las embajadas se dejaban empujar, protegidas por cerrojos, habían levantado sus contrafuertes para impedir más refugiados buscando asilo. Nunca tuvo contactos, lo que se dice buenos contactos, personas bien encaramadas en la maraña social, influyentes, capaces de conseguir que le sacaran a su chiquillo al extranjero, porque aquí no debía, no podía quedarse, cualquier día se lo mataban.

De Elisa nunca más había tenido noticias, su antigua compañera de alcoba allá en París, o *ma petite maîtresse* como quizás debería decir, para recordarlo del francés que tenía bastante olvidado. Parecía que el destino, aunque nunca fue adicto a esas creencias, se la estaba poniendo otra vez en su camino, a esa alegre Elisa que recordaba. El destino, o lo que fuera, porque ella podría ser el contacto tan necesitado.

A Elisa, la misma Elisa Sánchez o Sanchéz, como lo mal acentuaba él, sólo porque sonaba más bonito, la conoció en la embajada para el 18 de septiembre, el año 48, casi recién finalizada la guerra; era hija del secretario del consulado, es imposible olvidar la fecha, después de todo fue su primer Dieciocho fuera de Chile. Ella era mayor, dos o tres años. Fue un otoño frío y un invierno aún peor, en toda Europa escaseaba el combustible. Algunos recuerdos los tenía confusos, montajes de tiempos y anécdotas. Trataba de reconstruirlo todo con urgencia, necesitaba tener todos los recuerdos muy bien ordenados: La conoció en la recepción de la embajada, se siguieron viendo, ella tenía una amiga, su nombre, no, no lo tenía. Cerró los ojos intentando recrear la imagen. Veía entonces a una muchacha pequeña, porque nunca fue muy alta, subiendo la escala con cientos de peldaños, con una chaqueta que en vez de botones tenía unos trocitos de madera; *Montgomery* lo llamaban, pero no estaba seguro si en Francia se llamaban así también.

Lo que sí tenía claro es que ella fue su primer amor, en el sentido del amor físico, de hombre, los anteriores sólo fueron juegos de niños. Tenía el cabello negro y una risa, sí, de su risa se acordaba entrañablemente. En verdad que nunca la había olvidado; si alguna vez tuviera que decírselo, no le estaría mintiendo. Muchas veces en su vida la nombraba, la comparaba, le inspiraba una que otra respuesta, o repetía alguna de sus frases aprendidas, especialmente en francés. O en el cine, viendo viejas películas, los aliados entrando en París, o alguna escena de alcoba, sí, ella tenía los senos pequeños y duros, que eran chicos lo supo después, cuando pudo comparar. También se entristecía frecuentemente al recordar su propia aflicción, bueno, no con la misma fuerza, pero de verdad que sufrió cuando Elisa regresó. La despidió en el muelle y ella lo hacía con un pañuelo desde la borda. El barco hizo sonar sus sirenas y lentamente partió, Elisa se fue achicando con su pañuelo al viento y desapareciendo de su vida para siempre al cruzar el horizonte.

Más de alguna vez, después que él también regresó, pensó en llamarla, buscarla, sin mayor compromiso, sólo para saber cómo la había tratado la vida; sencillamente preguntarle si todavía seguía pintando; si aún odiaba a González Videla por haber perseguido a los Comunistas; si había votado por Carlos Ibáñez que también fue un tirano en los años treinta, cuando ella era una joven tan libre que luchaba por conseguir la igualdad de la mujer; y abominaba de las dictaduras y los imperios y que habría viajado gustosa a la India para conocer personalmente a Mahatma Gandhi; y todas esas cosas que conversaban en su pequeña covacha de París, bajo los plumones, abrazándose para combatir el frío de ese duro invierno sin combustible del 48.

El destino, o quizás qué, es muy difícil invocar a Dios cuando se es agnóstico, pero —¡Qué Mierda!—. Todo por Andrés, porque alguien o algo la puso en su camino y allí estaba Elisa en el *Suplemento de Arte*, dando una entrevista de dos páginas, con fotografías y todo. —¿Cuántos años? —contó con los dedos —veintiséis.

Se la veía bien, aparecía sentada en un sofá con dos de sus cuatro hijos. Seguía pintando, pero sólo por placer, no vendía sus obras, en realidad que no lo necesitaba, bastaba ver la enorme casa que habitaba y desde luego, saber quién era su esposo, un general, el tercero en la sucesión del mando, a cargo de la Inteligencia —*de la lucha contra el invisible enemigo, la insurrección* —comentaba el artículo, apartándose de su supuesto fin, que era la crítica de arte.

La buscó en el directorio de teléfonos, —sí, era ella, —era su marido, era el general, y —¿qué se le ofrecía?

Los primeros días después del Golpe no podía dormir, patrullas motorizadas violentaban el silencio maniobrando lentamente frente a su casa, deteniéndose un par de veces en la cuadra, al azar, amedrentando a los afectados, con los cañones apuntando a los techos y cruzando a veces como un azote la luz del reflector por una ventana. Ahora, dos años más tarde, el mismo sudor helado le producía desvelo.

Toda su vida había postergado las decisiones que intuía no tendrían éxito. El dolor de ser humillado con una negativa, ahora en lucha con esa ínfima luz de esperanza, rescatada de una relación que sin duda ella querría mantener en secreto. Y él, desde luego que también, sólo quería pedirle, implorarle por su hijo, no venía a chantajearla. Se me ocurrió visitarte cuando leí la entrevista en el *Suplemento de Arte*, me gustó el artículo, además que te ves estupenda, o sea que lo estás, pero yo, mírame me estoy quedando calvo, y la panza... No, no, no era el tono, quizás debía ir al grano y saltarse toda esa palabrería hueca que ella adivinaría. Necesito que me ayudes, es por mi hijo, tú sabes, los muchachos idealistas, nosotros alguna vez también lo fuimos... pero no quería referirse al pasado, sólo aclarar que, para él, ella seguía siendo importante, porque tampoco se borra el pasado de un plumazo...

Caminó por la vereda del frente, las manos sudorosas, el corazón lento pero apretado y un dolor suave que sentía al atrapar el aire helado. La casa estaba rodeada de soldados con ropajes camuflados, barreras de madera y fierro señalaban de lejos que no se debía acercar. Se dirigió directamente al que parecía el mandamás: —La señora Elisa Sánchez —tartamudeó, mientras pretendía sonreír. Debió identificarse —un asunto personal —aclaró al fulano, esperando que le devolvieran sus documentos. Después de varias consultas le contestaron que la señora no estaba en casa, pero que en todo caso debería solicitar una entrevista, que no se podía entrar así no más. Asintió con la cabeza, con una corta mueca de los labios y se alejó, creyendo que por momentos se le doblarían las piernas, con una sensación de relajo, y los ojos a punto de soltar chorros de lágrimas y con el temor de que hasta los esfínteres más íntimos se le liberaran. A una cuadra se detuvo y sólo allí fue capaz de apretar los puños y vomitar en silencio todos los insultos que se le atravesaron.

Pero regresó, tenía que regresar, se había hecho un lavado de cerebro. ¿Qué era más importante, su hijo o su orgullo, incluso su vida o la de él? Entonces le escribió. Diez veces, cien veces rehízo la carta. Por algún motivo le habría resultado más fácil hacerlo en francés —*je suis Rodolfo, est ce que vous-vous souvenez de moi, je n'ai jamais oublié votre sourire*—. Cada vez se humillaba más, cada vez buscaba un tono más, más —¡Qué Mierda!—. Finalmente salió la maldita misiva. La guardó en un bolsillo de la chaqueta. Ella al ver su carné lo dejaría pasar, bueno eso esperaba, y si no, entregaría la carta a la guardia.

Había un quiosco de periódicos en la esquina y ahí se detuvo un instante, aunque le fue imposible concentrarse en los titulares. Por enésima vez tocó el sobre en el bolsillo. Caminó lentamente por la vereda del frente, las manos sudando, la vista fija en los hombres de guardia, entonces atravesó la calzada.

El estridente rechinar de unos frenos le troncharon el pecho, mientras todos los pelos se ponían de puntas. Trastabilló, dio unos pasos en el vacío hasta que finalmente quedó en una posición grotesca, casi hincado frente a la ventana de vidrios oscuros del Mercedes, presa de un pavor que lo mantuvo inmóvil.

—¡Imbécil, estúpido de mierda! —la mujer había bajado el vidrio y lo seguía insultando. Que cerrara de inmediato la ventana, le gritaron sus escoltas. Obvio que era Elisa, igual a la fotografía del *Suplemento*. —*Elisa Sanchéz, ma chérie*—. Se puso torpemente de pie y con las manos abiertas y limpias, como si quisiera acariciar su rostro, se acercó a la ventana. Ella lanzó un grito agudo, el auto dio un salto quemando los neumáticos en el pavimento y un segundo después se perdía detrás de los portones.

Quedó de pie en medio de los soldados. La carta, la carta, recordó, llevándose la mano al bolsillo interior. —¡Tiene un arma! —escuchó gritar y simultáneamente un dolor agudo en la espalda, después en la pierna, y otro en el cuello; sólo entonces se percató que le estaban disparando. Igual que el sonido del trueno que llega después de la luz; primero fue el dolor, después el ruido. Cayó al suelo. —¿Cómo es que se decía en francés, *mi pequeña amante?*—. No murió de inmediato.

D & B

*No existe evidencia científica
que el planeta esté más caliente
que hace treinta siglos.*

S e levantó y caminó directamente al tabernáculo, allí le aguardaban el rabino y Andrés. Deberían abrir entonces las portezuelas coloreadas y entre los dos adultos retirar los rollos de la *Toráh*. Este es el momento más importante del *Bar-Mitzva*, cuando su hijo reciba los rollos.

Dio media vuelta y sus ojos se encontraron con los de ella, creyó enrojecer, pero no pudo dejar de mirarle las piernas. Betsi, sentada en la primera fila, con unos tacos finísimos y una correa que ceñía sus tobillos -zapatos de puta los llamaba su madre-, David no tenía recuerdos de haber conocido una puta con esos zapatos; pero esa manera de vestir de Betsi, era propia de una agresora sexual, se le ocurrió y una discreta tensión en su anatomía bajo el marrueco, lo volvió a la realidad.

Andrés, con una *kipá* azul, igual al suyo, cargando los rollos de la Ley comenzó a recorrer los pasillos del templo. Sus compañeros de escuela, agrupados al fondo lo vitoreaban, los abuelos lo miraban sin poder ocultar una mezcla de orgullo y complacencia. Un trabajo cumplido, una misión para los más viejos — ver la perpetuación del pacto de Dios con su pueblo — le había explicado el rabino — no de una raza, porque los Judíos después de la diáspora ya no formamos una raza, pero somos el Pueblo Elegido y esa es nuestra fortaleza—. David no era para nada un practicante de la religión, pero la preparación del *Bar-Mitzva* lo había hecho reanudar el ritual de las velas para la víspera del *Shabat* y también acercado al templo. Betsi era una concurrente asidua y pronto se encontró compulsivamente asistiendo a las ceremonias. La muchacha, más joven que él, con una cabellera rojiza, de irlandesa, o judía rusa o de Rita Hayworth —porque no somos una raza —con una piel blanca y senos blandos y un pubis de vellos seguramente rojos. Sólo una vez había fornicado —porque así se debe decir —con una mujer de pelo rojizo y no le gustó, lo prefería negro, sedoso y rizado.

Andrés con su tesoro a cuestas pasó frente a la tía, ella le sonrió, pero su mirada volvió rápidamente a él, y él la sostuvo, como queriendo decirle, que para nada le importaba que estuvieran en el templo, delante de todos los amigos, de la comunidad, del Pueblo Elegido y que, si llegaban un día a hacerlo, sería fornicación, porque así está escrito en la *Toráh* cuando se trata de la mujer del prójimo. Betsi descruzó las piernas, ajustadas por medias de encaje y las dejó discretamente separadas. Entonces se encontró aspirando intensamente, abriendo las aletas de la nariz para asir sus feromonas, esos aromas que las hembras secretan para atraer a su pareja y sin duda son efectivas porque ahora la erección se hizo manifiesta.

Entonces lentamente, para que ella lo notase, bajó la mirada, deteniéndose en su escote, casi acariciándole el busto y se introdujo en el túnel de su minúscula falda de cuero negro, hasta el fondo del anguloso recoveco y volvió a inhalar, entrecerrando los párpados porque quería adivinar que el mechón de cabellos allí encerrado era negro, lustroso y húmedo.

Betsi había enrojecido; así y todo, hizo una mueca con los labios que no era claramente una sonrisa, entreabrió un par de centímetros más las rodillas y levantó la ceja derecha. David rehuyó su mirada ahora presa de temor pues ya creía tener mojado el calzoncillo.

Andrés regresó de su periplo y el rabino lo invitó a tomar asiento. El *Talid*, ese manto que los más antiguos usan para estos actos, le sirvió para cubrir su sexo, asustado de su propia excitación.

Volvió a su banca, en ese ángulo sólo podía observarla de reojo. Debería pronunciar unas palabras, por suerte las traía escritas, Andrés hablaría después. Este trámite suele ser relajado, se cuentan anécdotas más o menos simpáticas del aspirante. Por de pronto toda la reunión es relajada, la gente se levanta, sale al patio y vuelve, se conversa o se aplaude o bromea a los muchachos que se inician en esto de ser un Judío. Betsi se puso de pie, se alisó la falda, agitó una vez más la frondosa hoguera de su cabello y cruzó veloz una mirada. David se sintió un perfecto imbécil; se vio a sí mismo con la boca entreabierta, babeando, sin atreverse siquiera a ponerse de pie, mientras ella se pavoneaba por el jardín, fumando, con sus piernas kilométricas, atrapando la mirada de los machos de todas las edades.

Era un absurdo ataque de celos, ridículo porque era más lógico sentir celos por el marido y no por una tropa de ancianos como eran la mayoría de los asistentes. René, el esposo, estaba sentado más atrás. Era un oso grande, de pocas palabras, sano como un niño, de cabello negro y rizado, y qué le vamos a hacer, aspecto de árabe tenía el bruto —porque no constituimos una raza —recordó las palabras del rabino. Él lo conocía muy bien, René era su mano derecha en la fábrica, leal hasta el sacrifico.

Salió adelante a leer su alocución. Era breve, no más de cinco minutos, pero hizo varias pausas para levantar la mirada. Ella no regresó. Durante el turno de Andrés tampoco lo hizo y él no podía pararse mientras su hijo hablaba, porque eso sí que sería una ofensa, no un pecado, como lo dice la Ley, pero sería imperdonable. — ¡Por la cresta!

Terminada la ceremonia, en los jardines se sirvió algunas golosinas y mientras la buscaba con la vista, el gran oso se acercó a saludarlo, con sus manos velludas y gigantes. Se acordó de una película: Un ricachón ofrece al marido un millón de dólares por acostarse con su mujer, pero, aparte de no poseer una cifra así, René jamás entendería eso, con su manota empuñada lo golpearía en la cabeza hasta enterrarlo en el suelo hasta las rodillas. René había vivido por años en Israel, alcanzando el grado de capitán en la guerra de El Líbano. David y Goliat, se le ocurrió, y se vio desnudo lanzándole una piedra al hombrón y después cortándole la cabeza; pero el otro David, el pastor, no lo hizo por una calentura con una mujer, sino por salvar a su pueblo, al Pueblo Elegido. — ¡Por la cresta! Otra vez, cresta, cresta...

Dejaron la Sinagoga. Mientras conducía el automóvil hasta el club donde se haría la fiesta, tenía la sensación de una tarea inconclusa, una especie de angustia y excitación que le crispaba las manos, hasta le costaba manejar.

"A la mañana siguiente David escribió una carta a Joab, en la carta decía: pongan a Urías en la primera línea de batalla".

Pero el otro David, el David rey, no lo hizo esta vez por su pueblo, si no por Betzabé, una hembra, y por eso fue reprendido por el profeta Natán: *"El Señor no te va a castigar a ti por tu pecado, pero tu hijo recién nacido tendrá que morir"*.

Sí, tenía que admitirlo, lo había pensado, deshacerse de René, obvio que no en los términos bíblicos, después de todos habían pasado 3.000 años. Su antecesor no había dejado de ser refinado y astuto, lástima que no lo fuera a los ojos de Jehová, y por ahí, por ahí estaba la duda, él, que nunca fue practicante se encontraba en el tonto dilema de la traición. No a al Señor, sino al hombre bueno y fiel, a aquel que no lo traicionaría por nada del mundo.

Después de la cena vino el baile; un juego de luces en el techo alumbraba y oscurecía la pista. Betsi bailaba todas las danzas colectivas tradicionales, acompañadas de palmas y cantos. David, sentado cerca del tablado, seguía su imagen relampagueante sin perder un paso. Ella lo clavaba con su mirada en cada giro, pero no le sonreía; había otro sentimiento en su faz, con los labios un poco entreabiertos y el respirar agitado, que él sabía que quemaba. A la hora de las rondas, sin mayor aviso lo sacaron volando de la silla, girando en un sentido y el otro. Betsi se las arregló para colocarse a su lado; entonces sus cabellos incandescentes le fustigaron la cara, llenándole la nariz con sus olores, y sus uñas afiladas se clavaron en su piel. Habrían sido capaces de hacerlo ahí mismo, de fornicar como dice el mandamiento.

Para la despedida, cuando todos pasaban a agradecerle la invitación, le lanzó a René la proposición que todo el día lo había estado rondando: —¿Qué tal si vas tú a Nueva York, la próxima semana?

—Pero necesitaría un Poder General.

—No hay problema.

Betsi, apenas movió los labios, para demostrar que comprendía.

—¡Cómo se fueron de rápidos los años!, y ¡qué duros!, comenzar todo de cero —se encontró divagando al volver a la sinagoga. Traía ahora a su *Bar-Mitzva* a su hijo José, fruto de su unión con Betsi. Se acomodó la *kipá*, de manera que le cubriera la calva y se sentó adelante. A una señal se levantó y caminó directamente al tabernáculo, allí lo esperaba el rabino y José, cuya cabeza deslumbraba con su *kipá* azul sobre el pelo cobrizo como una llamarada. Deberían entregarle los rollos de la *Toráh*, el momento más importante para un judío que cumple los trece años.

Dio media vuelta y sus ojos se encontraron con los de ella. Sin duda Betsi había engordado en demasía —una vaca, una verdadera vaca —se le ocurrió y por algún motivo le cayeron de golpe todos los recuerdos; mientras José comenzaba su paseo por el templo cargando los rollos de la Ley. Se le vino a la memoria la imagen del oso peludo, que dicen que ahora comanda las tropas que invadieron Gaza a raíz de la Intifada; el desgraciado que usando el Poder General que le dio para Nueva York, prácticamente lo arruinó al robarle una fortuna.

—*"El Señor no te va a castigar a ti por tu pecado, pero tu hijo recién nacido tendrá que morir"* —le había vaticinado el profeta al rey, al otro David. Pero 3.000 años no pasan en vano, reflexionó, hay otras maneras, otros caminos.

Sobre héroes y villanos

Diego, nunca tuvo dudas de que su nombre tenía que ver con Maradona, el Bambino de Oro. Pero su apelativo en el club era el Garincha por eso de tener las piernas un tanto curvadas y en el ambiente lo conocían como el Colorado, apodo que adquirió durante su primera caída en cana. Después, de la cárcel entró y salió varias veces, por monrrero y escalador, porque en este trabajo uno va adquiriendo su especialidad, igual que en el fútbol que uno tiene su puesto, o sea, hace lo que mejor domina. Por eso cada temporada en la Peni, "era como un postgrado"; esto último no era una idea propia, lo había dicho un tipo en la televisión y él respiró profundo al escucharlo, sin disimular un poco de orgullo.

Esa tarde, casi noche, las luces de la calle aún no se encendían, y silbando, porque el trabajo no tiene porqué ser aburrido, jugaba a hacer zigzag, mientras con el borde externo del zapato —como lo hacen los que saben —iba arrastrando una piedra, como si fuera un balón de fútbol y los rivales quedaban en el camino, mientras una voz de relator deportivo dentro de su cerebro, porque Diego tenía cerebro, comentaba su destreza y lo llenaba de elogios y apodos como suelen hacer los comentaristas de fútbol: el carnicero, el que no perdona, el verdugo, el que patea como los dioses y él seguía movilizando la esférica, que en este caso era una pequeña piedra, dejando pasmada a la tribuna y no faltaban los hinchas fanáticos que se volvían locos con sus cabriolas, mientras él, calladamente, emitía unas onomatopeyas cuando sus adversarios pretendían arrebatarle la bola y entonces con un rápido movimiento de cintura a lo Ronaldinho Gaucho, a quien había visto en un comercial de Pepsi, iba dejándolos atrás. Después con galanura corría por la banda, que era la solera, y recuperaba su puesto que es el de 10, lógico, si por algo se llamaba Diego, no era una casualidad.

A mitad de cuadra, la reja de entrada de un *bungalow* estaba abierta, no entera, pero un tanto. Se detuvo. Así de fácil, la estaban dando. Con el pie izquierdo, porque lo hacía casi igual de bien con ambas piernas, tiró la piedra a un costado y espero, para descartar un posible movimiento, se fijó en las casas vecinas, porque un profesional no debe correr riesgos innecesarios. Entonces se detuvo en el medio campo, con ese olfato propio de los goleadores, de carnicero, de verdugo. El jardín bien cuidado sin huellas de caca de perro, lo cual es siempre tranquilizador, porque un quiltro, aunque no sea bravo es un problema, por los ladridos. Había una tenue luminosidad, variable, pulsátil reflejándose por una ventana. Y suavemente adentró un pie por la rendija que dejaba la puerta, el pie derecho, con el que chutea los penales y con una suave finta traspasó la línea blanca que divide la cancha en dos mitades. Después con tres grandes zancadas al mejor estilo de Cafú penetró bajo un techo que no era exactamente un garaje, sino más bien donde esa familia amontonaba sus cachureos y que comunicaba con la cocina que también tenía la puerta abierta. El delantero central, el 10, como se dice actualmente, es básicamente un armador, ese era un enunciado de don Lucho, el viejito que se tomó bien en serio su papel de entrenador de los Malosbichos, como por hueveo le dicen a su club, porque, claro, no todos son hijitos de su mama. Pero ahora sencillamente el 10 tenía que ingresar al área chica. Salió de la cocina y se encontró en un pasillo.

Claramente se escuchaba la televisión transmitiendo la Eurocopa. Jugaba Inglaterra con Portugal, nada menos que su ídolo estaba en la cancha, obvio que David Beckham. Muchas veces se había imaginado vistiendo ese traje gris que el rubio delantero usó cuando fue recibido por la Reina. Dio unos pasos más, sin hacer ruido pues calzaba sus tenis, que tienen esa ventaja y que a veces también lleva a las pichangas.

En el *living* había un televisor encendido. Frente a él un hombre calvo observaba el partido, era el dueño de casa y a él le daba la espalda. Aunque poco, se movía, porque o si no uno se habría imaginado que era un maniquí que dejaron al cuidado de la casa. Debería pasar detrás de él sin que el pelado lo cachara, no era fácil -¡Pura Adrenalina!- sólo para especialistas. Le podía ver la cabeza, el cuerpo lo tapaba el respaldo del sofá. Miró la tremenda pantalla, iban empatando, parece que ambos equipos ya se resignaban a ese resultado, la pelota circulaba por el medio de la cancha, se jugaban los minutos de descuento, el comentarista insistía que era un resultado mezquino para los ingleses que habían hecho lo posible por aumentar el marcador y cada vez que Beckham tomaba una pelota y la tiraba al área para aprovechar el cabezazo, que es el la mejor arma de los Sajones -que quizás por qué les dice Sajones en vez de Ingleses- se le ocurrió. El muy huevón del Beckham parecía que la ponía con la mano, que el rubio era un genio, y que sólo le faltaba anotar un gol para convertirse en el héroe que siempre fue el *spiceboy*, que también se le llama así porque está casado con la *spicegirl*, que, aunque flaca, parece rica la mina.

Entonces, igual que el metrosexual, se deslizó suave, pero muy recontra suave, hasta la pieza contigua e inmediatamente descubrió un equipo de música *Aiwa*, y en un dos por tres lo desenchufó, le amononó los parlantes encima, y regresó al *living*. Y que ojalá que esté bueno el *Aiwa*, porque a veces uno hace el ridículo choreándose un equipo de música malo, ya que arreglarlo es más caro que lo que le dan en el Persa, después que el riesgo es uno el que se lo mama.

La ceremonia de los penales estaba por comenzar. Se le detuvo la respiración, tentado estaba de explotar a gritos, como cuando concurre al estadio, pero leso no era tampoco y el trabajo es el trabajo, después de todo estaba parado a dos metros detrás del pelado, que claro, ni cagando se iba a levantar en el momento de los penales. El arquero bajo los tres palos le mandó una mirada al Beckham, como queriéndole decir que le iba a adivinar el lado, pero eso también se lo hacen a él siempre, porque en el club, lógico, que es él, el Diego, el que tira los penales. David Beckham retrocedió cuatro o cinco metros, sin que se le borrara la sonrisa, que es para puro ocultar los nervios, eso él lo sabe muy bien. Porque si un arquero no ataja un penal, o se tira para el otro lado, no pasa nada, pero si a uno se le va, como al pobre Caszely que lo han molestado toda la vida y de nada le sirvió ser el rey del metro cuadrado, ahí no más que está jodido para siempre. El arquero daba unos saltitos, el delantero tomó carrera y con el empeine tomó contacto con la plateada pelota, que es un lujo la que sacaron para esta Copa, y entonces el balón se elevó, más allá de la media altura, que según Livinsgton es la mejor posición para que el arquero la atrape y se llene de gloria, pero siguió subiendo como un Caravelle como decía el Hernán Solís, y se fue por arriba del travesaño, mientras el *goalkeeper* seguía incrédulo con la mirada como subía y subía como si quisiera mandarla a la Rubia Albion, como extrañamente señaló Carcuro, que quizás qué quiso decir.

Hubo unos segundos de silencio. Como en cámara lenta el meta esbozó una sonrisa y un momento más tarde hizo un gesto con las manos. Beckham, el ídolo, también mostró extrañeza por una centésimas de segundo y después lentamente dobló el cuello bajando la cabeza, con lo cual se perdió su gesto de frustración para los millones de telespectadores que en ese instante supremo miraban la tele y él, el Diego, el Colorado, se dio cuenta que con la emoción casi suelta el equipo que tenía entre las manos, y que había que ser bien tarado para quedarse viendo la tele, cuando le estás robando al pelado que está a menos de tres metros, y que algún garabato había murmurado llevándose las manos a la cabeza en un gesto de desesperación por lo del penal, con lo cual demostraba claramente de que no estaba dormido.

Por lo tanto, era hora de volver a su campo, que un buen delantero debe saber tomar otras posiciones y ayudar en el medio campo y hasta en la defensa, donde las papas queman o donde lo necesiten, como la antigua Naranja Mecánica de los holandeses, donde todos atacaban y todos defendían, según le habían contado porque él era muy niño para haberlos visto en acción. Entonces el Carcuro se lanza otra de sus frasecitas célebres, o sea de cómo los héroes en un instante se pueden convertir en villanos. Le faltó reírse —Jo, Jo, Jo —porque él se ríe así, cuando la ocasión era para llorar.

Salió otra vez al cobertizo, con el equipo de música a cuestas y que era una delicia de lo liviano que lo sentía, y le hizo un *dribling* a la lavadora y esquivó un triciclo, que también se lo habría llevado para su sobrino, pero no tenía cómo y se acordó que el que mucho abarca pocas prietas, entonces de puro feliz, hizo la bicicleta, o puso segunda que es una manera de decir cuando Ronaldo cambia bruscamente su velocidad y deja a toda la defensa botada y simuló una rabona con una olla que estaba abandonada y se dio vueltas para dar tres pasos de espalda, para poder recibirla de lleno y mandarse la mensa chilena, capaz de dejar al estadio mudo por unos segundos, hasta que después se raja aplaudiendo.

Entonces con la sonrisa del deber cumplido, lentamente tomó su posición por la banda derecha, que es un decir porque para el delantero es la izquierda, pero después de todo iba de regreso, y le habría gustado levantar el equipo *Aiwa*, como si fuera la Copa, pero no alcanzó a girar por completo, porque dos pacos lo detuvieron antes de traspasar la línea blanca que divide la cancha en dos sectores. Con el bastón lo golpearon a la altura de los riñones. —Era por lo menos para tarjeta amarilla—. Dejó el equipo en el suelo y un rato más tarde, con las piernas y los brazos abiertos debió soportar el cacheo de los policías. Entonces su cuello se empezó lentamente a flexionar mientras la cabeza bajaba y el mentón le topaba el pecho, igualito como lo hiciera recién el villano Beckham, pero —¿qué le iba a hacer? Así suelen ser las malas tardes para los ídolos.

Santiago – Valparaíso – Santiago

En esto del amor, o de la conquista mejor dicho, el primer paso siempre es consciente, se obedece sin rebeldía a una atracción animal. Es absurdo suponer que uno se enamora mientras conduce por la carretera, pero después de sucumbir a ese primer impulso, se queda amarrado, ya sea por la rutina o por un torbellino de sentimientos que fatalmente no lo dejan zafarse del embrollo en que se metió en pleno uso de su sano juicio. Eso lo tenía claro, pero hay un algo indefinible, casi misterioso, que obliga a dar ese primer tranco, a correr ese riesgo, a lanzarse al vacío. Manejaba como todos los jueves camino a Valparaíso, sabía perfectamente que ese sería el día, que estaba predestinado a involucrarse y el corazón se lo recordaba latiendo más apurado, también el sudor de las manos en el volante; porque estaba seguro que ella concurriría una vez más a la frutera donde él trabajaba los jueves como abogado. -Experto en trámites de aduana- Se lo había explicado a Susana, a esa mujer tan hermosa, con un moño en la nuca como la Carmen Sevilla, que fuera su secreto amor de adolescente; y ella lo había mirado, con unos ojos que lo debilitaban, que lo dejaban sin voluntad; y le había relatado entonces la larga y penosa odisea de su marido que debía permanecer escondido por cheques sin fondo.

—¿Susana en realidad vienes a verme por el asunto de los cheques? —le preguntó esa tarde, con una osadía que nunca había creído tener, pero que era justamente la predestinación o algo así, pues lo había practicado por una semana.

Ella sólo bajó los ojos y esa misma tarde estaban en la cama.

—Ten cuidado, Pájaro, no te vayas a enamorar.

—¿Y qué mierda tiene que andarle contando a su compadre, siempre dando cátedra sobre mujeres?

¿Qué le podría haber respondido? Que era dulce, que tenía una risa maravillosa, que sus besos. -¡Por la puta!- Eso no se puede contar, pero nunca había tenido una sensación así. Que con la Carmen, él ya sabía, lo habían discutido tantas veces, que no entendía siquiera por qué seguía casado, o en realidad, sí lo sabía, era por la rutina de la cual nunca supo cómo liberarse.

Pasó un mes y medio, cinco o seis jueves, cada vez más apresurados, con más desenfado, Susana lo pasaba a buscar y partían al mismo hotel y ahora sí que podía pensar que no era sólo atracción, se había creado una necesidad, una telaraña que ya lo atrapaba.

Había un día hermoso en Valparaíso, Susana llevaba el cabello suelto. Por primera vez en años dejó plantados a los de la frutera y se fueron a la playa. Estaban abrazados cuando apareció Carlos, con una barba crecida de varios días y anteojos oscuros. Tomado de sorpresa, con el pulso a mil por hora, trató de llevar la conversación al asunto de los cheques. Pero el hombre lo apartó a un lado, mientras Susana, como si nada se quedó tomando el sol.

—¿Sabes con quien te estás metiendo? Es una putita, seguro que te ha mentido en todo, te habrá contado que la golpeó, tú no eres el primero —y como él no le respondiera, de un empujón lo dejó tendido en la arena. Susana lloró entonces sobre su hombro, mientras a él se le atoraban las preguntas en el cerebro, pero allí se quedaron mientras le acariciaba el cabello. Una vez más no permitió que la acompañara a su casa.

—Carlos podría estar armado —se excusó.

—Desapareció del planeta, tres meses tratando de ubicarla, recorriendo los empinados cerros, como un idiota. ¿Se imagina, compadre, preguntando por una mujer de este porte, que se llama Susana López o por su tal Carlos al que ni siquiera le sé el apellido? Seré huevón.

Pero Tomás, para variar, el compadre le dio la solución, las visitas a la cárcel, quizás al fulano finalmente lo tomaron preso, quizás ella... Y esa noche hacían nuevamente el amor, en el mismo hotel, pues ella como siempre se negó a revelarle su domicilio.

Pero otra vez desapareció, ni siquiera la encontró en la cola de las mujeres que visitaban a los presos. Le había prometido concurrir a la frutera los jueves, y esa, esa angustia, compadre, me tiene cagado.

Pero entonces, así de repente regresó, como si nada. No supo pedirle explicaciones, sólo largarse a llorar como un imbécil y seguirla. Lo llevó a bailar, a un sitio donde sólo había jóvenes. Esa noche se quedó en Valparaíso, en su casa, encaramada en una esquina casi zambulléndose en el mar. Era una casa muy modesta, no lo había imaginado.

A media noche despertó solo en la cama y asustado partió a buscarla, estaba dormida en un sofá, helada. La tapó con frazadas. Al día siguiente al parecer no recordaba el asunto. Muy pronto descubrió que su vida era dormir, fumar y consumir sedantes de todo tipo. Realizaba sólo tareas intrascendentes, era imposible saber con qué recursos vivía. Le dejó dinero en el velador, y mientras manejaba de regreso a Santiago fue reviviendo cada segundo de los momentos que habían compartido.

Se multiplicaron los viajes, ella lo pasaba a buscar a su trabajo, pero verla sólo los jueves se le hizo insuficiente. —Las noches siguen siendo difíciles, compadre, se levanta, fuma, me desespera.

—Para mí que es una histérica tu Susana, ¿qué quieres que te diga?

—Bueno, yo también lo creo, pero un minuto vivido con ella valen por todo.

—Por favor —le había dicho Susana —necesito que me entiendas, no me importa que no compartas muchas cosas, pero que respetes mi manera distinta de ver la vida, pero te niegas a probar, sólo pretendes cambiarme. Si no te gusto como soy, entonces déjame.

No pudo responder, mientras pensaba en ello, Susana ya dormía inquieta, enroscada como un animalito, con unos quejidos ocasionales.

—No sé qué te pasa —le dijo otro día, no sabes gozarme, te gusta sufrir, convertirte en víctima, cuando yo me doy entera te escurres; tengo que permanecer distante para que sientas que me quieres; te he dado mi vida y no sabes qué hacer con ella.

—¡Qué mierda! Tomás, ahora no me alcanza la plata, me gasto el sueldo en bencina y peajes. Y para colmo de todo, embarazada. No sé si está rara por eso, o siempre fue así, y sigo como tarado esperando que las cosas cambien, creo que con la Carmen también fue así, claro que no cambiaron nunca. Por mí que tuviéramos la guagua, sería como una manera de atarla, se lo he pedido, pero no hay caso. La verdad que le tengo miedo, es capaz de cualquier cosa.

Tomás le prestó el dinero para el aborto, el hecho no la afectó mayormente, sin embargo, cuando se largó a llorar días después y él no comprendía nada, dijo que era por eso, que los hombres jamás entenderían ese dolor y obviamente lo hizo sentir un idiota.

La noche que llegó a las 4 de la mañana, él la esperaba en pie. Había pensado en todo lo imaginable para explicar su ausencia. Susana se limitó a contar que paseaba por la playa y como él, con un ataque de celos, le dijo que no le creía, le respondió a gritos que no deseaba verlo más.

Todo se desmoronó ese día, Tomás, todo, aquí me tienes viviendo en esta pensión. Hace sólo un mes me quería, lo sé, se le notaba, pero ahora, me respondió una de mis cartas —no quiero más tus besos —me dijo, no lo puedo creer, no puedo, no sé qué crestas hice mal.

—¿No le contó que tenía un hijo? No sé quién es el padre, yo andaba por la Argentina cuando se embarazó, ha vivido con mi suegra desde niño, no porque yo no lo quiera, por cosas de ella—. Carlos se veía muy cambiado, hablaba con mucha calma, quería que le prestara dinero, para ella dijo. ¡Par de sinvergüenzas! Desde hacía seis meses que se acostaban con la Susana, a mis espaldas, con mi dinero, supongo.

—¡Puta de mierda! —le había escrito —has traicionado el amor—. La frase le sonaba como un libreto de ópera. Pero cada palabra se le repetía mientras conducía el automóvil a Santiago, con dos pasajeros, compañeros de trabajo. —Adorada Susana has traicionado la vida y el amor, por eso te odio, te odio, tenía que decírtelo, te odio.

Pasó el peaje, sus pasajeros conversaban algo sobre la marihuana. Seguro que también se drogaba, se le ocurrió, apretando el volante con rabia.

En la radio comentaban las noticias del mediodía.

—Quilpué—. Ahí había ocurrido la tragedia. Se hizo un silencio aterrador. —Identificada como Susana López. Completamente destrozada por el convoy. Afectada por problemas sentimentales, se había arrojada a la vía. Se encontraron dos cartas bajo una piedra, junto a los rieles.

Llovía y soplaba fuertemente el viento, la marejada azotaba la avenida Perú. Tomás intentaba protegerlo con el paraguas, apartándolo de la orilla que a cada momento era sobrepasada por la furia de las olas. Estaba empapado y el agua le corría por el rostro confundida con lágrimas.

—Tuve que volver, compadre, casi me doy la vuelta adentro del túnel, ¿entiendes? Adentro del túnel.

—Sí, pero ven, volvamos a Santiago, ven, no tiene caso ser tan porfiado.

El borde del abrigo le quedó atrapado en la puerta de auto y se fue mojando todo el camino, para siempre quedó con una marca de humedad y mugre, pues ese día no paró de llover.

El viento de otoño

Andresito dormía en su cuna. Ella había dejado dos manzanas sobre el velador y una pila de pruebas escolares para corregir. Una polilla revoloteaba sobre los papeles con un aleteo bullicioso; con un rápido zarpazo la desintegró entre sus dedos. Sólo entonces tuvo plena conciencia del silencio que parecía impregnarlo todo. Para mover el lápiz sobre el papel había que pedir permiso al silencio. Acercó el oído a Andrés quien parecía no respirar. Un mordisco a la manzana habría sonado como un trueno. Durante unos minutos leyó en voz alta, pero al detenerse las últimas sílabas se quedaron aleteando como la mariposa nocturna.

—Dormir —siempre le costaba dormir en esta casa. Miró el techo, tan alto, con una ampolleta solitaria colgando al centro, como en todas las casas antiguas; con esos camastros encumbrados, aislados en una estancia inhóspita con efluvios a meados ancestrales.

En una de esas camas había muerto el tío Carlos. Ella era sólo una niña cuando su madre la izó en sus brazos para mostrárselo en la urna. Estaba desfigurado, con el rostro tumefacto y los labios entreabiertos. Todavía tenía grabado el terror de esa visión.

Nunca le tuvo aprecio al tío, siempre adivinó que sus caricias aparentemente paternales tenían otra intención y muy en secreto lo rehuía. El ataúd había sido colocado en la pieza del comedor, después de retirar la inmensa mesa para veinte comensales.

Quizás por eso nunca comía en ese aposento y se llevaba la comida al dormitorio.

Un ruido la hizo saltar, tal vez se asustó en demasía por estar pensando en esas cosas, pero no, volvió a escuchar un sonido rítmico, iterativo. Se metió en las pantuflas, buscó un abrigo e intencionalmente hizo mucho ruido, carraspeando fuerte mientras buscaba con afán el interruptor de la luz. En el pasillo respiró aliviada. Se había abierto una ventana y la mecedora se batía un tanto. El viento —*el viento de otoño, el viento de otoño que lleva mis hojas, se lleva mis ruegos, me trae un recuerdo y ya no lo quiero* —se sonrió recordando esa canción tan vieja.

Sin embargo, al cerrar la ventana lo escuchó reír. Había alguien detrás, alguien, lo sabía y se quedó quieta sin atreverse a voltear la cabeza, casi esperando su ataque, con un sudor helado y la piel de gallina.

—¡Andrés! —recordó y giró dispuesta a todo. La mecedora se balanceaba ahora con singular impulso, pero no le importó y corrió al dormitorio.

—Andrés, Andrés —gemía por el camino.

Se colgó al niño, con los ojos completamente abiertos, de su cuello, sin parar de llorar. Mucho más tarde, más calmada, le explicó que fue sólo el viento.

Metió a Andrés en su cama y le cantó la única canción de cuna que recordaba, pero seguía con el oído atento al corredor. Estaba segura, la silla seguía con su vaivén. Él parecía dormir. Tomó otra vez las tareas que debía corregir, pero le resultó imposible. Se imaginó delante de sus alumnos explicando una situación tan absurda. Por eso con las primeras luces, partiría, no regresaría jamás a la casona, aunque a su hijo le gustara tanto; incluso si dispusiera de un automóvil la abandonaría de inmediato.

Estiró la mano hacia la manzana cuando vio que la españoleta de la ventana giraba. Abrazó a Andrés y se quedaron un momento tiritando, mientras la ventana se abría intencionalmente lento como para que pudiera descartar la acción del viento. Saltó de la cama sin soltar al niño y corrió por el pasillo. Todas las ventanas de la galería estaban ahora abiertas. Se dirigió directamente a la puerta, sin reparar que estaba medio desnuda. Sólo debía recorrer las dos o tres cuadras que la separaban del pueblo, aún era temprano, habría gente despierta. Pero no pudo abrirla, sin soltar al pequeño, jalaba con todas sus fuerzas, profiriendo epítetos cargados de furia. Al fin, extenuada se sentó en el suelo temblando de frío.

Saltaría por la ventana, discurrió, pero cada vez que se acercaba a una de ellas, a veces con rapidez, otras con lentitud, se cerraban, como burlándose. —¿Qué quieren, qué quieren? —gritó, mientras la silla había agarrado un ritmo frenético. Sentó al chico a su lado, mirando a todos los rincones, esperando que algo sucediera. A Andrés se le cayó la cabeza y se le cerraron los ojos. Lo acomodó sobre unos cojines.

Un aroma de sudor y alcohol, que reconoció estremecida, le golpeó el rostro, pero también en el pecho, cerca del alma. Se puso de pie. —Tío, tío Carlos, sé que estás ahí. ¿Me deseas otra vez?

Se sintió envalentonada al no obtener respuesta. Entonces se paseó por la pieza increpándolo.

—¿Dónde estás viejo repugnante, degenerado, no te tengo miedo, nada puedes hacerme, ahora ya no te intereso?

Al pasar frente a la sala del comedor, comprendió. Allí la estaba esperando. Estaba segura, y sin más corrió hacia allá. Un indeleble vaho invadía el recinto, como si él estuviera sentado a la cabecera de la descomunal mesa, mientras ella de pie en el otro extremo recibía su aliento lascivo. Aún sentía que no le temía, pero su convicción se fue desmoronando a medida que, igual que en la infancia, sus manos inmundas de viejo se deslizaban subiendo por sus piernas. Quiso defenderse, golpearlo con algo, pero al bajar la mirada lo vio, lo vio, otra vez lo vio, y lanzó un chillido, igual al grito de su niñez cuando la alzaron en brazos y por primera vez avistó a Satán encarnado en el rostro del muerto, y siguió gritando por toda una vida, sin poder desprenderse de él jamás.

Quiso correr, pero cayó al suelo y ya no intentó levantarse, ahora lo estaba esperando. Supo que se acercaba por su hedor jadeante, después fue su calor húmedo, entonces ella misma comenzó a desnudarse. Pero igual que otras veces debió reclamarle por su desusada violencia.

A su regreso, Andrés yacía despatarrado bajo los cojines, lo tomó en brazos; sus ojos que se cerraban al recostarlo, se abrían en la posición vertical; las costuras de sus brazos flácidos de peluche dejaban asomarse motas de algodón amarillento y maloliente.

—Andresito —le susurró al muñeco, mientras lo acomodaba en su cuna. Su raído delantal de maestra jubilada, aguardaba sobre una silla, como todas las mañanas de los últimos años.

Hacía mucho que había amanecido cuando la sacaron de su modorra las carreras y risotadas de los muchachos del pueblo; los mismos que a veces apedreaban las ventanas y otras pocas osaban meterse en su jardín ruinoso para demostrar su valentía, invadiendo los terrenos de la vieja, de quien tanto se rumoreaba. Pero hoy estaba cansada para salir a correrlos a escobazos.

—Tú no eres como ellos —le dijo a su hijo.

Rezó en silencio, se persignó y después de escupir al suelo se quedó dormida.

Relatos de la resistencia

Edda, con su rubia melena y las mejillas demasiado encarnadas, difícilmente podría disimular su aspecto nórdico. Con algo de dificultad dado su embarazo avanzado logró ascender al bus. A esta hora, un día sábado en la mañana, el micro corría casi vacío, sólo al fondo dos jóvenes en edad escolar ocupaban el último asiento. Ella se sentó adelante. A esa velocidad de carreteo que conducía el chofer, por lo menos le llevaría cuarenta y cinco minutos llegar a su destino, a la cárcel de alta seguridad donde desde hacía casi un mes permanecía su marido, el pobre Víctor, que siempre fue un hombre tan indefenso, sólo preocupado de sus asuntos científicos, ignorante del mundo real —un sabio— así lo habían llamado los periódicos, claro no los de aquí, los del exterior, estaba ahora preso de la dictadura, que no gustó de una declaración suya en apoyo de los universitarios. La mujer suspiró, acomodó a su lado la ropa limpia que le llevaba. Puso el libro sobre su regazo, **"Historier om modstand"** (Relatos de la Resistencia) y lo abrió donde un trocito de papel señalaba su última lectura. No es que le interesara mayormente el libro, pero era su único contacto con el Danés, su idioma natal que no deseaba olvidar.

...*"Trevor se lanzó desde el camión en movimiento rodando por unos segundos sobre el matorral a la orilla del camino. El vehículo aceleró perdiéndose en la polvareda. Entonces reptó apoyado en los codos para ocultarse en la espesura. 1941 fue un año helado, penoso para la gente sin recursos y sin combustible, ya que todo estaba requisado y sólo se podía obtener, y no siempre, lo señalado en la tarjeta de racionamiento. Se puso de pie tras el ramaje, buscando en el cielo alguna estrella para orientarse. Una suerte de graznido lo hizo aguzar los oídos entrecerrando un poco los ojos.*

Se repitió, dos veces en tres tandas, era la señal, entonces haciendo bocina con las manos trató de imitarlos. La respuesta no se hizo esperar y un instante después aparecía un hombre con una gorra oscura. Se llamaba Claude, aunque probablemente no era su nombre verdadero —se le ocurrió— mientras lo seguía por el bosque. Se veía tan joven, quizás ni se afeitaba todavía. A lo lejos ladraron unos perros, Trevor se estremeció pensando en la Gestapo, los perros siempre le producían temor, desde la infancia. El muchacho lo hizo detenerse un instante, lo dejó oculto tras unos maderos y después de revisar los alrededores le hizo un gesto para que se incorporara. Habían llegado a unas casas"...

Raúl, sentado al fondo del vehículo, miró a la mujer ubicada en los primeros asientos, justo cuando ella levantó la vista de su libro. —No era fea la rubia, claro que con esa tremenda panza, dejaba de ser exactamente atractiva —se encontró pensando y de inmediato se dio cuenta que el preocuparse de la gringa embarazada, porque tenía cara de gringa, era una manera de distraerse, de desviar su atención del aparato que llevaba en un sencillo bolso deportivo, una pequeña bomba plástica, capaz de volar un automóvil o media casa, según le habían explicado, y que él y su hermano, sentado a su lado con el cable del *walkman* metido en el cerebro, sólo debían entregar a un contacto, y éste seguramente a otro, porque la cadena debía ser larga según la estratagema de la célula, para que se perdieran los contactos y al final nadie supiera quién, ni dónde se armaban los artefactos, ni quién suministraban los elementos, ni menos quién los hacía detonar.   Con Manuel entregarían el *pastel*, como alguien había bautizado la misión.   El mismo lo llevaría, mientras su hermano vigilaba a la distancia y preparaba la retirada fumando un cigarrillo y tirándolo al suelo de una manera especial para anunciar el peligro.

A alguien se parecía la rucia, a alguien que había visto en los diarios o en la tele quizás.   En efecto Edda había sido acosada por la prensa en las últimas semanas; hasta del extranjero la habían entrevistado, lógico que por lo de Víctor, a ella que poco entendía de lo que sucedía en un país extraño.   Ni siquiera llevaba un año aquí y los periodistas interpretaban sus declaraciones, que no eran otra cosa que defender a su marido, como si ella fuera una militante y ponían palabras en su boca que nunca había pronunciado, cuando recién estaba dominando el español.   Con Víctor todavía solían conversar en inglés, porque en su mal inglés lo había conocido en Suiza y tras romper el hielo con dos vasos de whisky, habían terminado en la cama.   Entonces dos semanas más tarde él volvió a cruzar el Atlántico, a pesar de detestar los aviones, y le había pedido matrimonio, antes de cumplir seis años de viudez.

... Claude lo dejó en el granero, con un olor a curtiembre que le hizo recordar su infancia.   Cuando lo escuchó cerrar la puerta con una tranca de madera y quedó en completa oscuridad, por un momento sintió temor, una sospecha de haber sido traicionado.   Se movió lentamente por la falta de luz, sentía que chocaba con herramientas y fardos de heno.   Por fin se sentó en un rincón, después colocó su chaqueta como almohada y sin saber cómo se durmió.   Había aclarado

cuando despertó, Claude había regresado con dos hombres. Se presentaron con un murmullo de voz, en esa lengua incomprensible, dándose la mano. Uno sacó unos papeles garabateados con letra de escolar que deberían ser los planos que lo guiarían. La escasa luz se filtraba como un ramillete por un ventanuco muy alto en el techo. El convoy pasaría entre las 12 y 13 horas, siempre lo hacía al mediodía. El puente debería volarse en esos momentos, no había otra posibilidad. Con sus manos gruesas y uñas negras el más viejo le señalaba un trazo en el mapa, Claude traducía. Unas cruces indicaban los puestos de guardia nazi. Trevor inquirió datos técnicos: Se trataba de un antiguo puente de hierro del siglo pasado y ese fue el único dato que pudo obtener, su altura, largo, tirantes, grosor, cantidad de bases sólo suscitaron discusiones entre los campesinos.

Se fijó la partida para dos horas después, Claude acompañaría al inglés por la carretera...

Pero Víctor, quizás por tímido o algo torpe en eso del amor, antes de que ella respondiera a su proposición matrimonial le tomó la mano y colocó el anillo. Tenía los ojos brillantes de emoción. A un hombre así quién podría decirle que no. Y ahora separados, casi un mes. Él sufría, aunque no se lo demostrara, tenía que aparentar fortaleza cuando era visitado por tanta gente, hasta el mismo Cardenal había ido a verlo. Edda esperaba en silencio que se lo dejaran un rato, quería estar a solas con él, para llorar, llorar los dos si se les venía en ganas. Porque Víctor era así, necesitado de afecto, sólo ternura y suavidad, no sabía hacer daño. Y seguía siendo su mismo Víctor, aunque tuviera que hacer declaraciones pomposas, hoy para los sindicalistas, mañana para los estudiantes.

Sólo había descubierto que la misma claridad de sus aseveraciones científicas, que la enamoraron allá en Ginebra, ahora formaban parte de su discurso sobre la Libertad y la Justicia, porque Víctor era así, su Víctor, últimamente disputado por todos.

Raúl sobresaltado abrió el bolso, sin ninguna explicación el mecanismo de reloj había empezado a funcionar, lo colocó sobre sus rodillas y se escondió tras un asiento. El micro iba casi vacío, una gringa adelante y dos o tres personas más. Manuel se retiró el cordón de la oreja y se acercó, mientras le susurraba en silencio. Raúl miró el reloj tratando de compenetrarse de la posición de los punteros, ignorando cómo diablos funcionaba el artefacto, pero que un mecanismo se había puesto en movimiento no tenía dudas. Manuel, ahora en voz alta le pedía detalles, le pellizcó el brazo para hacerlo callar. La embarazada dejó su lectura volteando la cabeza para mirarlos. El chofer los atisbó por el espejo. Faltaban unas pocas cuadras, —entregamos el *pastel* y rajamos—. Raúl hablaba solo, mientras su hermano se secaba las manos sudorosas en el pantalón.

... Claude corría delante de él, agazapado, era ágil como una cabra, lo esperó detrás de unas matas. Trevor pidió una tregua para recuperar el aliento, pero el muchacho lo arrastró más arriba, desde allí se observaba el puente: tres pilares de fierro angulado, 45 pies de altura en el centro, una luz de 25 a 30 yardas, mucha estructura, evidente desperdicio de material, calculó con orgullo de ingeniero. Debería colocar las cargas en un solo arco, sería imposible volar las tres torres, serviría por el momento, aunque repararlo tampoco sería difícil. Hicieron 4 atados de ocho

paquetes. Claude se sacó la larga mecha que traía enrollada en el cuello...

Raúl se puso de pie, era imposible, deberían bajarse, tirar el bolso por una ventana, pero las calles estaban llenas de transeúntes. ¡Qué mierda tienen que hacer tantos huevones un sábado! —¡Detenla, tienes que detenerla, así no alcanzaremos! —gritó Manuel fuera de sí.

...Cinco minutos, sólo cinco, no trates de amarrarlas, Claude, cuélgalas del alambre, no hay tiempo. Los otros habían sido exactos, en el momento justo comenzaron el tiroteo de distracción, los soldados cruzaron a la carrera el puente dando órdenes. El puesto de guardia quedó abandonado...

Casi sentía sonar la alarma de despertador, Raúl no sabía detenerla, ya no era posible llevar el *pastel*, ni siquiera saber qué hacer con él. Pero no tomaban la decisión de abandonar el bus dejando la bolsa, o deshacerse de ella. Manuel empezó a golpear el aparato para detenerlo, o romperlo, por último.

...Claude venía de regreso, colgaba en medio del puente cuando los soldados comenzaron a dispararle. De esa altura lo vio caer sobre las piedras y no moverse más. Tomó las cerillas para encender la mecha. 100 yardas de mecha, tres minutos, pero temblaba y no conseguía encender el fósforo...

—¡Va a explotar! —gritó Raúl desesperado.

Edda se levantó, mientras Trevor corría ahora cerro abajo y los ladridos de los perros, los temidos perros de la Gestapo se acercaban tironeando las correas. El conductor detuvo el microbús tan bruscamente que el bolso rodó hasta los pies de la mujer: Trevor buscó en sus calcetines la cápsula de cianuro que jamás soñó en utilizar y la colocó entre sus dientes, esperando la explosión.

El sonido fue feroz, los rieles se desprendieron por los aires, también los asientos, mientras que en el techo del bus se abría un boquerón, Trevor se debatía por las convulsiones cuando las botas negras con algo de barro de los soldados comenzaron a patearlo y el destruido vehículo terminaba de incendiarse y las hojas sueltas de un libro haciendo abanicos en el aire se iban depositando suavemente sobre los cuerpos destrozados, algunas conservaban unas cruces garabateadas con un lápiz de grafito que señalaban los puestos de la guardia a cada lado de un viejo puente danés.

Mariposas

Autora: Evelyn Figueroa Olmedo

Yo no he sabido nunca de su historia
un día nací allí sencillamente
el viejo puerto vigiló mi infancia
con rostro de fría indiferencia
Yo les quiero contar lo que he observado
para que nos vayamos conociendo...

Las sirenas de los barcos a lo lejos anunciaban el peligro y pedían ayuda. La noche húmeda y el cielo rojo, otro temporal. La luz roja del Centro de Meteorología lo había anunciado desde que empezó a oscurecer. Y el viento, ese viento arrasador empezaba poco a poco enseñorearse de mi puerto.

No parecía una noche de septiembre, zapatos sin punta, vestidos nuevos, casas recién pintadas y banderas bailoteando al viento. —Estas Fiestas Patrias serán un fracaso —se lamentaban los fonderos, mientras con ojos lánguidos miraban el agua correr calle abajo hasta la alcantarilla, la que empezaba a inundarse como todos los años.

—Tengo frío. ¿Puedo acostarme contigo? El viento me da susto, se puede volar el pecho, ¿puedo?

Al escuchar tu aceptación corrí, acurrucándome pegada a tu cuerpo. También temblabas, pero me diste calor.

El viento sacudía sin tregua nuestra casa, con una furia amparada por la oscuridad. Tomadas de la mano compartimos el pánico y en silencio esperamos la mañana. Entre el zapateo de la lluvia y el mugir del viento escuchamos unos gritos, reconocimos la voz de la "mujercita del florista" tú y tus amigos la llamaban así porque no eran casados. Me asomé por la ventana y vi como él la arrastraba de los cabellos, en medio de la calle, por el oscuro caudal de agua y barro en que se había convertido nuestra calle. Intenté abrir la ventana y gritarles, pero tu mano con suavidad me empujó a la cama.

Al día siguiente, cuando fuimos a comprar pan, ahí estaban, la mujercita vendiendo sus diarios y él con su acostumbrado clavel rojo en el ojal y su cesto de flores, sonriendo, como si nunca hubiera sucedido nada.

La Jovita, que les hacía compañía, te saludó muy respetuosamente, tú siempre eras tratada así por todos, después se fue arrastrando por la avenida. No puedo recordar si tenía piernas. Acostumbrabas llevarle ropa y comida, al igual que otros vecinos tan pobres como tú. Ella era parte de nuestro Cerro, de nuestro Mariposas. Vivía simplemente en un hoyo que hizo con sus propias manos en la quebrada. —Un lugar peligroso para las niñas —decías tú y me prohibías circular por allí. Pero la curiosidad de saber cómo estaba me hacía desobedecerte, la contemplaba de lejos y luego me largaba a correr. Una mañana la encontraron durmiendo plácidamente, era ese sueño con que la gente se nos va. Sólo quedó en mi memoria sus labios siempre rojos y sus cejas muy negras.

Llegó diciembre y sus zapatos blancos, los paquetes con vistosos envoltorios y los marinos sacaron sus tenidas de verano. Pero esta ciudad aún no se reponía del 18 patrio, de los fluidos etílicos que impregnaban la atmósfera, de los volantines y las pobres cambuchas de diarios desteñidos. pero por sobre todo de la lluvia y la catástrofe, de las casas que estrepitosamente se fueron cerro abajo. Más, ya era Navidad y la tía Lola que sí tenía mucho dinero me regalaba una buena cantidad de billetes nuevecitos. Mis ojos brillaban al ver el sobre blanco, me compraría la revista Disneylandia, Mawa, la reina de la selva, una malta para ti, una Pepsi para mí y dos pasteles para pasar la Nochebuena, si sobraba, un pan de pascua para la tía Mercedes que nunca recibía regalos y como de costumbre con las tapas de mis cuadernos hice tarjetas de Navidad.

Y así de rápido se nos fue el verano, los "Tiqui-tacas" hicieron furor, yo jugaba con los que me prestaba una amiga, por lo que me cuidé mucho de no pelear con ella.

> ...Y vino el temporal y la llovizna
> con su carga de arena y desperdicio
> por ahí pasó la muerte tantas veces
> la muerte que enlutó a Valparaíso...

Apenas se alcanzó a reparar los techos y las heridas, cuando el temor y la tristeza volvieron. El agua corría otra vez cerro abajo, las alcantarillas tapadas y las cucarachas ahogadas, pues allí vivían.

Pero con esas penas ajenas también disfruté, las calles se inundaban, no podía ir al colegio y eso me encantaba. En la vereda de al frente se encontraba

"Tres Montes", una industria de café que los tiempos se encargaron de hacer desaparecer, aún ahora, cuando paso por una cafetería siento un cosquilleo desagradable en el estómago y un poco de nostalgia, pero sólo un poco...

Entonces, en días como esos jugábamos lotería, dominó, o ludo, o yo leía cuentos acostada y tú en un pisito cosías batallando con la escasa luz de la lámpara del velador. En todas las casas porteñas había ampolletas muy débiles, sería por pobreza o porque no existían las luces de ahora, incluso las luminarias de los gigantes postes eran muy tristes. No me gustaba la noche, hacía ver más pobres y penosas las miserias, siempre en la oscuridad una tragedia, o una riña, como la del florista, lo sombrío entonces, se hacía cómplice de la deshonestidad y la mugre, prometiendo encubrirlas hasta la llegada del nuevo día.

La noche del 12 de Julio de 1965, las sirenas de los barcos pedían ayuda. Afuera, un borracho cayó por una de las larguísimas escaleras de la calle, sentí el griterío y corrí a la ventana, para variar la ampolleta del poste se había quemado. Se trataba del Fito, un marinero que con muchas copas de más celebraba la victoria del club deportivo "Los Mariposinos". De todos los cerros en competencia, habían quedado finalistas los del Roberto Parra y los Mariposinos, ambos equipos del mismo cerro, eternos rivales. La mamá del Fito estaba desesperada, su hijo debía haberse embarcado esa noche, pues su barco zarpaba al otro día, pero como era el mejor arquero del Mariposinos solicitó permiso al comandante para llegar a bordo al día siguiente, muy temprano. Leniz, de muy bien ánimo acogió el pedido, quizás, recordando los días cuando su equipo de cuarto año de la Escuela

Naval, había salido campeón, celebrándolo todo el fin de semana.

—¡Concedido!, pero… espere, debe llegar con buenas noticias o lo dejaré ladrillo al tocar puerto.

Por eso el Fito no se dejó meter ni un gol. Y salieron campeones, con mucha alegría celebró hasta que oscureció y para entonces, estaba completamente ebrio.

Llegó corriendo el practicante del barrio, el Fito tenía la frente rota, lo metió al negocio de don Lorenzo y ahí le curó la herida, eso nos llegó contando el florista al día siguiente, que como todas las semanas te llevaba flores para la Virgen de Lourdes que tenía encima de la cómoda, claro que sólo hasta que te diste cuenta que las plásticas eran tan bonitas como las naturales y más económicas.

El Janequeo zarpó esplendoroso hacia el sur, yo lo vi desde mi ventana que dominaba la bahía.

Llegaba otra vez el lunes, y ¡cuánto los odiaba! Tenía mis motivos: El colegio y tus encuentros furtivos. Me consolaba saber que me dejarías al cuidado de mi madrina que me permitía hacer las travesuras por las que tú me reprendías, la tía Inés pedía que me portara bien y siempre decía que ese día sí me acusaría, yo me reía y me largaba a correr como un torbellino por toda la casa, de repente aprovechando un descuido de la tía me asomaba a la ventana y a la primera persona que pasaba le gritaba —¡Fea! —y allá mi madrina me tomaba de la mano y volvía a rogarme que me sosegara. Hasta que regresabas y traías algo rico en tu cartera, podía sentir el olor apenas entrabas, corría a darte un beso, pero tú, ni te inclinabas y no podía alcanzarte. —¿Cómo se portó ésta? —(ésta, era siempre yo). —Bien con su madrina siempre se porta bien —me daba una mirada cómplice, un beso cariñoso y algunas monedas. —Para el colegio —y partía calle abajo, yo la miraba por la ventana hasta que se perdía en el Paseo Barbosa.

—El dieciséis son las Cármenes —dijiste preocupada, pues pensabas que regalarle a la tía Herminia, que era "del Carmen". En esas fiestas se pasaba muy bien, se comía cosas ricas y se bebía mucho vino, yo me conseguía a escondidas unos cuantos vasitos y después me daba con sacar a bailar. Por cansancio aceptabas tú o mi madrina, pero el pesado del Manolo, el hijo de la tía Herminia, que se sentía importante con sus dieciocho años, siempre se disculpaba diciendo que después, que estaba cansado. Ese año esperaba que cambiara de opinión, ya que no me sentía una cabra chica, me creía grande.

Mientras comprabas un regalo para la santa, me quedé en la puerta, entretenida mirando el quehacer de los vendedores de mariscos de la calle Las Heras. Una anciana forrada en un chal negro, colocó un cartel señalando el precio de su mercancía, se distanció dos pasos y lo giró, la operación la repitió varias veces, hasta que finalmente me abordó decidida —M'ijita, por favor, ¿para qué lado se pone el letrero? —Me hizo sentir de lo más importante y con una sonrisa que no sabía disimular se lo acomodé sobre un canasto. Durante la fiesta te encargaste de divulgarlo y creo que enrojecía de contenta, además que la anciana me había regalado un tremenda cholga. Desde ese día pasaba a la salida del colegio a comprobar que el cartoncito estuviera en buena posición, pero una tarde la señora no estaba en su esquina y nunca más volvió.

Después de la comida pasamos al salón, el Manolo ponía discos en el pick-up, "...tengo algo para ti, tum rum tum tum que nunca nunca había tenido, tum rum tum tum" cantaban los Ramblers, me dio la euforia lo agarré de un brazo, bailamos, pero él sin molestarse en esconder su enfado, ni siquiera me miró.

Y se acabó la fiesta, también el mes de julio. Empezó el mes de los gatos, no podíamos dormir sintiendo sus escandalosos galanteos, no sé de donde aparecía tanto gato. También se le conocía como el mes de la muerte de los viejos, la persona de edad pasando agosto se salvaba, por lo menos ese año, tú siempre te asustabas, decías que temías dejarme sola y eso me provocaba una angustia tremenda, todos los días miraba el calendario esperando el primero de septiembre. Como a todos los niños los años nos parecen siglos y los meses nunca terminaban.

Por esos días fuimos a la Petite Maison con la Sary, una amiga de mi madrina, separada y aún joven. En ese café tocaba Lefertit, su última conquista, él era un viudo con un hijo marino que andaba navegando por el sur. No entendí por qué la Sarita lo encontraba atractivo, cuando era igual al capitán Garfio. El regreso fue después de la una de la mañana, con el ascensor ya cerrado, y por las interminables escaleras del Mariposas, nada menos que 160 metros de altura.

Mi madrina quedó de ir el domingo a almorzar con nosotras, nos despedimos y subimos corriendo hasta la casa, empezaban a caer gruesos goterones, había luz roja. A los gatos no les importaba y seguían con su feroz pelotera en los techos, había algunos vecinos haciendo piruetas en las ventanas para echarlos a escobazos, ya que a las viejas planchas de zinc les bastaba con recibir los golpes de la lluvia. Apenas salía el sol, algunos debían subir al tejado a poner parches con pintura en los hoyos.

Eran como las doce y media de ese domingo 15 de agosto, yo estaba medio colgando por la ventana frente al paseo Barbosa esperando ver aparecer a mi madrina, me entraste de un brazo, tenía la cabeza empapada, con una toalla empezaste a secarme el pelo bruscamente, sin parar de retarme. La tía Inés llegó contando que le había costado mucho cruzar la calle, pues la fuerza del agua era capaz de botar a cualquiera, con su acostumbrado humor, dijo que traía mojados hasta los calzones. Mientras almorzábamos sentíamos caer la lluvia como gruesas piedras en el techo, hablaron de los desastres de ese invierno y del agua caída, mientras yo metía mi cuchara hablando de los gatos, de la mujercita del florista y de las luces rojas, verdes y blancas. De vez en cuando, tú hacías un alto en la conversación, me mirabas y abrías muchos los ojos, esa era la peor señal del castigo que tendría por meterme en la conversación de los grandes. De improviso las sirenas de los barcos lanzaron lastimeros y escalofriantes aullidos, de un salto prendí la radio para oír que pasaba. Cuando el locutor dio la noticia sentimos un alarido en la casa del frente, era la mamá del Fito. Un escalofrío nos invadió e instintivamente nos llevamos las manos a la cara con desesperación. Otra vez nuestro Puerto se enlutaba.

Un barco varó en la caleta Lluico, cerca de San Pedro, era el Leucotón su comandante hacía incesantes llamadas de auxilio, la escampavía Janequeo era un buque pequeño, no apto para remolques, pero era el que estaba más cerca y debió acudir en su ayuda. El enganche de las cadenas se dificultaba con la lluvia y el viento, la fuerza del agua las cortó y el Janequeo se estrelló contra las rocas. El personal que pudo saltó al roquerío.

La mamá del Fito se desmayó en la vereda, todos los vecinos salimos a la calle, sin importarnos la llovía, lloramos y abrazamos a los familiares, en eso llegó el practicante de los del Parra. La radio decía que al parecer no había sobrevivientes.

El capitán Leniz no quiso abandonar su puesto, cumpliendo con la tradición de los comandantes de barcos, por lo menos hasta asegurar a toda su gente, algunos de los hombres le rogaron que saltara, eso contó por la radio días después un sobreviviente muy afectado por lo vivido.

El "Mariposinos" y el "Roberto Parra" pusieron sus banderas a media asta y prepararon sus discursos, aunque fuera a una tumba vacía, pues no se encontraron todos los cuerpos. En momentos como esos se notaba la solidaridad de todos los vecinos que, con sacrificio, subíamos y bajábamos este cerro nuestro de cada día.

Doña Ada, era una espiritista muy anciana, ella nos contó que cuando las radios empezaron a dar las noticias sus hijas cortaron la luz, su hijo mayor iba en el Janequeo. Pero en medio del silencio de su dormitorio sintió tres fuertes golpes en el baúl que tenía al lado de su cama. Con calma llamó a sus hijas y les contó que Eduardo había muerto, que se había estrellado en las rocas, que así Dios lo disponía y que no trataran de ocultarle lo sucedido.

> ...pero este puerto amarra como el hambre
> no se puede vivir sin conocerlo,
> no se puede dejar sin que nos falte
> la brea, el viento sur, los volantines,
> el pescador de jaibas que entristece
> nuestro paisaje de la costanera...

Después de varios días, bajamos a la avenida Pedro Montt, por ahí pasaría el largo cortejo volviendo a su puerto y recorriéndolo por última vez.

De pronto quedamos como paralizadas, como si estuviéramos frente a un fantasma, detrás de un quiosco se asomaba el Fito, con barba, bigotes y el pelo largo, quiso esconderse, pero no alcanzó y debió saludarnos. El día del zarpe y de su borrachera nocturna no alcanzó a llegar al barco y decidió esconderse, temiendo ser buscado por la policía como desertor.

Mientras hablaba, pasó frente a nosotras el ataúd de Marcelo Leniz, yo corrí pasando el cordón de protección y lo toqué, aún puedo sentir en los dedos la sensación de la felpa suave. El Fito no pudo contener el llanto y desapareció, estábamos buscándolo cuando detrás de una urna divisamos a Lefertit y a la Sarita, ella al vernos bajó la vista con tristeza, él llevaba unos grandes lentes oscuros así no se parecía al pirata malvado de Peter Pan.

En tanto, empezaba a caer una fina llovizna, alguien dijo que había luz roja. Me aferré con fuerzas a tu mano, sin poder reprimir mi desconcierto.

Brevemente me abrazaste, pero luego de inmediato con aspereza exclamaste —Vámonos, hace frío.

Te seguí al trote un metro atrás, y creo que, en ese momento, ese día, comenzó todo; me di cuenta de cuanto detestaba la lluvia, el viento, al Fito, las eternas escaleras oscuras con olor a meado de gato, las cambuchas viejas, agosto y tus amenazas de muerte, los techos con sus parches desteñidos, las calles inundadas, las luces rojas, verdes y blancas. Cuando logré encontrar tu mano, te miré y en silencio juré que algún día, un día no tan lejano abandonaría todo esto.

Por eso ahora, mientras llevo a mi hija tomada de la mano, contándole mis recuerdos y vuelvo a recorrer estos lugares, un desagradable cosquilleo me recorre el estómago y me baja un poco de nostalgia, pero sólo un poco...

No sé si desde allá arriba, donde todo se ve distinto, podrás algún día entenderme y ojalá perdonarme, querida abuela.

> ¿Por qué no nací pobre
> y siempre tuve
> un miedo inconcebible a la pobreza?...

(Los versos pertenecen a la canción Valparaíso de Osvaldo "Gitano" Rodríguez. Este cuento ha sido publicado aquí con la autorización de su autora).

Definitivo

PRIMERO. "Analítico"

Ricardo se levantó esa mañana y se enteró que había dado positivo. Regresó a casa y se metió definitivamente en la cama. Nunca más logró levantarse, falleciendo 18 años más tarde.

Del error del análisis nunca se ha publicado algún informe.

SEGUNDO. *"Penthouse"*

La campanilla sonó a las cinco y media. Cuando logró recordar que ese día era festivo, todavía estaba oscuro. Malhumorado y aún adormecido lanzó el despertador por la ventana. Al cruzar el quinto piso definitivamente recapacitó. No lo había desprendido de su muñeca.

Ricardo se había mudado a la azotea de la torre Bell (bellisíma) sólo dos semanas antes.

TERCERO. "Ves - sé - leer"

Se distribuyeron entre los militares 85.641 volúmenes del libro de "Los Poemas del regimiento". Trece oficiales lo comprendieron medianamente, pero sólo uno de ellos los disfrutó como chino (su autor), mientras escribía los versos de arriba abajo con un pincel de punta fina heredado de sus abuelos.

En China se estima que viven seiscientos millones de chinos y seiscientos millones de chinas, o sea seiscientos millones de almas. El nombre del poeta-general-en jefe o general-poeta-en jefe es definitivamente difícil de transliterar, es algo así como: Ho – Ho – Ho.

CUARTO. "Erótico"

Después de hacerlo en la posición del misionero, Ricardo se recostó de espaldas con las rodillas flexionadas, ella se dejaba hacer y la sentó sobre su abdomen. Comenzaron las contorsiones cada vez con mayor celeridad, en cada salto sus tetas bailoteaban a ese ritmo. No resistió y, sin dejar de abrazarla, se sentó hundiendo la cara entre sus senos, durante unos segundos cerró los ojos y le mordió un pezón, rojo como una fresa. Un silbido suave y el aire golpeándole el rostro le advirtieron sobre el clímax. Laxamente ella se deshacía entre sus brazos.

Los modelos norteamericanos son más resistentes. Definitivamente lo barato cuesta caro.

QUINTO. "Último deseo 1"

2 de enero:

—Ahora que sabes que voy a morir, ¿aceptarías hacer el amor conmigo?

2 de febrero:

—Debo pedirte disculpas, pero la biopsia resultó normal.

SEXTO. "Último deseo 2"

2 de enero:

—Ahora que sabemos que vamos a morir, ¿aceptarías hacer el amor?

—Pero si no lo conozco.

—Pero es que eres tan bonita.

3 de enero:

El avión siniestrado se estrelló en la selva. Milagrosamente hubo dos sobrevivientes. Permanecían abrazados en un baño. La caja negra no ha sido ubicada.

SÉPTIMO. "Último deseo 3"

2 de enero:

—Ahora que sabemos como morir y resucitar, ¿aceptarías hacer el amor?

3 de enero:

—Lo pasamos bien. Yo me morí tres veces.

OCTAVO. "Mujeres"

6 de enero 0001

LA MUJER: —No tengo qué ponerme. No tengo qué ponerme, lo repito. ¿De qué se ríe? ¿No ve que no tengo qué ponerme?

UNA VOZ: —Y a ti mujer... A ti te llamaré... EVA.

Amanece en el jardín

Luna luz aquí en la nuca

Luna rosa, azul, violeta

Tus pupilas toda luna

Cuando te penetro.

Luna feroz en tu pelo

Cuando me cabalgas

Dos tres, dos tres, dos

Gimes dos tres, gimes

Muero, muero, muero

Dos, cien

He muerto.

Amanece toda luz

Duermes,

Las estrellas ya se fueron

Sin palabras

Te beso en la mejilla.

No hubo otra vez.

Modorra

Era un secreto bien guardado: Cuando se acostaba a la hora de la siesta y cerraba los ojos, en verdad, no estaba dormido. Nunca lograba conciliar el sueño y lo hacía sólo para rememorar.

Con los años ese placer de soñar despierto se había hecho una rutina. Era así como, tarde a tarde, en los recuerdos volvía a surgir su pueblo natal en el confín más lejano del mundo, bajo el cielo amenazador y esas lluvias que solían durar semanas. Con frecuencia se veía a si mismo por el camino del molino en el convertible amarillo mostaza, que en esos tiempos estuvo de moda. Pero, pero, había un pero, iba a llover y sería necesario levantarle la capota que siempre tuvo el fuelle malo y forcejear para lograrlo, mientras maldecía otra vez al tal por cual que le vendió el automóvil más malo que haya tenido jamás. Visualizaba cada detalle con mucha nitidez: la hilera de casuchas a cada lado de la calzada, todas de un piso, los comercios que daban a la vereda y que aún conservaban un madero para atar caballos; y las banderas tricolores, cientos de banderas, porque en este juego de ensueños siempre eran los días de la patria.

El regreso al terruño siempre era recreado en circunstancias parecidas. El corazón también se comprometía con su obstinada imaginación y apuraba sus ritmos; mientras él, al otro lado del planeta, en el desierto, languidecía desnudo sobre las sábanas; con las ventanas abiertas y las persianas entornadas; con lo cual el calor se mitigaba o por lo menos se mecía junto al gemido del aspa del ventilador; lo que estimulaba la modorra. Afuera el sol tenía el brillo de un *flash* fotográfico sobre el puñado de casas blancas, todas blancas. A esa hora los hombres y los cientos de burros del pueblo, que parecía haber más burros que gente, se adormecían protegiéndose en alguna sombra.

Quería dormir, pero en sus sueños casi siempre estaba lloviendo y se presentaba el intolerable problema de la capota; se detenía entonces frente a una hilera de álamos susurrantes y la llovizna le caía en la cara mojándole el cabello, que en ese entonces era negro y abundante. — ¡Por Dios que tenía pelo en esos años!

Una noche en el auto, justo bajo esos mismos álamos, con Teresa habían hecho el amor. Ella, Teresa, sería para él eternamente el llamado para regresar a la patria; la tierra lejana que le humedecía los ojos después de las largas charlas en noches sofocantes; la patria era el recuerdo de sus orgasmos sudorosos, el temblor de su pelvis capaz de traspasar los océanos y los años; era el quemante ardor que sus labios dejaban en su verga. Ella, ella era la bandera con todos sus colores; era todo, todos los bosques lluviosos, toda la humedad de la tierra burlándose de su nariz reseca por la polvareda de tanto desierto. Por eso sus sueños nunca, jamás podrían excluirla, a ella.

Al final, como en las películas, siempre lograba subir la capota y esa tarde lluviosa con el camino convertido en un espejo de agua, se dirigía por centésima vez a su encuentro, siempre por las calles más apartadas, para estacionarse en un rincón escondido donde solían juntarse. Su relación con Teresa siempre fue furtiva pues ella apenas tenía 16, y él 30 ó 32 y en un pequeño pueblo de provincia esas cosas no se estilan. Trataba de sacar las cuentas, pero los años se le enredaban, y los sueños lo desviaban por otros confines: las citas llenas de pasión; su incontrolable llanto cuando trató que entendiera que si no emigraba vegetaría de por vida en ese pueblo sin futuro; que enviaría por ella, que en el extranjero encontraría una oportunidad, que por favor lo esperara. —¡Qué manera de estar enamorado, lo que es ser joven! —mocosa linda, la Teresa.

Nunca le escribió, no supo cómo hacerlo, con tanto cambio de rumbos, de idiomas y hasta de mujer. ¿Qué podía contarle, que lavó platos en Frankfurt o que en otros lares no eran como ella, que podían tirar como los hombres, que no necesitaban enamorarse?

Con el crepúsculo dejó de soñar y se levantó. El *imam* ya había repetido el lastimero pregón, pero ya no lo escuchaba; hacía años que le pasaba inadvertido; sólo cuando algún árabe se echaba a gimotear sus rezos al suelo muy cerca volvía a recordarlo. Estaba en la ducha, indispensable después de la supuesta siesta, cuando apareció Claudine, por detrás le agarró la pinga y después de una breve lucha terminaron ambos en el agua. Hicieron el sexo de pie, y después sobre la alfombra.

A media noche, en una mesita sobre la vereda, nostálgico bajo ese cielo siempre estrellado, mientras jugaba *Backgammon* con Abdul, bebiendo un café tras otro, que el alcohol estaba prohibido por el Corán, volvió a repetir entre lágrimas que debía regresar, que cuarenta años era mucho tiempo para estar lejos de casa. Abdul rió a carcajadas entrecortadas por sus toses de empedernido fumador, mientras insistía en recordarle que, por años, todas las semanas amenazaba con partir.

Pero esta vez fue verdad, y regresó. Sí regresó. Íntimamente siempre supo que alguna vez lo haría.

Abdul lo despidió con lágrimas y los dos besos en la mejilla incorporados a su cultura por los casi cien años de colonialismo. Claudine hizo berrinches por una semana, pero finalmente lloró en sus brazos con una pena insoportable. Él también lloró a mares, mesándose los cabellos, como lo había visto hacer a sus amigos en los cortejos fúnebres, mientras la besaba cien veces.

Pero, pero, pero, siempre hay un pero, de regreso a su tierra, era más que previsible, ahora fue Claudine quien desfiló en sus desvelos a la hora de la siesta.

Por enésima vez la revivió sorteando los burros con su bicicleta por las calles estrechas, mientras él caminaba a su lado con la chaqueta en el brazo y el nudo de la corbata corrido a un lado. La muchacha de cabello muy corto, pantalones sobre la rodilla y las piernas desnudas, era el obligado foco de atención de los viejos envueltos en tanto trapo, capaces de permanecer todo el día conversando apoyados en las paredes. Algunas veces ella se alejaba pedaleando entre risas y él la alcanzaba para poseerla en plena calle, la chorreaba de arriba abajo con champán, mientras los hombres ni siquiera se ponían de pie, pero, pero, había otro pero, en su ensoñación siempre aparecían cientos de mujeres con sus túnicas que sólo les dejaban los ojos descubiertos y entre gritos muy agudos comenzaban a tirarles piedras. —¡Muerte a los amantes impíos! —pregonaban en esa jerga enredada con las lenguas batiéndose contra los paladares y que él creyó que nunca podría dominar, pero que increíblemente ahora hasta le permitía soñar en su idioma, tan incorporado lo tenía.

Después de tantos años de vagabundeo había olvidado el frío inmisericorde de su pueblo natal; aunque por lógica de joven lo toleraba mejor. Se arrellanó en un sillón bajo una manta, mientras el fuego crepitaba en el fogón. Entonces, respondiendo a un impulso poco frecuente, se levantó para escribir a Claudine. Hacía meses que lo postergaba, sintiéndolo casi como una obligación, rumiando los sentimientos que quería trasmitirle. Probablemente ella ya había regresado a París y con sus gloriosos treintaitantos de seguro que ya lo había olvidado, eso pensó, apenas tomó el lápiz —sería mejor enviar la carta a la casa de sus padres —apoyó el mentón contra el puño cerrado para inspirarse.

—¿Qué podría contarle? —que Teresa no lo había reconocido, o más bien que dijo: "Jamás te habría reconocido de toparnos en la calle". Cuando él se creía tan poco cambiado, quizás, sólo con menos cabello.

—Me habría gustado, Claudine, que estuvieras aquí para enrostrarle como hago todavía el amor a los 70—. Era tres veces abuela, le había sonreído, dejando ver un pésimo trabajo en los dientes delanteros. Nada de Teresa le era ya familiar, quizás no quede ni una sola célula, ni un solo átomo de la muchacha que amó, de esa patria que siempre juró suya y que tanto lo obligó a soñar.

Cerró los ojos sobre el cojín, como lo había hecho por años en su exilio, relajado, apenas apoyando un párpado sobre el otro. Afuera llovía, quizás lo haría por semanas. Entonces, una vez más pudo sentir a su lado al bueno de Abdul, quien lo palmoteaba con cariño entre risas y carraspeos. —Siempre con la misma historia, mi viejo amigo, amenazando con que nos dejas—. A lo lejos, desde el *M'danah* le llegó nítidamente y dos veces repetidos el "*Allah aik baar*". Miró el reloj, era el *Fayr*, la orden de oración, cuando el primer rayo de sol amenaza a la noche. Si tan sólo pudiera dormir y dejarse de soñar despierto, porque se necesita estar bien descansado para poder emprender un viaje; porque después de todo desde siempre, siempre ha sabido que alguna vez debería regresar.

Tarea 512

Durante varias horas la imagen del satélite permaneció enfocando la casa, una típica casa sureña, hechas de cartón, incapaces de soportar los tornados frecuentes en la región. Poseía un subterráneo, pues se podía visualizar perfectamente la entrada por el exterior, una puerta inclinada de dos hojas de hierro, que los confiados americanos casi nunca mantienen cerrada, quizás para refugiarse con rapidez cuando llegue el vendaval. El hombre que vigilaba la pantalla había consumido ya todas las cervezas, tres envases de papas y otros tantos de Donuts. La modorra y el tedio lo vencían, miró el reloj —aún debería permanecer una hora más de turno.

Jack tenía plena conciencia de que era vigilado, es más, era parte del negocio que lo hicieran, hasta le producía placer, para eso había sido estrenado. Cuando salió de la casa, su cancerbero dio un salto acercándose al monitor -por fin algo de acción- aunque no dejaba de ser una lata tener que hacer un informe de los movimientos del sujeto, no obstante que todos sus gestos quedarían grabados y podrían analizarse más tarde hasta el cansancio.

Jack se alejó del jardín, fue muy cuidadoso al dejar la puerta de entrada con llave. Se había preocupado de su apariencia física, el cabello ordenado, había escogido su corbata con esmero. La tarea de hoy día consistía en confundirlos, también eso producía placer. New Orleans nunca ha sido una gran ciudad, hermosa pero pequeña, de ahí su atractivo. Con el desastre de un huracán que arrasó la ciudad en 2005, su antiguo barrio francés sufrió poco daño, pero el resto de la ciudad debió ser reconstruido. Habría sido mucho más sencillo escabullirse en las atestadas calles de Los Angeles, o en el China Town de Manhattan, bueno, pero así estaban las cosas, por eso era importante poder perderse en la muchedumbre y cuanto más gentío, mejor.

Él también tenía que hacer sus informes, con fines diametralmente opuestos, pero había que estar atentos a una traición, a los vaivenes de los grandes intereses económicos, no en balde el juego era de muchos millones. Las oficinas federales habían demostrado ser tan fáciles de corromper como la empresa privada, ya fuera americana o asiática.

Mucho "blablá", se le antojó, era más importante actuar que discurrir; no era su trabajo, quizás el de su jefe, pero para él, salvo cierta dosis de orgullo, la misión le debería ser indiferente. Eso era intrínseco a la Tarea 512, como se llamaba en clave la operación; de su resultado dependía su existencia futura (todas las existencias son futuras -se quedó pensando- pero no fue capaz de resolver esa especie de acertijo). Por eso la tarea 512 debería ser sólo la antecesora de la 13 y la 14, y así hasta que lo jubilaran o desecharan por inservible. Después de todo el quedar obsoleto es una realidad común a la civilización, hasta el famoso James Bond, el agente 007, estuvo a punto de ser jubilado.

Era preferible que todo le fuera indiferente, obvio que no siempre es posible, sus registros deberían ser superdotados, su futuro dependía de ganarle a la competencia; debería demostrárselo a su Agencia, pero también a los inspectores. El ideal es que sus acciones sólo le dejaran huellas como experiencias y nada más. Por ejemplo, el mes anterior debió tener relaciones sexuales con más de veinte mujeres; él ni siquiera las había escogido, sólo se limitó a cumplir con la lista de las inscritas, que según le reveló una de ellas, muy feliz con su suerte, habían sido escogidas por sorteo. Jack sospechaba que eso de la rifa era una manera de ahorrarse unos dólares por parte de la Agencia; las ganadoras se sentían felices, pero no sabían que antiguamente se pagaba por esos servicios. Pero, hay que reconocerlo, sus recuerdos no le eran totalmente indiferentes, cada mujer había sido distinta, todas buscaban el placer, pero las exigencias eran variadas, servicios especiales, caricias, y hasta amor, a pesar de lo efímero que se suponía el contacto. No existía prohibición para prolongar la relación, pero su trabajo por esos días estaba manejado con mucha estrictez.

Dos semanas atrás, mientras esquiaba en Cortina, alcanzando un poco más de 152 millas por hora en el descenso, había conocido a Carla, ella no pertenecía a la lista, pero al parecer quedó tan satisfecha con sus servicios que lo siguió a USA. De inmediato esto despertó las sospechas de la Agencia, y él fue capaz de burlarse de todos, lo cual probablemente sean puntos en contra, o quizás al revés, pero igual se la llevó a un motel y ni el tipo del satélite se percató.

Se detuvo en un Café de la calle Conti, o del Conde, según rezaba una placa de metal. Sabía que alguna sorpresa le esperaba, pero ignoraba por qué lado vendría. Sus "días de espía" supuestamente habían finalizado, después de la última misión en China que según su manera de ver había sido exitosa, luego de apoderarse de un caza de la aviación china aterrizó en Ginebra, donde cumplió con la monserga de llenar informes hasta el aburrimiento. Uno nunca se imagina que este tipo de trabajo sea tan burocrático.

Doblando la esquina apareció Carla, vestía un pantalón corto, una blusa suelta y sandalias, estaba disfrazada de gente, se le ocurrió, mientras que él hasta llevaba corbata, como Bond, del cual se siguen haciendo películas después de incontables años y múltiples actores; pero era una elección muy poco atinada, pues la humedad y temperatura eran sofocante para cualquier cristiano, sobre todo si quería pasar de incógnito. Pero Jack lo había visto en el cine, lo admiraba y le gustaba eso de que el héroe siguiera impecable con traje de etiqueta, aunque estuviera rodeado de malandrines y que ni las balas lo despeinasen, bueno, cuando hay balacera, porque en esta misión suya todo se puede esperar, sobre todo esta noche, tenía la sensación que algo especial se estaba gestando, por eso se llevó la mano al costado palpando la pequeña pistola, la Beretta, igual a la que usara el 007.

Se puso de pie para recibirla, de pronto se dio cuenta que le importaba un carajo el fulano del satélite o los muchos hombres que cotejaban su existencia, y no quiso emplear la palabra vida porque no siempre son sinónimos, y esa frase llena de filosofía la estaba repitiendo en su discurso, pues unas noches atrás se la había deslizado al oído a Carla, mientras ella lo miraba con esos ojos de un celeste transparente que le hacía perder la compostura.

Pero igual era preferible esquivar el satélite y se parapetó bajo un toldo de lona. No tenía claro si su conversación estaba siendo interceptada. Traía todo preparado, ensayado. El mozo se acercó a ofrecerles un refrigerio, ya que hacía un calor bárbaro. Carla pidió una cerveza, él de repente se encontró dudando. —Martini en Vodka —ese era el trago de Bond, pero no estaba seguro —con dos hielos —acotó el garzón, confirmando su dilema, como si le adivinara el pensamiento.

Entonces, la tomó de las manos, se acercó a su rostro, mirándola fijamente y sin errores fue relatando el aprendido discurso. En primer lugar, le confesó que le había mentido en muchas oportunidades y sobre muchas cosas, pero por su trabajo no podía revelarle la verdad, ese pasado que había deslizado en conversaciones previas no existía —no tengo pasado —le dijo y se detuvo, porque eso nadie se lo creería. Estoy dispuesto a dejar todo, a cambiar mi existencia, y otra vez no quiso decir vida, lo haría por ti, pero eso significa dejar por completo mis actuales actividades, quizás lo has visto en películas, pero hay hombres que tienen que cumplir misiones imposibles, ¿me entiendes? y que para escapar a su destino deben huir, esconderse en el fin del mundo, y vivir allí olvidados por todos, disfrazarse de campesino o lugareño y morir en una aldea cualquiera. Carla lo miraba sin chistar, pero sus labios parecían esconder una sonrisa. —¿Qué quería decir? Por favor, sigue hablando.

Continuó. En uno de sus viajes, que eran muchos, debió pasar unos días en Ucrania, las viejas instalaciones soviéticas de misiles nucleares estaban repartidas por los campos, le fue necesario permanecer escondido en una aldea; la gente era sumamente cariñosa, es cierto que él hablaba ruso y hasta los dialectos locales. Se le ocurrió entonces que al retirarse -aunque en ese momento ni soñaba hacerlo- un pueblito así sería ideal, una vida tranquila... Se detuvo un segundo, hizo una suave presión sobre sus manos, pero desde que te conocí e intimamos, perdona, pero no me creerías si te digo que no estoy preparado para confesar estas cosas, aunque supongo que se me nota, que te das cuenta de que estoy enamorado, perdona, pero, parece que necesito otro trago. Se puso de pie, llamando al mozo, dándole la espalda, pues no quería ver su cara después de su confesión, como si hubiese cometido un pecado.

Carla conservaba aún una especie de sonrisa, como si disfrutara de un triunfo, lo tomó del brazo. —No, no tomes otro trago, vamos al paseo, es una buena hora, pero antes te diré que no te logro entender bien. ¿Me estás convidando a compartir tu vida, pero escondidos en un pueblucho perdido?

La calle paralela es Borbon Street, donde todo el mundo se pasea desde el crepúsculo. Desde hace muchos años se toca Jazz en todas las puertas o en las veredas, la gente transita lentamente, mientras consume cerveza; desde los balcones se lanzan collares de cuentas para premiar a las muchachas que muestran el busto. Todas las noches es una fiesta.

Jack caminó a su lado, aturdido, Carla no le había respondido, haciéndole sentir como un imbécil. Desde lo alto se escuchaban cantos y risas, de pronto una lluvia de collares cayó en la acera, casi sobre sus pies, y un grupo de personas se apresuró a lanzarse sobre el pavimento para recolectarlos. Por un instante sólo él y Carla permanecían de pie. Entonces ella sacó de su bolso un artefacto, no más grande que un encendedor o un teléfono celular, le sonrió ampliamente y apretando un botón, lo dejó absolutamente paralizado por unos instantes. De inmediato tres de los hombres inclinados, que simulaban recoger collares, de un salto se pusieron de pie y haciendo gala de una gran destreza, lo tomaron por la espalda. Uno le sacó la pistola, mientras otro se apresuró a desconectarle el *chip* principal, el que maneja la voluntad. Momentos más tarde, Jack estaba convertido en un bulto flácido. Sin dificultad, lo instalaron en la parte posterior de una van roja, cuyo logotipo pintado en sus costados pertenecía a una conocida bebida cola.

El prototipo J-241, conocido como *Jack*, nunca se produjo en serie, sólo se armó un ejemplar. La *Daewoo & Ford* lo consideraron un fracaso y el proyecto fue definitivamente archivado. El androide fue devuelto a Corea, quedó arrumbado en un galpón parcialmente desarmado y, quizás por un olvido, nunca se le retiró la batería de larga duración, de manera que todavía al acercársele, algunas veces, parpadea.

§

P.D. (Reuter) Ozaka, Japón: *Mitsubishi Artificial Life Div.* anunció que su exitoso prototipo Axon-b más conocido como Carla será discontinuado después de 15 años. En un glamoroso evento se presentó la nueva mujer biónica bautizada como Messalina.

Sanedad

El promedio en este hospital es de cinco fallecidos al día, con pequeñas variaciones en los últimos años —dijo el auditor, sin necesidad de consultar algún documento.

El joven especialista de informática, encargado de las estadísticas abrió tamaños ojos. —¿Tantos? —susurró suavemente, sin tener en claro si su duda era razonable.

—Veamos las cosas desde otro punto de vista —insistió el hombre más viejo —¿dónde crees que debe nacer la gente, en una ciudad como ésta de varios millones de habitantes?

—En los hospitales —respondió sin vacilar.

—Y entonces, ¿dónde te parece más lógico que fallezcan?

Este diálogo se había producido casi seis meses atrás. El sistema computarizado informaba sobre múltiples parámetros que antes debían registrarse manualmente; ya no era por lo tanto necesaria la revisión de las historias clínicas de los pacientes. Sólo las fichas médicas de los fallecidos eran inspeccionadas por don Rigoberto, el médico auditor, encargado de investigar eventuales errores en los procedimientos.

—Hoy no le traigo trabajo —le sonrió Marietta, la muchacha de delantal sobre las rodillas que a diario le solazaba la vista y hasta su tediosa existencia de viudo septuagenario, cuando cada mañana subía con una pila de carpetas que debía revisar; y que por lo demás eran un consuelo, pues ello constituía con seguridad el único trabajo que podía conseguir como médico jubilado; igual como Marietta era su único sueño, el único que le quedaba, que más que erótico, era una ficción casi infantil —fantasías seniles —las definió una vez él mismo con alguna vergüenza y mucha tristeza. Siempre se imaginó que si ella llegara a sospecharlo siquiera lo trataría con desprecio. ¿Qué se creerá el vejete degenerado?

—No hay trabajo, quédate un rato y conversemos —le habría dicho gustoso y ella gustosa se habría sentado a su lado y podrían haber charlado, y quizás en algún momento podría haberle tomado de la mano, porque así eran sus fantasías.

—Aproveche de descansar, que capaz que mañana tengamos el doble de fallecidos, para arreglar los promedios —le había dicho con su linda sonrisa, y él se quedó pensando que no se había imaginado que supiera matemáticas una muchacha tan, tan linda, pero que ya estaba bueno de sueños tontos y se paró del sofá.

Dejó entonces el estrecho cuartucho que le asignaban para su tarea y bajó al casino a servirse un café. La única conclusión que sacó en ese extraño día de asueto, es que los médicos eran cada día más jovencitos y que seguramente a Marietta le gustaban así. Volvió entonces a su oficina porque después de todo debía cumplir un horario, pero sin nada que hacer se tendió en el sillón, donde algunas veces dormitaba un rato, entre esos ensueños de viejo, que eran como los de un niño frente a una vitrina inalcanzable.

Pero al día siguiente se repitió el asunto y Marietta levantó los hombros para demostrar extrañeza y sin más, ella misma decidió sentarse a su lado y por una o dos horas charlaron de sus vidas, contándose secretos, confidencias que jamás se imaginó capaz de admitir, mientras el pecho le crecía, o algo adentro hacía presión por escapar, como si quisiera estallar. Se paró para acompañarla a la puerta y lo hizo de un salto, tan liviano estaba que no supo medir sus propias fuerzas y un rato más tarde estuvo probando hacer una suerte de flexiones gimnásticas, aprovechando que no sentía ningún dolor de huesos o lumbago ni toda la caterva de achaques que lo acompañaban con tanta frecuencia que los tenía tan incorporado a su ser, que sólo su ausencia resultaba extraña.

Decidió entonces recorrer los jardines del nosocomio, para aprovechar el exceso de energía que se hacía casi hostigoso. Sentía que podría hacerlo al trote o corriendo, pero, ¿qué dirían de él, que el viejo se volvió loco? Se sentó en una banca. —¿Cuántos años que no se asomaba al jardín?—. Parece que en sus tiempos el césped estaba mejor cuidado, pero quizás era una falacia más, como es también falso que todo tiempo pasado fue mejor, pues a pesar de su decrepitud nunca compartió ese decir. Lo que sí era claro es que la cantidad de gente que circulaba ahora era enorme. —¿Cómo había hecho para ignorarlo por años?—. Tenía la sensación de haber estado prisionero, encerrado en su cuchitril por más de una década emitiendo informes, sin recibir jamás una respuesta o una felicitación. Es cierto que los colegas más antiguos lo saludaban con cariño, incluso algunos todavía recordaban alguna anécdota que habían compartido, pero la mayoría se cruzaba sin saludarlo. Bien merecido se tenía entonces un par de días sin fallecidos que evaluar. Volvió a la oficina, pero prefirió no entrar, para qué iba a hacer ruido y despertarse, se le ocurrió y se largó a reír, mientras se escurría por los largos pasillos embaldosados de casi cien años de antigüedad y, sintiéndose otra vez un adolescente haciendo la cimarra, enfiló directo hacia la calle. Se detuvo a dos cuadras, cuando se sorprendió silbando una canción de moda.

Un simple análisis demuestra que, si el promedio histórico es de cinco fallecidos, apenas cinco, que en tres días no muera nadie, no va alterar mayormente ninguna estadística, no tiene valor; pero que nunca se había dado un fenómeno así en diez, en quince o veinte años, o nunca, eso lo tenía claro.

—En los años cuarenta y cincuenta —discurrió —las salas de cines estaban llenas y de repente quedaron vacías y se cerraron, se vendieron para iglesias o bodegas; los ciclistas que en sus espaldas trasladaban los rollos de películas de un teatro a otros quedaron cesantes, claro que ellos eran jóvenes, podían probar en otra cosa, pero él, y no lo decía sólo por el sueldo, que no era mucho, pero, ¿qué iba a hacer de su vida si a la gente se le ocurría no morirse?

El viernes fue citado a la dirección. La plana mayor estaba reunida, el ambiente tenso. Un reclamo oficial de las funerarias del sector, los habían alertado. —¿Qué sucio negocio estaba haciendo el hospital llevándose los muertos a otras empresas? Alguien debe estar recibiendo pagos, era por lo menos atentatorio para la libre competencia, pero ellos no aceptarían más atropellos. —El director hizo un respiro en su relato. —Para qué decir que el departamento de informática no había sido capaz de avisar lo trágico, o lo extraño, por último, de los acontecimientos y él, como un marido engañado, lógico, el último en saberlo, debió enterarse por terceros, que indignados jamás aceptarían que no había fallecido nadie en una semana entera, menos en un hospital que se jactaba de ser de primera clase.

—Y usted, don Rigoberto, nos puede aclarar, ¿qué mierda está pasando?

Don Rigo, se levantó un poco del excavado sillón de cuero y con una voz profunda de barítono, que hasta a él mismo asustó, dejó en claro que no tenía la culpa del fenómeno, después de todo él sólo revisaba las fichas. ¿Por qué no llamaban mejor a los doctorcillos que quizás qué estaban haciendo para evitar lo inevitable?

A la siguiente mañana tenía el escritorio desbordante de carpetas médicas. Le habían apartado las de aquellos más viejos y de alto riesgo. Parecía inexplicable por qué sobrevivían. Marietta, más linda que nunca, le había ofrecido ayuda, trabajando codo a codo y hasta rodilla a rodilla con él, para seleccionar a los más graves. Podía oler su perfume, un aroma de hembra que tenía olvidado. Apartó cinco, los más graves, y con tres jefes de servicio los visitaron en sus camas. No sólo estaban vivos, sino que en muy buenas condiciones. —He notado cierta extraña excitación sexual —confesó un anciano bastante recuperado de su enfermedad de Alzheimer, causando las risas contagiosas y aplausos de sus vetustos y desdentados compañeros de pieza.

El joven director estaba cada vez más molesto. —Esto deberá permanecer en absoluto secreto, sobre todo para la prensa, la ciudadanía debe ignorarlo, sería un desastre —afirmó con el ceño fruncido —con nuestro, siempre escuálido, presupuesto, ¿se imaginan?, seríamos invadidos, de todas las comunas, o incluso de todo el país, nos mandarían sus moribundos para que aquí sobrevivieran. Ya, en este momento, hay problemas con el número de camas, sin fallecidos en toda una semana, nos estamos viendo sobrepasados, hemos tenido que rechazar pacientes, el servicio de urgencia no da abasto.

Pero igual se supo, y los malos augurios del joven se confirmaron, claro que en una proporción jamás calculada. La policía debió intervenir. Sólo para las elecciones presidenciales se había visto a tantos viejos, que nadie sabía que existían, circulando por las calles y en largas colas frente al hospital.

La televisión mostraba a la gente llevando a sus ancianos discapacitados —como cuando un Sanador evangélico llenó el parque hace unos años —recordaba el periodista, filas de sillas de rueda y hasta camillas obstaculizando el tránsito, todos esperando un milagro. Cuando la policía se vio obligada a usar carros lanza-agua, el pobre Ministro del Interior debió recurrir a la vieja, y jamás creída, excusa de que había infiltrados entre los enfermos que promovieron desórdenes poniendo en peligro sus vidas, y que era su deber protegerlos.

Todos invocaban que la salud es un derecho; parece que el propio gobierno había esgrimido ese eslogan tan nefasto en alguna campaña electoral; y el morir también es un derecho, quiso replicar el sapiente director, pero la batahola no se hizo esperar y terminó siendo tildado de imbécil, incluso por sus amigos, porque eso no tenía nada que ver. Bueno, así le dijeron.

Don Rigo fue entrevistado por la televisión, por algún motivo se lo consideraba algo así como un pionero, el descubridor, o hasta el autor intelectual de este extraño acontecimiento que al comienzo llenó de regocijo a los chilenos, que pasados diez días sin fallecidos, un récord para el libro de *Guiness*, nunca visto en ningún hospital del mundo, salieron a desfilar espontáneamente por las calles con sus banderas y "sus *Ceacheís*"; mientras un conductor de televisión quería hacer un evento para aprovechar el suceso llenando el estadio nacional.

Pero el viejo auditor se debatía entre una especie de orgullo y temor, después de todo el perspicaz director le había advertido que esto llevaría a un desastre, sin contar con su personal secreto, sólo revelado a Marietta. El mismo creía estar contagiado con la **Sanedad**, que según un lingüista sería lo contrario a enfermedad. Además de la sensación de vigor que bien podría ser subjetiva, había visto con asombro como se le acortaban los pelos tiesos que tenía por cejas y como iban recuperando su antiguo tono castaño, igual que los vellos del pubis. —Puedo comprobar si es verdad —había deslizado ella, tratado de ocultar su interés con una broma. —También puedes tocar —le respondió don Rigo que a esas alturas ya estaba muy seguro de su renaciente virilidad.

El pastor de una iglesia argumentó, algo no bien claro, pero hacía mención a que, en tiempos bíblicos, Matusalén y algunos de sus parientes vivieron ochocientos años. Fueron muchos los que le respondieron a través de los diarios que eso no se lo creía nadie. Pero tras él, todos se vieron obligados a dar sus doctas opiniones, el mismo Cardenal tuvo que subirse a la palestra, explicó algunas cosas sobre la inmortalidad, porque nadie, menos la iglesia, se oponía a que los seres humanos vivieran más años, siempre que fueran años mejores, pero que esta vida es sólo un transitar para la vida eterna, y que obviamente había que esperar para ver que ocurría con los porfiados que se habían negado a morir, porque Dios inevitablemente los llamaría a su reino.

La cadena CNN había transmitido la noticia, como una más, por diez segundos, en que don Rigo aparecía con la señorita Marietta, tan bonita ella con su delantal sobre la rodilla. Pero a las dos semanas, con la situación no solucionada, envió un equipo de reporteros, mientras en todas las grandes ciudades se organizaron foros. ¿Qué pasaría si la situación era contagiosa? Una pandemia, ese fue el nombre técnico que se le dio a esta verdadera plaga, o sea una epidemia a nivel global.

La Organización Mundial de la Salud tomó por último cartas en el asunto. No se podía hablar de pandemia, se trataba de un fenómeno, que, aunque de causas desconocidas, estaba claramente limitado a un solo hospital; decidió mandar expertos a evaluar la situación; no era aconsejable enviar a los pacientes a sus casas, por un eventual riesgo de contagio con la rara Sanedad, como se dio en llamar a la situación; debería mantenerse una especie de cuarentena. No se impartieron normas claras, después de todo nadie tenía experiencia.

¿Y para la economía? Tragedia, calamidad, hecatombe, epítetos más, epítetos menos. Una situación inmanejable. Se prevé la quiebra de todas las entidades financieras que estimaban la sobrevida con antelación para sus cálculos. Se esperan caídas nunca vista desde 1929 de la bolsa de Nueva York, seguida por el fenómeno dominó de las bolsas de todo el orbe. ¿Con qué fondos los trabajadores activos van a financiar a una tropa de viejos tozudos que se niegan a rendirse? Se dispararon soluciones dispares y disparatadas, una drástica disminución, o incluso la abolición definitiva de la natalidad. —¡Fantástico! ¿Y quién va trabajar?

Ni siquiera los gobiernos más antiyanquis levantaron un dedo en su contra, El Consejo de Seguridad de Naciones Unidas decidió, a instancia de los americanos, por unanimidad, por primera vez en su historia, obligar a la clausura de un hospital, en un perímetro de varias manzanas a la redonda.

El hospital fue evacuado, cerrado y tapiado. Debería la historia dejar constancia de que la única que hizo reparos fue la antigua dirigente del partido comunista local, que también usaba la falda sobre la rodilla. Los pacientes fueron traslados a otros recintos construidos con urgentes aportes de la comunidad internacional, porque tampoco se los quería mezclar con pacientes de otros hospitales, por si la cosa era pringosa. En todo caso la mayoría de los científicos afirmaba que no se trataba de un virus. Pero como nadie podía afirmarlo con certeza. Se separaron los enfermos de mayor gravedad, y se les dio un plazo perentorio, suspendiéndoseles todos los medicamentos. Como comentó un locutor de radio:

—Ya está bueno, que se dejen payasadas de una vez por todas, y que se mueran.

El recinto hospitalario fue vallado, hasta se enladrillaron sus ventanas, pues se había creado el mito de que bastaba estar en sus viejas salas, donde la propia Lady D, fallecida hacía poco, alguna influencia había tenido, para conseguir la inmortalidad, o la Matusalenización como insistía en llamarla el pastor de marras, que según don Rigo, era el único que estaba al tanto del fenómeno de rejuvenecimiento que acompañaba a este alargue inusitado de la vida. Sólo se dejó una estrecha puerta custodiada día y noche con soldados armados.

A la señorita Marietta -como siempre tan bonita ella- le bastaron dos sonrisas para que el guardia la dejara pasar. —Tenía cosas muy importantes que había dejado en su casillero —eso dijo, y fue suficiente. Recorrió el hospital, con sus salas vacías, llenas de papeles y mugre, como si estuviera abandonado por años. Por suerte era de día, porque a oscuras se habría muerto de miedo —se le ocurrió —pero pensándolo bien aquí no se muere la gente y se largó a reír.

Al pasar al segundo piso, cruzó frente a la oficina de don Rigoberto. Hacía varios días que por seguridad no se habían reunido; él no quería ser visto con su cabello exento por completo de canas y el rostro terso, sin sus bolsas y arrugas. La gente, —¿qué iba a pensar?—. Porque hasta embrollos de pactos satánicos se habían mencionado como causas del fenómeno.

Marietta, se arregló un poco el cabello y golpeó varias veces a la puerta sin obtener respuesta, entonces se decidió y entró. Con la cabeza caída hacia un lado y el mentón colgando, el ahora casi joven médico auditor parecía muerto —dormido —se dijo Marietta —porque aquí, bueno ya se sabe.

—Rigoberto —lo zamarreó suavemente Marietta, tan linda con su falda sobre las rodillas. —Despierta que he llegado—. Él emitió una especie de ronquido y entreabrió los ojos, pero le bastó reconocerla para incorporarse del sofá.

Se besaron... por horas... por meses se besaron.

Afuera, la conmoción duró unos días, después se fue diluyendo, especialmente cuando se tuvo noticias de las primeras muertes entre los evacuados del viejo hospital. El recinto debería permanecer clausurado, inaccesible a cristiano alguno por siglos si fuera necesario, como un nuevo Chernobyl, se afirmaba en un artículo de prensa. —Algunos vecinos aseguran haber escuchado risas, unas risas inconmensurables, especialmente en las noches —terminaba el periodista, quizás para darle emoción a un asunto ya olvidado.

Diálogos con la muerte

Paso lento de sol de tarde en tarde

recia quejumbre de árbol deshojado

se puede hundir los tacos en el polvo

o atisbar el sendero en cualquier sueño

porque sin más engaño, es la noche

noche al fin, oscura noche.

Sí, quizás siempre habitaste las tinieblas,

una amarga y escarchada madrugada,

y como tantas veces vi hacerlo

las bebí todas de un sorbo,

aunque igual las olvidé en los labios.

Son inquietantes las palabras

y creo que desde siempre me han rondado

y, aunque ebrio, de ello me declaro inocente.

Adiós, me gritó sin ningún pesar

mi primer piano,

sabiendo que llevo en mi sentir,

clavado y cien veces remachado,

el tiempo,

ignorante de las rutas de un regreso

ansiando, siempre ansiando

que esta aventura sea circular.

El camino lo haré yo,

así lo prometí, intrépido,

audaz y felizmente imberbe

y la aurora se negó a irrumpir,

amilanada por mis rugidos.

Así lo creí, hasta puedo jurarlo.

Y sin aviso,

surgiste de la más relegada añoranza,

la vocinglera callejuela,

la de los juegos de mi infancia.

Eras tú

te reconocí al instante

porque de pasajero mi voz te llamaba,

porque en tus ojos sin ojos

naufragan desde siempre las sonrisas.

Mi camino lo haces tú

también lo prometí una vez,

pero fue a otra mujer,

a una mujer de carne

y poco hueso.

Quizás por ello, o por todo

cuando me llamaste

meneando lentamente tu índice

sólo atiné a cerrar los ojos.

Sueño

O bvio que estoy soñando.

En mis sueños siempre soy capaz de volar. No lo hago a gran altura, sólo me deslizo sobre el suelo sin rozarlo y con alguna dificultad me elevo para sortear obstáculos.

Volar no me parece ni siquiera novedoso. A veces sólo me limito a bajar las escaleras sin poner los pies en los peldaños y en el sueño me doy cuenta que estoy soñando.

Pero hoy, es extraño, por mucho que éste sea un sueño, no lo parece, lo que también es frecuente, como cuando se sueña orinando y se termina mojando la cama.

Lo que pasa es que sé que tengo 16, en el sueño se entiende, porque yo tengo 78 y desde hace un tiempo me pesan; me aguijonean distintas partes del cuerpo, con un dolorcillo por aquí y por acá, y si me quejo —claro que me quejo —lo reconozco, me diagnostican depresión, y capaz que sea así.

Pero los 16 no me sirven de mucho, era tan tímido a esa edad. Me recuerdo sentado en un peldaño de la escalera de su casa junto a una mujer hermosa, quizás debería decir una chica hermosa, pero como la encontré años más tarde, cuando era toda una mujer, puedo decirlo, una mujer muy hermosa. Ella esperaba que le declarara mi amor, lo sabía porque se me notaba, pero no me atreví, y eso me resulta doloroso sesenta años más tarde. De seguro nadie lo entendería, o quizás es sencillamente la depresión.

En todo caso, es una mezcla; tengo 16, pero me miro el cuerpo y es de viejo. Estoy sentado en el suelo (cosa que nunca hago) con las piernas flexionadas, enroscado, algo encorvado y desnudo y no tengo ni frío ni calor. Casi siempre sueño que estoy sin ropa, quizás porque hasta ahora, a mis años, aún no uso pijama, entonces me da una tremenda vergüenza, y todo se me complica y hasta despierto algo angustiado y furioso.

Algo me roza la cabeza. Me acarician, levanto la vista. Es una muñeca, como si fuera una niña de tres o cuatro años, su cuerpo todo blanco, de loza como las de antaño, sólo su cabello es negro, sonríe y me abraza; suavemente cruza los brazos sobre mi cuello y me murmura algo en el oído izquierdo, por el cual escucho poco y no le comprendo.

Me saluda y me relata cosas extrañas que no entiendo o se me olvidan de inmediato. Se lo hago saber, y desconozco mi voz, como si pudiera hablar sin necesidad de mover la boca, como cuando bajo las escaleras sin tocar el suelo.

—Todavía no tengo edad —me responde, parece que yo se lo pregunté—. No he nacido, en verdad voy a nacer alguna vez, aquí nunca se sabe.

—Y si no has nacido. ¿Quién eres?

—Aún no tengo nombre, pero para ti alguna vez seré Lissette, sólo para ti, porque tú me llamaste así. Supongo que recuerdas alguna Lissette en tu vida.

—Sí, sí, claro que la recuerdo, aunque no se llamaba así. Yo le decía Lissette, era algo oculto. Claro que la recuerdo muy bien, me mintió, siempre me mintió, me engañó como quiso y cuando me abandonó me dejó un dolor que aún me fastidia, me da rabia, me encantaría olvidarla y odiarla en vez de odiarme a mí mismo por lo que hice.

La chica-muñeca me miraba asombrada, y cada cierto rato volvía a acariciarme, yo mantenía mi posición medio enrollado, cubriendo mis intimidades con ese pudor que nunca pierdo en los sueños.

—Aquí —me explicó —nadie tiene edad, lo tenía medio olvidado, quizás fue hace mucho, pero parece que una vez nos explicaron, que es una especie de preparación para la vida, creo que por eso estás aquí.

—¿Y esto qué es, dónde estamos?

—No lo sé y no me importa, algunos le llaman la Maestranza, pero parece que lo hacen por bromear.

—¿Cuánto tiempo que estás aquí?

—Te lo he dicho, el tiempo en este lugar no existe, te podría decir que, desde siempre, o desde hoy.

—¿Cuántos son ustedes?

—Todos los que tienen que nacer, supongo.

—Entonces debe ser muy grande.

—Seguramente.

—¿Qué hago yo en este lugar?

—Tienes que contarme algo de mi vida, la vida que haré contigo, aunque cuando nazca lo tendré todo olvidado.

—Yo sólo te contacté por unos años, esa no es toda tu vida, pero me la arruinó por mucho tiempo.

—Lo sé, ya me lo contaste, pero yo aún no tengo la culpa, no me retes.

Lo dijo muy cerca de mi rostro, con nuestros labios a diez centímetros, como cuando en las películas se miran a los ojos y se comienzan lentamente a acercar y uno sabe que terminarán besándose. Pero yo no, no podría, era apenas una muñeca blanca, y hasta en los sueños soy pudoroso.

—Estás entendiendo, ¿comprendes porque me aburrieron tus extraños tratos? Así y todo, no puedo negar que llegué a quererte un poco, bueno supongo que un poco.

—Pensabas que si lo aceptabas terminaríamos haciendo el amor y preferías hacerlo con otro.

—Tú lo dijiste, pero hay algo de eso. Si hubieses tenido un mejor pasar, no sé, siempre esperando que la vida te lo diera todo, sin buscarlo siquiera.

—Una vez me dijiste esa misma frase, increíble que la recuerde. En ese momento creo que me sentí infeliz, ahora no sé, fue como una de tus jugarretas, yo no me daba cuenta, estaba ciego.

—Siempre pensé que se debe envejecer con dignidad, sin teñirse las canas, sin estirarse el rostro, pero el corazón, ése no se manda. Hay una canción mexicana que lo dice muy bien, maldito corazón me hiciste tanto daño.

—Te salió bien ridículo.

—No, es la depresión, a todos les ha dado con que estoy deprimido, y ¿qué quieres? Si todo empieza a fallar y el cerebro sigue sin entender, creyéndose joven. ¡Qué tontería!

—Cuéntame, ¿qué pasó entre nosotros?

—Fue un desastre, no está demás decirte que yo te encontraba muy hermosa. Había ciertas actitudes que, bueno, yo creía que eran de cariño, pero más que eso, no sé qué pasó en verdad. Nos comunicábamos poco. Por temporadas éramos capaces de decirnos cosas bonitas, pero de pronto todo se quebraba. Y así pasaron tres años, obvio que mantenerte a mi lado era cada vez más difícil. Creo que persistí de puro porfiado. Tú me lo dijiste, soy un capricho tuyo.

—¿Yo dije eso?

—Tú no, tú eres como una muñeca, es raro, pero hablas como una adulta. Para mí no eres Lissette, ni siquiera sabes como ella me trataba, la verdad que, aunque me ponía los cuernos, era dulce, le gustaba reír.

Ojalá hubiese sido cariñosa como tú ahora, que tampoco sé por qué lo haces.

—Me dio un poco de pena verte enrollado en el suelo, no sé, algo así, fue espontáneo y hasta me produce un poco de placer, me habría gustado verte cuando éramos jóvenes, incluso ahora tienes una mirada que me gusta.

—Yo también debo haber estado en este lugar antes de nacer.

—Supongo, yo creo que todos pasan por aquí.

—Y si he regresado. ¿No será que estoy muerto?

—¿Viste? Yo también voy a creer que tienes depre.

—¿Por qué?

—Porque estás convirtiendo este sueño en una tragedia.

—Y, ¿qué debo hacer?

—Supongo que aprovechar este encuentro.

—¿Para qué?

—Trata de apretar los ojos, y de visualizarme como me conociste.

—No es tan fácil.

Cerré los ojos con fuerza, estaba otra vez volando y trataba de traer su imagen. Solíamos encontrarnos en un parque cerca de casa y conversábamos sentados en el pasto, parece que me dirigía allá.

Me alcanzó y me rodeó con sus brazos.

—Abuelo, te quedaste dormido en el sofá, pero estabas como triste.

Mi nieta regalona se colgó de mi cuello.

—¿Estabas soñando?

—Sí —¡qué vergüenza! Me miré los pantalones, por suerte estaba vestido.

Entonces me levanté de la mecedora y sin mover los pies me deslicé flotando sobre el césped, a medio metro sobre el suelo. Nunca vuelo a gran altura creo que me da miedo.

Reinaldo Martínez Urrutia

En aquellos tiempos

(A Myriam Sierra)

Sí, en aquellos tiempos hubo días duros, muy duros para tantos. Con un grupo de chilenos fuimos lanzados al fondo de un camión cerrado, amarrados, vendados. Después de muchas horas, quizás un día entero, cuando el aire comenzaba a escasear, de las sombras, del silencio y los quejidos surgió una voz de mujer, casi como un susurro y poco a poco comenzó a crecer con fuerzas en una canción. Sus palabras decían: "Escucha hermano la canción de la alegría". Con lágrimas bajo las capuchas, y las voces roncas la seguimos en su canto.

Por mucho tiempo los sobrevivientes deambulamos sin trabajo, siendo a veces rechazados por quienes creíamos nuestros amigos e incluso familiares. Algunos tuvimos la suerte de ser cobijados por la Vicaria y es ahí donde escuché nuevamente la protectora voz de una mujer. Era Myriam, sus palabras transmitían otra vez el mensaje de aquella desconocida del camión: "Escucha hermano, que hay quienes están más necesitados que nosotros", y entonces también la seguimos. Ahora, muchos años más tarde, cuando comienza el inexorable momento de las despedidas, podemos decirte con orgullo, querida Myriam, que aunque hoy se acalle tu voz, los que te respetamos por tu labor llevaremos tu recuerdo en las gargantas para continuar tu mensaje y en el corazón, tratando de repartir lo que no va dejando la vida.

Sé que le tenías un especial aprecio al sermón de la montaña, es por eso que creo que cabe decirte: "Bien aventurados los que venciendo sus temores tienden su mano generosa, porque de ellos será el reino", tu reino Myriam, que bien merecido te lo tienes, por habernos regalado la esperanza.

Descansa en paz mujer, chilena, valiente.

Parroquia San Roque – Lo Hermida
Un día muy triste.

Sala de espera

AMargarita siempre le desagradó que la llamaran Magy o Márgo o cualquier diminutivo, y aunque nunca se dio el tiempo para pensar en cuál era la causa para tanto malestar por algo sin importancia, en su fuero interno sabía que eso de achicarse el nombre es como disminuirse ante el mundo, aceptar que alguien la mire para abajo. Tampoco le agradaba demasiado su nombre, un tanto pasado de moda, o más bien antiguo, pues la moda, en cuanto a los nombres suele ser antiestética, especialmente rebuscada, cuando no grosera con la castellanización de nombres extranjeros. En verdad que hay nombres que causan risa.

Todas estas pequeñas disquisiciones se le pasaron por la cabeza en apenas un par de segundos, porque de alguna parte escuchó que la llamaban, por su nombre completo y el apellido extrañamente bien pronunciado, su nombre de soltera, que casi nunca usaba.

Estaba en un pasillo poco alumbrado y de mediana amplitud. Había varias puertas cerradas, sin números ni letreros. Por debajo de una de ellas vislumbró una línea de luz que se colaba. Otra vez fue llamada y sin más empujó la puerta.

Era una habitación muy pulcra, de muros blancos, bien iluminada, amplia. Una música suave —de supermercado —pensó, pero hacía el ambiente más grato. Sillones de cuero, de cuero de verdad, ratificó al palparlos y de eso sí que sabía. Un par de pequeñas mesas sin ningún estilo, pero que no desentonaban con el conjunto, que bien podría calificarse como clásicas, posiblemente porque sobre ellas había grandes ramos de flores, además muy bien arreglados, de seguro que por una mano profesional.

Se sentó, eran verdaderamente cómodos, sintió un cierto placer al hundirse en los cojines. Por suerte estaba sola, pues le quedaron los pies colgando en el aire y delante de la gente eso es un desastre. Esto de ser chica es lo que más ha odiado en la vida. Se corrió hacia delante y afirmó sus altos tacones en la alfombra, estiró la falda y dejó la cartera en un costado. Si estuviera permitido habría encendido un cigarrillo, pero la ausencia total de ceniceros y un aroma dulzón hacía presumir que estaba proscrito. Alzó la cabeza y en un muro observó un espejo, lo irresistible, se levantó casi de un salto y se colocó de frente, permitía la visión de cuerpo entero. Se alisó la falda y estiró la chaqueta corta que le hacía juego, la falda a la altura de la rodilla, en eso nunca había transado, tenía unas piernas bien torneadas para su edad. Se acercó para observar el rostro, pero se detuvo, recién cayó en cuenta que no sabía qué hacía en ese lugar. Trató de recordar, ella debería realizarse un *lifting* facial, pero ahí se confundía todo, la memoria se fraccionaba. A la clínica había llegado en un taxi —para estas cosas es mejor andar sola —o si no las noticias vuelan. La primera vez que se hizo esa misma cirugía, casi quince años atrás, la acompañó Jaime, pero ahora viuda, ¿qué le iba a hacer? Mejor así que mal acompañada.

Una voz en *off* la sacó de sus cavilaciones y confusión. Se había encendido en el muro una pantalla gigante, una mujer de delantal blanco, muy parecida a la que la atendió en el *Spa* de Bélgica la primavera anterior; con la cara sonriente se dirigía a ella, desde luego que la trataba por su nombre, con lo cual se descartaba que fuera un programa grabado, además en español.

Señora Clouzet, bienvenida, nos es muy grato tener con nosotros a una persona como usted que dedica tanto de su tiempo y energía a los demás, a promover el arte prácticamente en todas sus dimensiones. Margarita se sintió reconfortada y no entender qué hacía allí o quién era la mujer que le hablaba, dejó de tener importancia. Su aparición en revistas o artículos de sociedad eran para ella frecuentes, en verdad que no era para extrañarse lo que estaba aconteciendo, una especie de videoconferencia, parece que así las llamaban.

—Señora Clouzet, perdón, o prefiere *madame*.

Se sonrojó y una especie de corriente le recorrió la espalda.

—No, señora está perfecto —dijo al fin tratando de ocultar una sonrisa.

—Jackson & Clark Consultores, especialistas en Marketing, por encargo de una empresa mucho mayor, como usted fácilmente percibirá, está realizando una especie de encuesta a personas seleccionadas en todo el mundo. Esto es muy novedoso, nunca se había realizado en años, en siglos debería decir para ser más exacta. Sin poder darle muchos detalles por el momento, porque en verdad los ignoro, creo que ellos pretenden realizar una remodelación en gran escala de todas sus instalaciones, una modernización que la época actual exige. Estimo que, en este siglo, el Liberalismo o el Libertinaje si lo prefiere, ha hecho perder el interés de muchos en su Empresa.

Margarita no entendía muy bien el asunto, pero obviamente la curiosidad se le podía apreciar en el rostro. —Sí, desde luego que estoy encantada en responder —y una ola de calor la ruborizó por unos instantes.

—Veamos —dijo la mujer de la pantalla. —¿Cómo imagina usted el cielo?

La pregunta la dejó anonadada. —¿El cielo? —preguntó, pensando que había escuchado mal.

La mujer sonrió, tenía unos dientes perfectos, como un comercial de dentífrico, pensó Margarita.

—Sí, el cielo, bueno no es lo que una se espera que le pregunten, por lo menos en serio. Déjeme aclararle algunas cosas: no es una casualidad que usted sea una de los elegidos para este estudio de Marketing, por de pronto está dirigido por razones lógicas sólo a creyentes y más aún a practicantes. Se marginó de la nómina a religiosos por considerar que producirían una distorsión, por estar en sus creencias demasiado apegados a la tradición y textos sagrados.

—En realidad, que es algo que nunca me lo había preguntado, lógico que todos tenemos una idea, lo que nos enseñaron en el colegio, porque después nadie nos ha referido nada de sus características físicas. Jaime, mi difunto marido, solía reírse de todas estas cosas, como el pobre se murió en un accidente no alcanzó a pensar en nada antes de morirse. Siempre se burlaba diciendo que debería ser un lugar muy aburrido, con unos angelitos asexuados paseándose entre las nubes. Ahora que hemos explorado el espacio, decía, a millones de años luz de distancia no se ha descubierto tu famoso cielo. Yo sé, estoy segura que en algún lugar está, no importa que no podamos verlo mientras estamos vivos, pero cómo es, no sé, uno tiende a confundirlo con el Paraíso y eso es un error.

—Crees que, si diéramos una visión más clara o más definida de su estructura, digamos, de sus acomodos, no sé qué término exacto usar, ¿recuerda la cita bíblica de Jesús?, "En la casa de mi padre hay muchas habitaciones".

—Sí —interrumpió Margarita —pero me estaba recordando que el mismísimo Papa declaró que el cielo no es un lugar físico.

—Bueno, entenderás que, de ser así, yo no estaría ahora contigo y Jackson & Clark Consultores no estarían interesados en este estudio. La primera pregunta tiene que ver con la idea que se tiene en la tierra del cielo, como un lugar físico, pero no es lo único que nos interesa estudiar. Creo que lo más importante es saber por qué razón la gente en general, además de los creyentes en particular, tendrían interés en el cielo. En otras épocas de la historia la pregunta estaría absolutamente de más, pero en nuestro tiempo, nos ha llegado la inquietud desde allá por la pérdida de interés, bueno es una manera de decir. Es claro que no se pueden usar los mismos argumentos de la Edad Media, cuando el hombre vivía pensando en la otra vida. Sin duda la gente ahora busca la felicidad aquí y no es que ello sea malo, pero de la vida eterna ha dejado de ser atractiva.

—Yo creo que el cielo es el lugar de la felicidad eterna, donde nos encontraremos con nuestros seres queridos y viviremos para siempre juntos, algo así.

—¿Y qué necesitarías tener para seguir siendo feliz, quizás ricos manjares, no, no te rías, algunas religiones, el Islam, por ejemplo, promete placeres terrenales y hay que ver el grado de adhesión que logra, incluso sus seguidores son capaces de dar la vida en actos suicidas, pues suponen que serán recompensados con creces.

—Bueno, nunca lo había pensado, pero ese concepto de eternidad, no es para nada tentador, no sé por qué me recordé de *Nosferatus*, el vampiro de la película, sufriendo de Eternidad. Nos cuesta entender que vamos a vivir para siempre, supuestamente sin envejecer. Y ese un problema clave que requiere de aclaración, lo de envejecer, ¿iremos a envejecer en el cielo?, si ni siquiera tenemos claro si migraremos con nuestro cuerpo, o sólo el espíritu, te lo digo de inmediato, me cargaría morir antes del *lifting,* o con la cara moreteada, que ya sé que esto dura casi quince días, y una quiere que nadie la vea en ese estado. Por último, una debería tener derecho a alguna elección en el sentido de escoger la edad en que prefiere permanecer. Te explico, Jaime se murió a los 47, ¿te imaginas?, cual podría ser para mí el atractivo de reencontrarlo a mí edad, que, por mucha cirugía, lógico, que algo mayor me voy a ver. Así entre nos, por estos días, que ya de viuda llevo mucho, bueno, hay un señor con el cual hemos llegado a intimar y no sé, tampoco me sería muy cómodo que nos encontráramos los tres, ¿me entiendes? Ahora, a pesar que el Jaime era súper rateo, era un hombre muy bueno y de seguro que tiene que haber ido al cielo y allí debe estar refunfuñando porque yo no llego, que aquí en la tierra se pasó años reclamando cada vez que me atrasaba o me quedaba pegada con el Bridge. Aunque no sé cómo decirlo, en estos momentos preferiría, o más bien claramente no quiero ir al cielo, antes debería por lo menos recuperarme, del rostro y la barriga que aprovechando la anestesia me recortarán unos rollitos y bueno, uno siempre tiene cosas que arreglar, la próxima exposición de un muchacho súper interesante me tiene absolutamente comprometida. Yo creo que, a toda la gente ocupada, que trabaja, que tiene sus compromisos le pasa lo mismo. Así el cielo deja de ser atractivo, obvio.

La mujer en la pantalla sonrió con sus dientes tan parejos, entonces su imagen empezó a diluirse como cuando se pierde la señal, quedó en blanco y negro hasta que finalmente desapareció. Casi de inmediato toda la habitación quedó completamente a oscuras.

Con un poco de dolor abrió los ojos, a su lado el médico y una enfermera la observaban de muy cerca. El doctor le tomó la mano que aún estaba conectada con las mangueras de los sueros.

Días más tarde estaba de alta, un taxi la pasaría a recoger, no había recibido visitas, ni indiscretas llamadas telefónicas. Antes de dejar la clínica no pudo resistir el mirarse al espejo. Todavía estaba hinchada y con algunos moretones, debería desaparecer por algún tiempo. Su médico le estaba escribiendo indicaciones.

—Espera, tengo la obligación de decírtelo, pero tuviste algunos problemillas con la anestesia y deberás controlarte con un cardiólogo, en realidad fue casi un paro cardíaco, todo salió bien, pero ¿me entiendes?, esas marquitas que te molestan en el pecho son de los electrodos, tuvimos que ponerte algo de corriente, pero en poco tiempo se borran.

Hoy no estaba para preocuparse, pensó, y sin más salió a la calle cubriéndose el rostro con un pañuelo, con cierto disimulo, porque tampoco quería parecer talibana. Un hermoso día de primavera la esperaba, aspiró una bocanada de aire y abordó el automóvil que ya la aguardaba en la puerta. Un ramo de rosas en el asiento la sorprendió. —La Carola —pensó —esa era muy capaz de haberse enterado, porque Eduardo, ¿de dónde?, con lo desubicado que es el pobre—. Leyó la tarjeta manuscrita y con lapicero de tinta, como corresponde: —"Con los mejores deseos de una pronta recuperación" Jackson & Clark Consultores"—. Respiró aliviada, mañana les respondería, también como corresponde, no los conocía, pero una dama es una dama, siempre.

—*Madame* —la rubia acompañante del chofer se dio vueltas para hablarle.

A Margarita le pareció vagamente conocida, tenía un parecido con la joven que la atendió en Bélgica, en todo caso tenía una sonrisa perfecta.

—Por encargo de nuestros patrocinantes, que comprenden muy bien que, en su estado actual, usted no desea reincorporarse de inmediato a sus actividades habituales, tengo el placer de anunciarle que ha sido seleccionada para compartir con nosotros lo que se ha llamado el Tour, que es la segunda parte de nuestro estudio de Marketing, lo cual significa una visita a nuestras instalaciones, estamos convencidos que su opinión nos será de gran utilidad.

Margarita no entendió muy bien el asunto, pero un tiempo fuera de circulación no estaría para nada mal. En todo caso la expresión de la mujer en el asiento delantero no le dejó dudas para aceptar, un bello rostro, con esos ojos azules y un rubio natural, no despiertan jamás sospechas, al revés, por lo menos a ella le daban una tremenda impresión de seguridad. El chofer cerró la ventanilla de vidrio que comunicaba el asiento delantero con el posterior. Una delicadeza más, se le ocurrió.

La rubia suspiró ruidosamente —este trabajo me está resultando cada día más pesado —le comentó al conductor —recuérdame tomarle bien la dirección, por si mandan a otros a dejarla de vuelta, como nos pasó con la princesa esa, la alemana grandota, bueno, se me fue el nombre.

—Lo tendré en cuenta —respondió el hombre, secándose el sudor bajo la gorra y aceleró el Rolls Royce.

Margarita miró por la ventana, vio que cruzaban el puente, dejando la ciudad. Era algo extraño —pensó —bueno, pero así es la vida. Extraña.

Envejeciendo

Dejaste mi piel arada

como aran en mi tierra

la tierra en abril y mayo,

llevando la eternidad a los cimientos

como hacen en mi tierra con la piedra

la primera piedra, la olvidada,

tiñendo de ocre los vientos

como hacen en estos lares

cada vez más fríos,

cada vez más largos los inviernos.

Creo que alcancé a contar mil hojas

y otros tantos cientos de agua

llegando a ser sólo el surco

que dejó en mí tu espada,

expuesto al alba

al polvillo del camino

al tanteo del zapato,

pequeña herida en un dedo,

dolorosa, inofensiva,

pero tan cercana al hueso.

Si llevo el ojo a los cielos

y la mano a los guijarros

ya no duermen con mi tiempo.

Soy la brecha en un camino

del hombre que mira y pasa,

lejos del trino y espera,

soy la tierra, tú, la fuerza

eres hambre, yo el bocado.

Dejaste mi piel arada

con el sol de abril y mayo.

Junta tus manos y encierra

el soplo de tus veranos

que aún quiero florecer

si se puede, algunas rosas

y quizás, también, algún geranio.

Mi Padre

—— ¿Verdad que tenemos una presidenta mujer?

—Sí.

Mi padre se murió hace casi cincuenta años y lo único que se le ocurre preguntarme es por la presidenta, no es lo que uno se esperaría. Bueno, de él, cualquier cosa. Ni siquiera nos dimos la mano. Después de tanto tiempo seguimos siendo unos desconocidos.

Lo recordaba un poco pelado, pero sin canas, con una risa que a menudo le cortaba la respiración, flaco y con un pucho siempre en los labios, lo que terminó por matarlo. Se reía ji, ji, ji, o sea terminado en i. Porque hay otras risas (abiertas dirían los líricos) que son ja, ja, ja, y las del viejo de pascuas que son con O. En fin, lo observaba y como el asunto no tenía para mí ninguna explicación lógica, sólo lo seguía mirando sin poder salir del asombro. Estaba igual como partió, flaco —en los huesos—. Parece que donde estuvo todos estos años no se engorda, capaz que ni se coma, bueno, estas son sólo elucubraciones porque de eso no sé nada y además nunca me importó un rábano el más allá. Lo más cómico, o trágico, es que yo me vea mucho mayor que él, después de todo tengo sesenta y tantos y él se fue de este mundo bastante joven.

Lleva una camisa escocesa, que vagamente me parece recordar, y mientras yo lo sigo lentamente por la playa, se detiene mirando el mar, alza los brazos rítmicamente y aspira a grandes bocanadas, como si quisiera tragarse el aire, además haciendo mucho ruido en cada aspiración. —Les pedí que me incineraran y tiraran las cenizas al mar, nunca lo hicieron—. No sonaban a reproche sus palabras, más bien a desilusión, supongo que no habrá vuelto para reclamar por eso, porque si es por reclamos yo tengo muchos más.

Traté de rememorar, no por darle explicaciones, que no se las merece. Más bien porque me he fijado que los moribundos se sienten —¿quizás por qué? —con derecho a pedir leseras, parece que la cosa es complicarle la vida a los vivos, como el famoso cuento de que si me muero en Madrid que me entierren en Barcelona. Claro, ahora lo recuerdo, él dejó una carta con su última voluntad y deseos: que la cabaña de Leida no se vendiera nunca, y eso fue tal vez una buena corazonada, ya que nos sirvió para esconder a varios en tiempos de la dictadura, pero también para que me tomaran preso; que mi hermana menor no se casara con el que obviamente se casó y entre otras peticiones el asuntito ese de las cenizas. No me pareció el momento para decirle que era de un costo no despreciable para nosotros en ese momento.

Se sentó en la arena. —¿Tienes un cigarrillo?

—No fumo.

Papá, le iba a decir, pero se me atragantó la palabra. En medio siglo se pierde la costumbre. Además, que sonaba cariñosa.

—Me voy a tener que conseguir, que sin el vicio yo no funciono, además que fue lo único que exigí para volver, y quizás por lo insignificante de mi petición fui el elegido, ji, ji, ji, que, si supieras lo que demandaban los otros, te mueres. "Cabañas especial", si se puede.

A pesar de mi encono me largue a reír. Nunca me había percatado que también me reía con i, como él. Me miró entre confundido y enojado, que nunca tuvo buen genio el Flaco, como le decían sus amigos, yo no, porque era muy niño.

—Cabañas, ¿pero dónde diablo estuviste? Hace mil años que no se fabrican, sólo tabaco rubio, además con filtro.

—¿Filtro?

—¡Por Dios!, a ver ¿tú cuándo te moriste?

—El 17 de diciembre de 1958, hasta yo lo sé. ¡No digo yo, el hijito que me gasto!

Lo miré con rabia, ¿qué se cree? Las fechas se olvidan, apuesto que él tampoco sabe cuándo se murió su padre. Estaba sentado con las piernas cruzadas y los brazos sobre ellas. Me senté cerca. Entonces intencionalmente coloqué mis manos al lado de sus antebrazos por unos instantes. No estaba helado. No era lo que esperaba, porque eso de estar muerto siempre lo asocié con el frío, los gusanos y hasta malos olores. Parece que en verdad estaba vivo, por lo menos estaba tibio.

—¿Estás con permiso, viniste para siempre, cuánto tiempo te vas a quedar?

—¿Tú qué crees, ya me quieres echar?

—¡Oye, no es nada de eso! Bueno, qué me importa a mí, es que estaba pensando que podría estar años poniéndote al día. No me vas a creer, pero siempre añoré algo así. ¿Qué pasaría si un día volvieras, cómo te podría explicar cómo está de cambiado el mundo en que vivimos y obviamente aprovechar para aclarar algunas cositas?

—¿Y?

—¿Y qué, no vas a querer que te cuente todo lo que te has perdido?

—¿Estás muy apurado?

—No, no estoy apurado, es algo que, se puede decir, estaba esperando, ¿quieres que te lo diga?

—Anda, adelante. ¿Tendría que temer algo de eso que quieres aclarar?

—¿Por qué hablas de temer, tienes algún remordimiento?

—Yo no, pero el tono que estas usando, es obvio que algo estás reclamando.

—Sí, claro que sí, lo primero que pensé al verte y saber que eras tú, que, ¿qué sé yo como volviste?, fue en pegarte un combo, tuve la visión de verte sangrar por la nariz, me habría encantado. Tantos años esperando algo así.

—¿Y por qué no lo haces, en qué topas, o crees que aún no soy capaz de sacarte la cresta?

Se paró en posición de boxeador, con las manos empuñadas cerca del rostro, saltando sobre la arena. Se parecía a los peleadores de los años 20 que había visto en alguna película en blanco y negro. Patético se me ocurrió, además que de flaco con un solo golpe capaz que lo mate.

—Ganas no me faltan, el único miedo que tengo es hacerte daño.

—¡Pero qué estupidez! Se supone que eso es lo que quieres, ¿no?

—Sí, pero sólo por darte una lección.

—¿Y qué quieres que aprenda, ahora para qué me serviría? Además, ¿qué diablos me puedes enseñar tú?

—A pensar como un hombre, a no abandonar a tu familia.

—Y tú, ¿de dónde saliste, crees acaso que uno se muere por gusto?

—Claro que no, pero que tú te lo buscaste, te lo buscaste, además no me refería a la muerte, si no a cuando te fuiste con otra mujer. ¿O se te olvidó?

—No sé qué recuerdos puedas tener de eso, eras tan chico.

—Viste, mucho peor aún, ni te importó que fuéramos apenas unos niños.

—Qué sabes tú si me importó, como si todo fuera tan fácil en la vida.

—No digo que sea fácil, pero eso no vale como explicación, es sencillamente de poco hombre.

—¿A quién estás llamando poco hombre, con qué derecho?

Insinuó lanzarme un derechazo. No lo pensé y, sin más, le encajé un golpe con la rodilla en los genitales. Se dobló con una mueca de dolor, aunque sin chistar. Vi lágrimas asomarse en sus ojos y detuve la mano presta a asentarle un golpe en la nariz. Entonces me senté en la arena, mirando el mar.

Las olas reventaban levantando una llovizna al chocar contra las rocas, se retiraban y volvían a empezar. —Siempre igual, siempre igual, desde el comienzo de los siglos. ¡Puchas, me puse filósofo! —se me ocurrió y casi me reí, pero no era el momento. Él se había parado, cabizbajo, yo lo observaba con el rabillo, como si no existiera, pero era una situación idiota, ninguno se retiraba, yo podría volver a la pensión y él podría, ¿qué sé yo? Morirse de nuevo.

—Bueno. Te diste el gusto, ¿no?

No le respondí.

—Pareces un niño taimado, claro que a tu edad eso no te asienta.

—Déjame.

—Si no quieres estar aquí, te vas. Nadie te ha convidado.

—Y a ti tampoco, no soy el dueño de la playa, pero por último yo pertenezco al mundo de los vivos.

—¡Ah! ¿Tú crees que chasqueando los dedos, así -¡Clap, clap!- sencillamente desaparezco y me regreso a las tinieblas? ¡Buuuu!

—¿Te crees chistoso?

—Para nada, creo que nunca lo fui, menos ahora después que me golpeaste. Uno nunca se podría imaginar que si regresa después de años pudiera ser recibido así por un hijo.

—Sólo se cosecha lo que se siembra.

—Así será, pero uno siempre cree que lo hizo bien. Quizás nunca fui muy cariñoso, no sé. ¿Tú tienes hijos?

—Sí.

—¿Y?

—¿Y qué?

—¿Cómo eres con ellos, cariñoso?

—Hago lo que puedo.

—Igual que yo, sólo que parece que no fue suficiente.

—Qué bueno que te acordaste de la familia, ni siquiera has preguntado por alguno de ellos.

—¿Y qué quieres que te pregunte?

—¡Pero por Dios, hombre! No sé cómo tomarte, no recuerdo como eras antes, quizás siempre fuiste tan difícil, en realidad nunca tuvimos un diálogo de adultos, pero a mí se me ocurre que, si estuviera en tu caso, preguntaría por la familia.

—Bueno, ¿qué es de ellos?

—¡Oye! Pero con más ganas, para que te crea y que no parezca una obligación.

—A ver, mejor te lo explico, no sé si quiero saber, me fui muy cansado de la vida, los últimos meses fueron un suplicio, lo único que quería era que todo terminara.

—Y entonces, ¿por qué has regresado?

—Bueno es que ahora no me duele nada, en todo caso ese es otro cuento, no lo sé muy bien, aproveché una oportunidad, se puede decir, y aquí estoy, digamos que tenía cosas pendientes.

—Mamá murió hace como siete años.

—Bueno, que sus buenos años tendría la señora, nadie es inmortal.

—Se había casado de nuevo.

—No me digas, ¿cómo se llamaba el pelotudo de la ferretería, el negro cabeza de luche?

—No sé, no lo recuerdo, pero no fue con ése. Fue con un veterinario, un buen hombre, él se murió primero.

—O sea que doña Olga se echó a dos maridos.

—Adrián Becerra, ¿te suena?

—No, para nada.

—La Andrea, la Andreíta, se casó con José, que a ti nunca te cayó bien, un matrimonio estable, tuvieron tres chiquillos, y no sé cuántos nietos, buenos muchachos, todos universitarios. Y Jorge, bueno, hace años que no nos vemos, emigró a Suecia después del Golpe. Ha venido a Chile, pero no sé, está muy cambiado.

—¿Y tú?

—Yo, ¿yo qué? Aquí estoy, vegetando. Creí que después de jubilarme sería capaz de escribir una novela, el sueño del pibe, la novela del siglo. ¿Te acuerdas del Martín Rivas inmerso en la revolución del 59?

—No del 51, el Motín fue en abril de 1851.

—Bueno, tú eres el profesor.

—Aquí con el Golpe tuvimos tanto material para una novela, pero no sé, no se ha dado, demasiado panfletario todo lo que se ha hecho. ¡Ah! Ya sé, me miras sin entender, pero es que uno se imagina que donde tú estás se sabe todo, se ve todo, pero parece que no es así. Hubo un golpe de estado el 73. El año 1973, supongo que ya te ubicas en las fechas. ¿Te acuerdas de Salvador Allende?, cuando salió Alessandri y tú votaste por Frei, ya estabas bien enfermo, yo tuve que acompañarte, Allende salió segundo por muy pocos votos, dejando a medio mundo asustado.

—No, no sé nada de este mundo, allá es, no sé explicarlo, no tengo colores, el tiempo está detenido, nada ocurre, no pasa nada, a nadie le intereso, soy como una molécula que forma parte de una inmensa roca, un ente inmutable.

—Pero acabas de decirme que tenías algo pendiente, o sea que algo te importaba.

—No sé, debe ser mentira.

—Pero estás aquí.

—Sí, pero no tengo la más remota idea para qué, ni qué debo o quiero hacer, salvo fumar, sería rico un Cabañas especial, tenían una cinta de papel café como boquillera. ¿Los recuerdas?

—Sí, tú me pedías que te los guardara cuando viajábamos en el tren al Sur. Yo creo que lo hacías para probarme, pero nunca fumé. Bueno, de mi vida, te puedo decir que tengo uno, pero tuve dos hijos, el mayor se murió en un accidente de lo más tonto, con un grupo de compañeros después de una fiesta, con un poco de trago, qué sé yo, chocaron y se dieron vuelta en el auto. Andrés que es el menor nunca ha madurado, lleva dos matrimonios, y dos chiquillos, uno con cada mujer, nunca puedo ver a mis nietos juntos.

—Yo no me quejo, nunca alcancé a conocer a mis nietos.

—Cosa tuya, te lo fumaste todo y nos dejaste, todos éramos niños, yo aún no cumplía los quince, y Andrea que andaba por los 18 debió suspender los estudios, y eso que en ese tiempo la universidad no se pagaba.

—¿Me estás retando de nuevo, quieres pegarme otra vez?

—Ya no, perdona, pero es algo que siempre me quedó adentro, una espina que tenía que sacarme, además que el primer golpe lo lanzaste tú, yo como que me defendí solamente. Creo que mi rabia se debió a muchas cosas que se fueron juntando. ¿Crees que fue muy bonito que volvieras a la casa justo para morirte y que la mamá te cuidara? Además, que económicamente quedamos pésimos, tu pensión de profesor nos alcanzaba para comer una semana. Lo del veterinario de mamá salvó la situación, era un buen tipo, para Jorge fue un verdadero padre, yo, bueno, para mí fue más difícil, estaba empezando a madurar y saberlo en la cama con mi madre me molestaba. La Andrea, en cambio optó por casarse, se fue de la casa y listo. ¿Te cuento otra cosita?

—¿Te quieres reír de mí? Ya me pegaste, ¿qué más quieres? Ya ríete, nadie es perfecto, de ti no sé nada, pero es cosa de rascar un poquito por aquí y por allá para que salgan las yayas. Tomémonos un respiro, hagamos una tregua, mejor cuéntame del mundo, en medio siglo siempre pasan muchas cosas, guerras, mal que mal yo me mamé la guerra mundial y la de Corea que tenía bastante mala cara.

—Bueno, guerras, así grandotas no, pero muchas guerras más pequeñas, a veces entre varios países, pero ahí no más. Los gringos son ahora amigos de los rusos, de los alemanes y hasta de los chinos, los únicos conflictivos son los árabes que además son ricos y tienen petróleo y en cuanto al resto del planeta, a los gringos nadie los quiere mucho, pero los necesitan. Es un jaleo complicado, tú sabes, ellos siempre tan poderosos e inteligentes se llevan jugando a la guerra y después no saben cómo salirse. Hace poco un periodista los bautizó como el Imperio, eso porque actualmente no tienen ningún contrapeso, pueden imponer su voluntad por la fuerza en todo el mundo, además que viven jubilosos por tener un emperador tan torpe como Nerón. Bueno ese es un buen resumen mundial de cincuenta años.

—Está bien, lo bueno, dos veces breve, ¿era algo así, no?

—No, lo bueno, si breve, dos veces bueno.

—Menos para el sexo, si haces así el amor, tendrás muchos reclamos.

—No lo había pensado, ves que te crees chistoso.

—Bueno. ¿Y qué más?

—No me creerás, los norteamericanos llegaron hace años a la Luna con una nave, o sea un avión que viaja por el espacio.

—¿Un disco volador?

—No, son como cohetes, ¿alcanzaste a conocer a Yuri Gagarin?

—No, no sé quién es.

—No importa, quizás eso fue después, pero el Sputnik, ¿el satélite ruso?

—Sí, sí, como una pelota de fútbol que daba vueltas.

—Se han mandado naves a Marte y hasta más allá de Plutón. Pero lo más espectacular que te perdiste, debe ser la tele, me acuerdo que habíamos visto televisión cuando vino Perón, me llevaste a la calle Ahumada y había una en la vitrina, ¿te acuerdas?, parece que en Falabella. Ahora todo se hace con la televisión, y todavía que es en colores, se ve mejor que las películas de tu tiempo, entonces cuando aterriza una de esas naves en Marte o en cualquier otro lado, uno lo puede ver por la tele, ¿qué me dices?

—Sí, me gustaría verlo.

—Sí, y ¿qué más te gustaría ver?

—Mira aquí en San Antonio había un boliche pequeño, ahí me las pasaba a veces, no sé si tenía nombre siquiera, lo atendía una buena mujer, hasta me fiaba cuando andaba corto.

—¿Y a tus hijos, a tus nietos?

—Bueno, puede ser, pero no vine para eso, ni siquiera los conozco a los nietos.

—¿Y a mí, para qué me buscaste a mí?

—Yo no te busqué, no tengo idea por qué llegaste, además que casi no te reconozco, viejo, medio pelado y barrigón, ji, ji, ji, aunque todavía pegas fuerte, eso sí.

—Me jodiste.

—Ji, ji, ji.

Se paró y empezó a correr por la playa, hacia el sur, hacia la primera roca, como la llaman los lugareños. Se lo veía liviano, lleno de vida, aunque parezca un desatino decirlo. Volvió después de unos minutos y empezó a sacarse la ropa.

—¡Oye, papá te has vuelto loco! Ni siquiera sabes nadar, esta no es una playa para bañarse, al lado de las rocas hay una tremenda corriente, aquí todo el tiempo se ahoga la gente.

—No me hagas reír, ¿tú crees que uno se muere dos veces?

—Ya, ya, no he dicho nada, espero que no se te ocurra bañarte en pelotas.

—¿Y qué tendría de malo, has visto por casualidad una bolsa de playa con mi traje de baño?

—Está bien, báñate como quieras, ojalá que aparezcan los pacos y te tomen preso.

—Gracias hijo, no esperaba menos de ti, después del patadón que me diste. ¿Quién te hizo tan complicado y putijunto? Mira, imagínate que vuelves después de cincuenta años y te encuentras con un hijo viejo y miedoso, incapaz de mostrar el culo, incapaz de entender la muerte y tampoco la vida de los otros.

—¿Y viniste a enseñarme a vivir, no crees que es un poco tarde?

—No sé, no sé a qué vine, pero, ¿tú crees que necesitas de una ayudita?

—Ahora te crees psicólogo.

Tomó carrera y se lanzó a las olas, salió tiritando.

—¡Por la mierda el agua helada! Se me había olvidado.

Se sentó sobre la arena. —Me fumaría un pucho —musitó entre tiritones, cruzando los brazos sobre las costillas escuálidas para entrar en calor. Me saqué el chaleco y se lo pasé. —Parece que no eras tan machito, después de todo.

Me miró sonriendo, pero no dijo nada, aunque igual se puso el chaleco.

—Creo que por aquí cerca venden cigarrillos, ya que es lo único que te preocupa; te voy a contar que han sacado hace poco una ley que prohíbe fumar en lugares públicos, no aquí en la playa, pero en los restoranes y oficinas.

—Estarán locos.

—No, no lo están, tu humo termino aspirándolo yo y los demás y bien sabes que produce cáncer.

—¿Y? De algo se tiene uno que morir. ¿Has visto a un muerto arrepentido?

—Claro que no, tú eres el único muerto que conozco.

—Bueno, pensándolo bien, yo tampoco lo sé, quizás alguno que se quedó con algo sin hacer, pero por fumar, honestamente, no lo creo.

—Cuéntame cómo es el cielo?

—Yo no he dicho que estoy en el cielo.

—¿Y dónde estás entonces?

—Qué sé yo, nadie me lo ha aclarado. ¿O tú crees que uno se muere y hay una comisión esperándote y te dan la bienvenida al Cielo, porque usted fue un buen hombre?

—Bueno, yo nunca he sido creyente, que eso lo saqué de ti, y siempre pensé que uno se moría y se acabó, pero ahora, con esto que tú aparezcas, ¿qué crees que piense, capaz que estés en el Purgatorio?

—Yo tampoco lo sé, la verdad es que te mentí un poco, mejor dicho, te quise hacer una broma y no la entendiste, que por pedir algo tan simple como unos cigarrillos me dejaron venir, como si hubiese ganado un concurso, no es cierto, sólo sé que estoy aquí. ¿Y tú, qué sé yo, por qué te apareciste justo ahora, quizás se cumplieron tus deseos de golpearme y eso me hizo regresar? ¿Todavía estás viviendo en San Antonio?

—No, en Santiago, vinimos con la Ester por el fin de semana, yo me arranqué un rato porque me siento agotado, ella está mal, cada día peor, le queda poco, a lo más un par de meses de vida.

—¿Tu mujer, no? ¿Qué le pasa?

—Tiene cáncer, diseminado, en los huesos, en el cerebro, por todas partes, tuve que aprender a colocarle las inyecciones de calmantes. Por eso salí a tomar un poco de aire.

—¿Y fumaba?

—No, papá, no fumaba, nunca ha fumado, es un tumor de la mama.

—¿Viste?

—¿Qué? ¿Crees acaso que la única cagada que te mandaste en la vida fue fumar? Mira, que me faltan dedos en las manos para contarlas. Con el asunto de la mina tuya, estuviste meses desaparecido, sin tener ninguna señal de tu existencia. Te lo voy a contar con pelos y señales, porque nunca se me ha olvidado; toda la familia arranchada donde la abuela. Yo era chico, pero lo recuerdo clarito, la abuela nunca quiso la mamá y la reprochaba como si fuera la culpable de tu ausencia. Una noche me dejaron acostado, con la luz encendida, en esa casa donde los techos eran tan altos colgaba de un largo cordón una ampolleta solitaria, además que en esa época la luz que emitían era una mugre, amarillenta, como mortecina; mamá lloraba en el salón, y tu madre la increpaba. —Mire m'hijita, una mujer debe saber mantener a su marido a su lado —algo así le decía. De algún modo esa escena me marcó, nunca he podido quedarme dormido con una luz encendida, hasta el día de hoy, si ello ocurre, de inmediato aparece el recuerdo.

—La vida tiene tantos matices, cualquier explicación probablemente no la entenderías.

—Espera, ¿te acuerdas cuando me llevabas los veranos en tus viajes de vendedor de libros?, estuviste varios años trabajando en eso para las vacaciones. Ahora te lo voy a decir, me angustiaba cuando te bajabas en todas las estaciones y el tren partía y tú recién regresabas al carro una hora más tarde porque te habías quedado conversando con alguien en otro vagón. Yo me pasaba toda clase de películas, que no habías alcanzado a subir, que tendría que pedir ayuda, que no tenía dinero.

—¡Oye! ¿No querrás ahora que te pida perdón?

—No, supongo que ya no, pero es bueno que te lo haya dicho, siempre me lo tuve guardado, yo sé que no te dabas ni cuenta, todo era así en ese tiempo, nosotros crecíamos solos, jugando en las calles, jamás los padres iban a reuniones del colegio, tampoco nos ayudaban con las tareas y eso que tú que eras profesor, pero tampoco fuiste diferente.

—Espera, no sé cómo será ahora, uno hacía lo mejor que podía. Nuestra infancia fue mucho más dura, tú no tuviste que trabajar a los diez años como yo. Para la Crisis del 31 tuve que hacer cola para alcanzar a comer en las ollas comunes y después con el sueldo miserable que siempre hemos ganado los profesores, tener que mantener una familia y tratar que la pobreza no se note. ¿Por qué crees que debía vender libros en los veranos, ¿tú crees que a nosotros cuando niños nos celebraban los cumpleaños o nos regalaban algo para Navidad? Éramos nueve hermanos, yo fui el único que sacó una profesión.

—Párale, ese cuento ya lo conozco de memoria, que estudiaste de noche y en el día trabajabas en el Diario Ilustrado, no sé cuántas veces me lo has contado.

—Está bien, pero yo creo que es una explicación, cuando la vida lo ha tratado con dureza le moldea el carácter, y uno cree que todo el mundo debe ser igual.

Se paró, se puso los pantalones y unos zapatos con cordones que se veían sumamente gastados, zapatos de pobre, pensé con un poco de tristeza.

—Comprenderás que ando sin una chaucha, espero que me puedas facilitar algunos pesitos para puchos.

—Sí, por aquí cerca venden.

—¿Crees que podríamos ir al lugar del que te hablé? Bueno, si es que existe.

—En 1985, entre paréntesis estamos en el 2006, siglo 21, tercer milenio, sigo, el 85 hubo un terremoto aquí, mucha construcción antigua se vino abajo, de los molos del puerto no quedó nada, las tremendas grúas se cayeron, así es que espero que tu boliche se haya salvado.

No era cerca, caminamos varias cuadras. Él lo hacía mucho más rápido. De pronto tomó carrera y le dio un puntapié a una piedra de la vereda, salió corriendo tras ella y la siguió golpeando, haciendo *zigzag* por más de media cuadra, mientras murmuraba como si estuviera transmitiendo un partido de fútbol. Me esperó en la esquina, me miró con una sonrisa. —En el Liceo siempre me jugaba una pichanga con los muchachos más grandes. ¿Sabes?, no era malo, claro que los desgraciados se aprovechaban para patearme de lo lindo, tú sabes el profe de matemáticas siempre era el más odiado. No sé por qué en este país seremos tan malos para las matemáticas, supongo que para el fútbol seguimos igual, podridos de malos, me acuerdo que para el 54 ó 55, algo así, fui a ver la final de un Sudamericano, jugábamos con Argentina, quedó una tremenda embarrada, con varios muertos cuando el público que quería comprar entradas botó las rejas, logré quedar sentado en las escalinatas, y para qué te digo, perdimos uno por cero.

—Ese cuento me lo sé de memoria, supongo que ahora no tienes porqué saber que ya lo conocía.

No le gustó mi interrupción y seguimos andando en silencio. A ratos parecía desorientado, aunque aclaró que estaba todo igual, igual de pobre y viejo, sólo los automóviles le llamaban la atención. —¿Todavía fabrican Citronetas? —preguntó con una nostalgia que le brillaba en los ojos. —¿Te acuerdas de nuestra Citro? Harto noble. ¡Oye! La cabaña de Leida, ¿existe todavía?

—Sí, existe, no se puede vender tampoco, pues legalmente nunca fue tuya, hay un lío de posesión efectiva que no tiene solución, a menos que a los nueve hermanitos se les ocurra resucitar y vayan todos juntos a una notaría.

—Ji, ji, ji.

—En tiempos de la UP, del gobierno de Allende, antes del Golpe, tuvimos que defenderla de los camioneros que organizaron allí un boicot con miles de camiones estacionados en huelga, eso nos cagó, los Momios de la zona nos tildaron de Upelientos. Al poco tiempo del Golpe me tomaron preso, me pasé más de un mes en Tejas Verde. Bajo el puente nos hicieron construir unas casuchas de madera, de ahí nos sacaban vendados y nos llevaban al regimiento donde nos sacaban la mierda, por mucho tiempo tuve una especie de parálisis en los brazos porque me tuvieron como un día colgando de unos palos. Jorge alcanzó a arrancar y lo asilaron en una embajada, con mucha suerte, porque al que no era importante no le daban pelota en las embajadas.

—¿Y te torturaron?

—Eso te estoy contando, fue una suerte que no me mataran. Hubo cientos de muertos, ahora han declarado que a muchos los tiraron al mar.

—¿Vivos?

—No se sabe.

—¡Qué mierda, pero qué mierda! ¡Puchas! ¿Sabes hijo?, era lo último que podría imaginarme que en Chile pasaran esas cosas, éramos tan orgullosos de sentirnos distintos, los ingleses de Sudamérica.

—Sí, pero era sólo porque consumíamos mucho té.

—No me lo puedo creer. ¿Y cuánto tiempo estuvieron?

—Diecisiete años.

—No. ¡Por la mierda!

—Sí, qué mierda, es algo que no me gusta contar, ni a mi mujer, a nadie, cuando sale el tema trato de aminorarlo, jamás doy los detalles. En ese tiempo los demás te miraban sin creer que pudiera ser cierto, hasta tus amigos suponían que exagerabas o incluso que las torturas eran inventos para desprestigiar a los milicos. Cuando aparecían cadáveres acribillados o degollados, ¿te das cuenta, degollados?, en las calles, en los potreros o flotando en el Mapocho, había una frasecita que me producía un intenso dolor, aquí, en el pecho: —En algo estarían metidos sentenciaban y te quedaban mirando, y después te lanzaban —tú tuviste suerte, porque estuviste preso de puro imbécil. ¿Quién te mandó a meterte con esa gente?

—¿Y tú qué les decías?

—Nada, estuvimos por años condenados a callar, comiéndonos la rabia y por sobre todo la pena, humillándonos a diario para conservar la pega, debiendo soportar las burlas que se hacían sobre conocidos que habían caído en desgracia. Hubo vecinos del barrio que no me saludaron en una cola del supermercado, nos conocíamos de años, habíamos compartido asados varias veces en nuestras casas.

—¿En qué trabajabas?

—¿Qué crees? En un banco, era el único trabajo para alguien sin posibilidades de seguir estudiando, ahí también las pasé duras, la verdad es que me habían despedido, pero gracias a un amigo del veterinario de mamá, me las arreglé, pero estuve postergado por mucho tiempo. Para más, en los últimos años llegaron los ingenieros comerciales que arrasaron con los cargos más altos y sonamos, tuve la suerte de no cambiarme de Caja de Previsión y me jubilé mejor que el montón.

—Ahí tienes el tema para la novela.

—¡Qué novela! No me creerás, pero ya nadie lee, como antes me refiero, sólo por placer, la tele, la tele nos mató a todos, es la entretención del planeta y claro que es entretenida, ¿para qué voy a mentirte? Gratis, la ves cómodamente en tu casa y no haces ningún esfuerzo. Bueno, de repente surge un libro de atracción mundial, *bestseller* -mejor vendido- te lo traduzco porque sé que nunca le pegaste al inglés, y hasta los chilenitos parten como locos a comprarlo, no sé si para leerlo, que eso es otra cosa; somos unos copiones inimaginables, si no lo has leído pasas a ser un alienígena en un mundo globalizado -jí,jí,jí- ahora te embarré yo, porque no entendiste ni una sílaba.

—¿De qué?

—De eso del mundo global, o incluso, la aldea global, eso somos ahora, pero es algo demasiado nuevo, con muchas aristas y hasta cosas simpáticas, que tendría que estar un día dándote detalles, pero que para qué te los voy a contar, si no sé cuanto tiempo vas a estar y para qué te va a servir.

—Me volviste a pegar en los cachos, dale con echarme, ¿y si te dijera que me quedo para siempre, qué harías conmigo, llevarme para tu casa?

—Lógico que sí, no te voy a dejar botado, ¿sabes?, partiría por comprarte zapatos. ¡Ya no me hagas ponerme sentimental! Que ahora de viejo, con los años me he puesto bien llorón.

Nos abrazamos en plena calle, y como ya dije que estoy viejo y sentimental me puse a lloriquear en su hombro.

—¿Me perdonas la patada?

—Lógico, ya lo hice, creo que nos haría bien un trago —me deslizó cerca del oído.

—Bueno, ya, yo no acostumbro tomar, sólo en las fiestas, pero...

Entramos a una pequeña fonda de una calle que se encaramaba por el cerro, mi padre se acomodó en una mesa del fondo, cerca de una ventana y desde allí paseaba la vista por los muros y una escalera de madera que llevaba al segundo piso.

—Violetera de España, tú en tierra extraña, vives para el recuerdo de aquel amor...

—¡Oye! ¿Qué estas cantando?

—A principios de los 50 vino a Chile una cantante española, una mujer macanuda, estupenda, había trabajado en una película donde cantaban esa canción. Me encantaba.

—¿Este era el boliche?

—Sí, era, pero está muy distinto, en los muros había fotos de artistas, yo traje una de la cantante ésa, que apareció en los diarios. La mujer que lo atendía era la dueña y, lo que es la vida, no me puedo acordar como se llamaba. ¿Qué pedimos, una cubas libres o un jarrito de tinto?

—Tinto.

—¿Te gusta el tinto?

—No, no es por eso, yo también me acordé de una canción. A veces, cuando habló de ti con amigos, siempre cuento sólo las cosas buenas, aunque fueran pocas, y te nombro como mi viejo, a ti nunca te dije así porque yo era niño, no sé, pero ahora se acostumbra llamar mi viejo al papá, y la canción, esa que recordé habla del padre, o sea del viejo y que a él le gustaba el vino tinto, y asocié todo eso y como ves todo es difícil de explicar, porque tú no sabes nada de lo que ocurre actualmente y si uno lo explica todo, es como los chistes, se pierde toda la gracia. *Sorry*.

—¿*Sorry*?

—Lo siento.

—¿Qué sientes?

—No, *sorry* quiere decir lo siento. Sabes que más, toma, fúmate un cigarrillo y salud. ¿Crees que debería decir por el gusto de estar contigo?

—No sé, no sé si para ti es un gusto, para mí es una experiencia inesperada, además que nunca me había tomado un trago con un hijo, menos en este local, que era como un escondite secreto.

—¿Por qué tan secreto?

—Para pasar las penas, la vida tan mezquina, tratando siempre de sacar adelante unos proyectos que, si uno lo piensa bien, eran tan pequeños y así y todo casi siempre imposibles y tú que crees que mi vida fue una fiesta.

—¿Y aquí te escondías?

—No, no era esconderse, venía aquí con unos compadres y nos jugábamos de vez en cuando unas partidas de Dominó, con unas Pilsener y una pichanga para entretener el buche. Doña Teresa, así se llamaba la dueña, por fin me acordé, era una buena mujer.

—Sí, y a veces te fiaba.

—Te lo había contado, a todos nos fiaba, y hasta nos daba consejos, lueguito nos mandaba para la casa cuando veía que se nos estaba pasando la mano con el trago.

—A propósito de casa —dije, sacando mi celular para avisarle a Ester.

—¿Una radio a pilas?

—No, papá, esto es un teléfono, con él se puede llamar a cualquier país, a Estados Unidos o Europa. Espérame y te lo explico.

—Ester, ¿cómo te sientes?

—Qué bueno, me voy a demorar un poco, me encontré con un amigo que no veía hace años.

—No, no lo conoces, probablemente lo lleve para allá.

—No sé, no mucho rato, cualquier cosa, llámame. Chao.

—¿Eso es un teléfono? Me estás payaseando.

—Me escuchaste hablar ¿no?

—¡Chutacai!

—Si supieras las cosas maravillosas que se han inventado, imagínate que un fulano mueve un botón aquí en la tierra y eso le da una orden a una antena para que se mueva en la luna o a una nave que va viajando a Júpiter a millones de kilómetros. En cien años más, no quiero ni pensarlo.

—Se acabará el mundo.

—¿Por qué?

—No sé, se me ocurrió, pensé en las novelas de ficción con marcianos que nos invadían y cosas así.

—No hay marcianos, eso ya se sabe, y es poco probable que en el sistema solar exista vida como la nuestra. Las condiciones de los planetas no lo permiten, para ir a la luna se debe llevar hasta el oxígeno, allá no hay, aunque parece que en Marte hay agua.

—¿Y todo eso ha hecho al hombre más inteligente?

—Te pusiste filósofo, depende de lo que se llame inteligencia. A propósito de inteligencia, ¿viste en la cajetilla de cigarrillos la foto de un hombre con un hoyito en la garganta?

—¿Y fumaba por ahí?

—No. ¿Cómo se te ocurre? Jo, jo, jo. ¿Sabes?, me estoy riendo como el viejo pascuero, debe ser el vinito.

—¿Pedimos otro, no te saldrá muy salado, hijo?

—¡Échale no más!

—¡Ah, bigoteado el diablo!

—¿Eso es malo?

—No, le pega la lengua a uno, le cambia el habla y hasta la risa. ¡Jo, jo, jo!

—Y empiezas hablar puras huevadas. ¡Perdona! Nunca había dicho garabatos delante de ti, en la casa no se decía ni poto.

—No importa, ya somos hombres.

—Tú nos decías esa famosa frasecita tuya: —Eso es soez —pues que —eso es soez —que era como un trabalenguas, pero también un reto. Si supieras, ahora todo el mundo habla a puro garabato, todo es huevón y huevada, en los diarios y hasta por la televisión. Con decirte que según la Real Academia ahora la palabra huevón puede entenderse como sinónimo de amigo o compadre.

—O sea que evolucionamos.

—Bien discutible, pero sí, creo que, aunque sea a garabatos, hay más honestidad en las familias, no hay situaciones secretas que se le oculten a los menores, como el asunto de la mina tuya, de la que me enteré porque escuché hablar a los mayores.

—¡Dale con la mina!

—¿Y qué quieres?

—Que es un asunto tan viejo, todos estamos muertos y tú no nos perdonas. ¿No crees que uno pueda volver a enamorarse?

—Pero no abandonar a la familia.

—Tu madre me echó de la casa. ¿Podemos pedir otro jarrito?

—Bueno.

—¿Pero no saldrá muy caro?

—No huevón, amigo, compadre.

—La mina esa, como tú le dices, se llamaba Gilda, compadre, me parece bien eso, como la de un tango, le gustaba bailar conmigo, se hacía un moño pequeñito aquí atrás, a pesar que tenía el pelo largo y negro, se parecía a la española, la que te dije. Era la mujer más noble que jamás he conocido, perdóname si crees que al decirlo descalifico a tu mamá; tenía como diez años menos que yo, cuando pasó lo que pasó, se había quedado embarazada, ella solita, sin pedirme nada se hizo un aborto, remedios, le decían antes. No sé cómo lo supo tu madre y ahí quedó la cagada. De un día para otro, sin que yo ni siquiera me lo maliciara, se fue, sin más, se fue, me dejó una carta, porque así era antes, todo se decía por carta, ahora supongo que se llamarán por ese teléfono tuyo desde Japón o desde la punta del cerro —no quería destruir mi matrimonio —eso me dijo, sólo que me destruyó el alma, no supe adonde se fue, aunque para ser franco, quizás podría a haberla buscado, pero me acobardé, ya había regresado a la casa, y el asunto se terminó y no tenía vuelta. —Todo se acaba en la vida —solía decir un viejo compinche del Dominó, cuando la Teresa nos negaba el trago.

—¿Y este local tiene que ver con ella?

—Sí y no, aquí nos conocimos, por casualidad, pero después nunca más volvimos juntos. Hace un rato pasamos frente a su casa, yo no quise mirarla, me dio cosas, ¿no sé qué? Y me puse a chutear una piedra para disimular y alejarme rápido, pero me latió, bueno, bueno, es que parece que todavía estoy vivo.

—¿Viniste para saber de ella?

—Claro que no, te dije que se fue de del puerto, además que se murió.

—¿Cómo lo sabes, la has visto allá?

—¡Dale!, a ver, te he dicho que yo no comparto con nadie, no me ando paseando por las nubes con los angelitos y tampoco me estoy quemando en una hoguera.

—¡Viste, quizás es el Purgatorio!

—¡Qué Purgatorio, no sea ridículo! Déjame contarte, ella murió antes que yo, era Tía, de esas que ayudan a las parvularias en los jardines infantiles. Se había ido a un pueblo del norte, no me acuerdo, parece que a Illapel, todo esto lo supe más tarde, se contagió con un niño y le vino meningitis. Teníamos un conocido en común que me lo contó meses después. Lo tuyo con tu hijo muerto debe haber sido un dolor terrible.

—Bueno es un tema que no me gusta tocar, no lo tolero, de alguna manera uno se siente culpable.

—¿Culpable?

—Por la crianza, uno cree que lo hace bien, que conoce a sus hijos y de repente despiertas sabiendo que tu hijo se murió junto a una mata de curados que chocaron con un poste y que el único muerto fue él, que salió volando por el parabrisas.

—Perdona, no quería causarte dolor.

—No te preocupes, tú no tienes la culpa, así es la vida. ¿Te cuento una cosa?

—¿Qué?

—Que la española, esa que no recuerdas, está vivita y coleando.

—¿Y cómo lo sabes?

—Porque a mí también me gustaba, tenía unas piernas preciosas.

—¿Y está viva?

—Sí, hombre, ya no es una niña de veinte como la recuerdas, pero igual de hermosa, sólo que ahora está rubia, todas las morenas se enrubian, según dicen el pelo negro les endurece el rostro; mi Ester también se teñía, cuando tenía pelo, en todo caso es mejor que las canas.

—Así que también te gustaba, pero eras bien chico.

—La Carmen Sevilla, papá, ¿cómo no te vas a acordar?

—¡Pero qué bruto! Carmen de España valiente, yo soy la Carmen de España y soy cristiana y decente. ¡Pero qué idiota si hasta de la canción me acordaba!

—No te quiero decirte que tu olvido sea causado por la edad, porque ahora yo soy más viejo que tú, mejor digamos que es por el largo encierro.

—Con que no digas que es culpa del pucho.

—En una de esas.

—Cuéntame mejor. ¿Qué me he perdido por culpa de mis puchitos? ¡Oye en serio! ¿Nunca has fumado?

—Yo creo que sí, una vez.

—Fúmate uno, anda.

—¡Cof, cof, cof!

—No los aspires, sólo chúpalo.

—El padre del año, enseñándole a fumar a su hijo adolescente. —¡Cof, cof, cof, jo, jo! —Bueno, te perdiste la revolución de las flores, los sucesos de mayo del 68 en París, estoy pensando en episodios históricos para disfrutarlos, fueron explosiones de libertad a nivel mundial, jóvenes tomándose las universidades, exigiendo el retiro de los grupos conservadores, los mismos con los que tú te enfrentabas junto a tus amigotes Radicales, abogando por la enseñanza pública. Me acuerdo que siempre hablabas con tanto orgullo de don Pedro Aguirre Cerda.

—Don Tinto. ¡Qué tiempos! Bueno, pero, ¿qué quedó de todo eso?

—Uno no lo nota, pero siempre queda algo, la libertad se va ganando espacios de a poquito, los mitos y las restricciones religiosas van desapareciendo cuando se acaba el temor. ¿Sabes?, está de moda un cómico en la televisión que dice: ¡Muy buena la pregunta, viejo tal por cual, rechupa de tu mama o cualquier insulto! Y sí, ¿sabes que es buena la pregunta?, porque yo nunca lo había pensado. Pero es cosa de comparar, el mundo que tú dejaste no tiene nada, nada que ver con el nuestro. En Estados Unidos, después de cien años de la guerra de secesión los vapuleados negros pueden usar el mismo baño, o ir a la misma escuela que los blancos; las chicas que para demostrar su protesta se sacaban los sostenes, terminaron imponiendo la moda, en Europa no se usan en las playas, ni siquiera en España, con lo pechoños que siempre han sido, entre paréntesis, se murió Franco después de como 40 años de dictadura, no lo vas a creer, ahora tienen rey.

—¿Rey?

—Sí, pero con democracia.

—O sea que volvieron a la edad media. ¡Qué planeta de payasos!

—No es para tanto.

—¿Y de lo malo, de qué me salvé?

—El mejor ejemplo fuimos nosotros, los chilenos, lo hicimos todo mal, estamos tratando de arreglarlo para volver a ser normales, hasta tenemos presidenta mujer.

—A propósito de mujer, ¿no tendrás que ponerle la inyección a tu esposa?

—¡Uy, cómo se ha pasado la hora! Vamos, yo estoy alojado en una residencial, pero debe haber una pieza desocupada, allá nos acomodamos.

—No, no, por ningún motivo, no vine a ocasionar problemas. ¿Cómo me vas a presentar? Mi papito que estaba muerto, pero se le ocurrió venir a jodernos la vida. No tengo identidad como ser vivo. ¿Te das cuenta?

—Sí, pero ¿qué vas hacer, no te vas a quedar en la calle? Supongo que tendrás hambre, porque sed, no me cabe dudas, que tenías.

—No, no te preocupes, tengo que regresar, ¿pensaste que me podía quedar para siempre?

—No sé.

—Para mí es como un sueño, poder estirarme por un par de horas, después de tanto encogimiento, además de fumarme un pucho, bueno y verte, conocer a un tipo que me pareció al comienzo tan extraño y que resultó ser mi hijo, además que yo creo que no somos tan diferentes, porque que nos gustan las mismas mujeres.

—¿Te vas por la playa?

—Da lo mismo.

—Te acompaño.

—Sí, pero me preocupa tu mujer. ¿Sabes por qué?, cuando yo estaba en las últimas, a tu madre se le notaba el cansancio, sólo quería que estirara la pata pronto. Lo entiendo, pero dolía, no quiero que a ella le pase lo mismo. Ni siquiera la conozco, pero es algo medio solidario, y mal que mal es mi nuera. ¿Cómo es, se parece a alguien, no tienes alguna fotografía?

—Es, era una mujer bastante alegre, pero ahora... ¡Mira! Aquí tengo una foto más o menos actual. Recién le estaba creciendo el pelo, por las quimio, las drogas para el cáncer.

—¿Y eso no era un teléfono?

—Bueno, así son las cosas ahora, saca fotos, guarda música, hace cálculos, te despierta en la mañana, te avisa o recuerda compromisos, cumpleaños, todo lo que se te ocurra, yo no lo sé usar muy bien. El costo mensual lo paga Andrés, porque con los remedios de Ester ando medio corto en estos momentos.

—¿Y de tu hijo, de Andrés, tienes alguna foto ahí?

—Sí, pues, pero espera, ya te dije que yo no le pego mucho a esto, ahí están, ¡mira!

—¡Oye, bien bonita tu familia! ¿Esos niños son tus nietos?

—Sí, tus bisnietos.

—Y del que falleció, ¿no tienes una?

—No, no existían estas cosas, esto es bien nuevo, pero hasta los niños de colegio lo llevan a clases. Hace un tiempo en un matrimonio que fui, antes de empezar el cura dijo, apaguen los celulares, imagínate 300 personas en la iglesia, de seguro que eran 300 celulares. Pero como somos chilenos, —el Arauco indómito —decía mi jefe en el banco, lógicamente igual sonaron 2 ó 3 llamadas. Todos dieron vuelta la cabeza para mirar a los infractores, pero ¿qué crees? Caras duras,

igual siguieron hablando, puras tonteras, como el 99%
de las llamadas que se hacen. ¡Quédate donde estás,
que te voy a sacar una!

—Digo Whisky, así se decía en mi tiempo.

—Todavía, la diferencia que el Whisky ahora es
súper barato. Saliste muy bien. ¡Mira!

—Y sale altiro. Rebuena.

—Ven, acércate, así salimos los dos juntos.

—¿Se puede?

—¿Viste?

—Sí, sí.

—¿Qué vas a contar cuando te vean las fotos?

—Si digo que encontré en una playa a mi padre
muerto hace cincuenta años, nadie me lo va a creer, si
les muestro la foto, dirán, que era alguien que se
parecía y que me estuvo tomando el pelo. No tengo
remedio, en todo caso la foto es para mí.

—¡Oye! ¿Qué estás haciendo?

—Me empeloto.

—¿Estás loco?

—¿Y cómo tú?

—Pero yo estoy muerto, además, ¿no se te ocurrirá bañarte?

—¿Por qué no? No quiero que te vayas con la idea de que tuviste un hijo pusilánime o puti no sé cuánto, como me llamaste.

—Te curaste.

—No, allá voy. ¡Yapayapayuuu!

—¡Cuidado con las rocas! ¡Puchas el cabro pajarón!

—Helada, sí, más helada que la mierda.

—Trota un poco para entrar en calor. ¿En qué mes estamos?

—En Noviembre, ¿por qué, algo especial?

—No, estaba pensando por qué no había nadie en la playa.

—Aquí nunca hay nadie, estás no son playas para bañarse.

—Bueno, ya sé que eres bien hombrecito, por suerte no te ahogaste, más de alguien habría dicho, claro, el padre muerto lo vino a buscar.

—De veras, no se me había ocurrido, porque todo ha sido medio raro, en la playa, nadie, en el restaurante sólo la chica que trajo el vino, me voy a pellizcar para ver que no estoy soñando. Bueno parece que no, pero no sé qué pasa en los sueños si uno se pellizca.

—Filósofo.

—Nada que ver.

—Espérame que me voy a echar una meadita detrás de esas piedras.

Volvió agitando el índice.   —Hijo, ¿te has preocupado de la próstata, porque estás en edad? —me dijo riendo.

—Sí, pero por si acaso, no me han metido el dedito donde tú crees, ahora uno se hace el antígeno, que es un examen de sangre y una ecografía y listo. ¿Te acuerdas de la Phillips-Shaver? Tú tenías una.

—Sí.

—La ecografía es un examen increíble, te pasan por la guata una cosita así como la Phillips-Shaver y te ven todo por adentro.

—Como los rayos X.

—Es que es distinto, a las embarazadas le pueden decir hasta el sexo de la guagua o si viene con alguna enfermedad.

—Interesante, pero creo que llegó la hora de despedirnos.

—Espera, deja contarte que yo también tuve otra mujer.

—¿Y qué, crees que es una gracia?

—No, pero como tú me lo confidenciaste, pensé que me correspondía.

—¿Y qué pasó?

—Nada, anduvimos varios años, era del banco, pero casada, así es que nunca me pidió nada, sólo que nunca supe si su hija menor era mía. Actualmente se puede hacer un examen del contenido íntimo de cada célula y se puede determinar con absoluta certeza la paternidad o la identidad de un individuo, por ejemplo, si a ti te examinaran una célula, la pueden sacar de la boca con un pincelito, te hacen el examen de ADN, que así se llama, y determinan que en verdad eres mi padre o un tipo bien parecido a él.

—Muchos avances, ¿crees que lograrán que los seres humanos sean más felices?

—La felicidad, como todo lo que se quiere comparar, necesita de una medida. En el país de los ciegos el tuerto es rey, es una manera de medir el bienestar, no significa que el tuerto sea más feliz, sin embargo, no siempre aceptamos el bienestar como sinónimo de felicidad. El bienestar sin duda ha aumentado con la tecnología a pasos agigantados, sin embargo, como siempre, han surgido grupos que proponen un regreso a la naturaleza y que se oponen a toda suerte de desarrollo, supongo que eso los hace a ellos más felices, lógicamente al resto del planeta no nos convencen, después de todo tenemos derecho a la tecnología, es el fruto del trabajo y el ingenio de las generaciones que nos precedieron, o sea de nuestros padres y abuelos, cada cual aportando su granito de arena.

—Yo creo que no aporté ninguno.

—¡Cómo que no! Si fuiste profesor.

—Pero el profe de matemáticas nunca ha hecho feliz a nadie.

—A mí, sí, especialmente hoy, capaz que todo esto sea obra de las amigas de la Ester, que han recurrido a toda clase de secretos de naturaleza para alargarle la vida, y qué sé yo si hicieron alguna brujería y tú apareciste —total nada se pierde —me recriminan ante mi escepticismo.

—En una de esas existe la magia. ¿Qué pediste para tu cumpleaños?

—No que te aparecieras, fue algo respecto a Ester. En todo caso, veo que ella está sufriendo, no creo que sea bueno alargarle la vida.

—Pero no se lo hagas saber, que no te pase lo que a tu madre conmigo.

—Sí te lo entendí.

—Ya, ahora te dejo.

—¿A dónde irás?

—No lo sé, me iré caminando hacia el norte, con buen tranco puedo llegar al cementerio de Illapel, que la Gilda debe estar en uno de esos cementerios de pueblo, en una tumba abandonada y sin flores, en verdad que me gustaría visitarla.

—¿No lo dices en serio?

—No es una broma, pero igual me iré hacia el norte, sólo porque me tinca.

—¿Cuánto calzas?

—41.

—Igual que yo, quiero hacerte un regalo, así yo también me quedo con algo tuyo.

—¿Qué cosa?

—Te cambio los zapatos, quizás tú tengas que caminar mucho. Toma. ¿Cómo te quedan?

—Perfectos, se ven como nuevos, gracias, hijo. Cuando niño, y la suela se gastaba mi madre nos ponía un pedazo de cartón para tapar el hoyo, pero igual entraba el agua.

—Ya chao, chao padre, papá.

Nos abrazamos un largo rato.

—Vas a llegar pasado a vino.

—Tú también.

—Pero a mí nadie me reta, bueno, ahora.

—Chao, ¿crees que nos veremos de nuevo?

—¿Qué sé yo? De eso tampoco entiendo.

—Espera, llévate los puchos y unos pesos para comprarte algo.

—Gracias, amigo, huevón, compadre.

Se alejó por la playa. Cuando ya se iba a perder de vista, levantó la mano, me hizo el último saludo y sencillamente se desvaneció. Llamé a Ester. Estaba bien. Entonces me quedé un rato más en la playa. Pronto sería la puesta de sol, aunque estaba un poco, sólo un poco nublado. Me miré los zapatos pelados, y con la punta algo levantada, no tenía hoyos en la suela para ponerles un cartón, y como he dicho que con los años me he puesto viejo y llorón, no pude impedir un sollozo, en verdad muchos sollozos.

Isóceles

(Del griego: iguales piernas)

Alicia

C omo en las salas de cine las luces comenzaron a palidecer –o a oscurecer, debería decir– Alicia no pudo hilvanar el pensamiento y sintió que se deslizaba por un agujero gigantescamente largo, sin fin. Le sobraba el aire, alguien le estaba inflando los pulmones, como a un niño que lo obligan a comer, pero ello no calmaba el dolor y cada tosido era una tortura, las piernas, el pecho, todo le provocaba un quejido. Después la oscuridad se hizo de piedra.

Cuando volvió la luz, también lo hizo suavemente. En un momento tuvo la seguridad de que abría los ojos. Quizás aún no amanecía y la luminosidad era escasa, era la conciencia que regresaba -se le ocurrió- quiso mover los brazos y ya no tenía dolor, también lo hizo con las piernas y era como si un milagro hubiese ocurrido. Se sentó.

Sus brazos estaban conectados a los tubos por donde bajaban los sueros; sobre la piel del estómago se tocó unas mangueras; en la garganta un tubo que le inflaba el pecho. No había nadie en su derredor. Giró bajando las piernas de la alta cama de hierro. No se parecían a sus piernas, penosamente delgadas, y esa visión le despertó un recuerdo: percibió vívidamente una imagen de sí misma, desnuda sobre una cama, con sus hermosas piernas levantadas, las uñas de los pies pintadas de rojo, mientras los dedos gordos jugaban con un calzón de encaje. Ella reía, el hombre a su lado también.

Desconectó los aparatos y caminó por la sala, se sentía débil, las piernas escasamente resistían al cuerpo. Necesitaba con urgencia mirarse en un espejo -¡Cómo había enflaquecido!- La habitación tenía amplias ventanas que daban a los pasillos del hospital. Tenía la sensación de estar haciendo algo no permitido, cerró las celosías y espió por las rendijas. Se retiró entonces los cables y tubos que aún la ataban a la cama, después se sacó el camisón. Los huesos de la cadera y costillas se hicieron visibles, el busto había desaparecido, parecía una radiografía, una foto de campo de concentración. Se colocó como única prenda un abrigo y unas zapatillas que alguien dejó abandonadas. Se pasó la mano para alisarse el cabello, pero se lo habían recortado y apenas una pelusa le cubrían el cráneo. Entonces huyó.

El taxi la dejó en la puerta de su casa, no tenía dinero, atravesó el jardín que le pareció bastante descuidado, de haber alguien en casa pagarían por el auto. Pero respondieron a sus llamadas dos personas absolutamente extrañas que la miraban con recelo. —¿Estaré loca? —. Se le pasó por la mente, pero no, no había confundido el número, era su casa, cambiada, sin sus cosas, pensó al atisbar por la abertura de la puerta. —Carlos, Carlos Alvarado, un abogado, soy su esposa. —No, ahí no vivía ningún señor con ese nombre—. Miró las casas del vecindario, había algo diferente, pero seguía siendo la misma calle, de eso no tenía dudas. Podría recurrir a la señora del lado, pero no logró recordar su nombre, o mejor a su hermana Inés, eso era más fácil. Volvió al automóvil. —Sí, a casa de Inés —le indicó al chofer.

No hacía frío, era la hora del crepúsculo, algunos árboles estaban floreciendo, parecía una tarde de primavera. Se percató que estaba desorientada, no sabía que día era, ni qué mes. —¿Qué día es hoy? —Martes —le respondieron y no se atrevió a más. Habían llegado.

Griselda, su nana por años le abrió la puerta, pero en vez de recibirla, retrocedió, mirándola con espanto, como si tuviera delante a una resucitada, no le salía el habla. —Señora, señora —tartamudeaba—. Caminaba hacia adentro, por fin gritó a los de la casa. —Don Carlos, la señora Alicia, bajen, bajen todos.

Sus muebles, su lámpara de pedestal en un rincón. —¿Qué hacían sus cosas en casa de Inés?—. Griselda se retorcía las manos sin saber qué hacer, ni siquiera la había saludado, ahora se estrujaba el delantal en medio de una crisis. —¿Y su hija Andrea, también estaría aquí?

Fueron bajando de a uno. Carlos lo hizo lentamente, como buscando palabras entre peldaño y peldaño. Se dirigió a ella mirándola directamente a los ojos, sin emitir sonidos, como queriendo adivinar algo, la tomó de ambas manos. —Alicia, ¿qué ha pasado, qué haces aquí?

Ella levantó los hombros, asustada, también perpleja, era su esposa ¿no? —Acaso estoy muerta —se le pasó por la cabeza. Entonces una chica en *jeans*, delgada, quizás más alta que ella misma, se detuvo en el rellano de la escala, su Andreita de seis años, porque, sí, era su hija, convertida en una adolescente. Alicia sintió que un escalofrío la recorría, recordó que estaba desnuda bajo el abrigo, pero no era por eso, su estremecimiento era por un temor incontenible, no entendía que estaba pasando, o más bien, qué había pasado. La chica también bajó con desgano, dudando, no sabía cómo hacerlo. —Mamá —dijo por fin, pero era como si se estuviera cuestionando, si en verdad esa mujer flaca, sin cabello, metida dentro de un abrigo demasiado grande era en realidad su madre, o es que quizás todos, todos eran incapaces de despertar de un mal sueño.

La última en bajar fue Inés. Su hermana tres años menor había aumentado de peso, venía llorando, pero al doblar el descanso de la escala soltó un chorro de lamentos y apurando el paso en los últimos escalones corrió a abrazarla.

Esa noche Alicia durmió, o trató de hacerlo, en un sofá-cama que le habilitaron. Su hija le prestó algunas prendas de vestir. Habían pasado siete años, -casi ocho- rectificó Inés, en coma profundo en el hospital. No recordaba nada. Fue una noche de desvelos, Carlos convivía con su hermana, con su propia hermana y una especie de borras amargas se le revolvían en el estómago, pero no le daba pena, más bien asco, pero su hija, Andrea también la había tratado como a una extraña, una intrusa que venía a romper la convivencia familiar. Ella acostada en un sofá y su hermana encamada con su marido, era increíble. Lo peor era pensar en el futuro, ella era la esposa legítima, ellos no estaban casados, sólo convivían, no podían casarse si ella estaba viva, —¿quizás cuántas veces habrán deseado su muerte? y que todo se normalizase—. Cerca del amanecer, en medio de una de esas preguntas sin respuestas se quedó dormida.

Unos golpes suaves en el hombro la despertaron, Griselda le traía desayuno, como en los viejos tiempo —se le ocurrió —pero con la luz del día vio que la mujer también había envejecido. Todos los habitantes de la casa habían salido a sus actividades. Inés pasaba temprano a dejar a su hijo al jardín. —Sí, tenían un chico de tres años —le confirmó Griselda. Lentamente la nana empezó a relajarse, se sentó a un lado de la cama. Alicia le pedía antecedentes. —Llevan juntos cinco años —le dijo —parece que todo había empezado en sus visitas al hospital, cuando toda esperanza de recuperación se desvaneció.

—¿Usted no recuerda nada del accidente?

Alicia negó con la cabeza, pero hizo un esfuerzo grande por traer algo del pasado a la memoria.

—El señor murió ahí mismo.

—¿Qué señor, Griselda?

La mujer se confundió por un momento. —Don Mario —dijo después con un hilo de voz —era su amigo. ¿No lo recuerda?

Entonces sí. Mario era el hombre que reía a sus espaldas cuando desnuda jugaba con el calzón. Griselda le iba poco a poco refrescando la memoria. El solía recogerla a unas cuadras de distancia y partían a hacer el amor. La nana lo sabía todo, por mucho tiempo fue su confidente, ella le escondía sus aventuras, porque don Mario no había sido el único. Pero debido al tremendo accidente los noticiarios en la televisión la había desenmascarado y todo se supo con escándalo. Había sido un golpe muy fuerte para don Carlos. Alicia levantó una mano —basta —no quería saber más.

Griselda le consiguió un taxi, entonces sobre la camisa que le prestara Andrea se puso el abrigo, en los pies las mismas zapatillas y regresó al hospital.

Sin apremio, porque después de tanto tiempo, parece que ya no se interesaban en vigilarla, sin ayuda de nadie enchufó los tubos y las extrañas conexiones que la mantenían viva pese a su prolongado y profundo estado de coma y se volvió a dormir, como si nada hubiese pasado. Durmió por meses, por años, ya que la Corte de Justicia se negó una vez más a desconectarla de los aparatos, como lo había solicitado tantas veces la familia.

Una sola vez creyó recuperar por unos segundos la lucidez, fue cuando su hija vestida de novia le besaba la frente y el velo le produjo cosquillas al rozarle la nariz. Carlos unos pasos más atrás le pareció a muy mal traer, mientras que Inés se enjugaba las lágrimas en un rincón. Pero fue sólo un instante, después la luz, como en los cines, se fue extinguiendo poco a poco, como si otra película fuera a comenzar.

Inés

L e había pasado muchas veces, no siempre dormida, la campanilla del teléfono la sacaba bruscamente de su sosiego, y tenía la sensación que le taladraba el pecho, que le abría una ventana en las costillas que permitía la entrada a un potente rayo de luz para revolverle las entrañas. Años esperando un anuncio, que por fin sucediera, que falleciera, que descansase, que estirase la pata, que Alicia se decidiese a dejarla vivir, a ser feliz.

Muchas veces había soñado que Alicia despertaba, que su hermana milagrosamente salía del coma, porque lo había leído y había casos así. Ocho, casi nueve años conectada a una máquina y de la noche a la mañana despertaba y vestida sólo con un abrigo para cubrir su cuerpo esquelético llegaba en un taxi (en su absurdo sueño siempre llegaba en taxi) para instalarse en la casa y ni siquiera Andreita sabía cómo comportarse con su madre. Como no tenían dónde hacerla dormir le armaban una cama en la pieza del computador. Algo provisorio; en su estado no podían mandarla a la calle. ¿Pero qué iban a hacer, las dos hermanas conviviendo con el mismo hombre? Lo peor es que debería explicarle que con su marido habían tenido un hijo, ahora de cuatro años, era lo más difícil, pero tendría que entenderlo, mucho tiempo había pasado, las cosas habían cambiado. Alicia seguía siendo legalmente la esposa, pero después de años en un hospital enchufada a un fuelle que le inflaba las escuálidas costillas, mientras los huesos se iban haciendo día a día más prominentes, ¿qué quería, que el mundo se inmovilizara como su cerebro? Sustancia gris que porfiadamente mantenía una escasa actividad que, según los expertos, impedían moralmente desconectarla, dejarla morir o incluso ofrendar sus órganos que tantos pacientes necesitaban para un trasplante.

Seguro que Gricelda, su antigua nana, la pondría al día en todo aquello ocurrido en estos años. La mujer había sabido comportarse, se había ganado su respeto, no su cariño desde luego, incluso podría decir que ya no la temía, porque, aunque Gricelda siempre supo toda la verdad, que ella y Carlos eran amantes, al parecer nunca le había ni siquiera sugerido algo a Andrea; que ello habría sido un desastre; seguramente Carlos, que en este asunto siempre fue el más débil, no lo habría tolerado. Aunque no lo declarase abiertamente, Carlos siempre sostuvo haber sido seducido por ella. Por eso con la antigua nana de Alicia jamás se dijeron nada, el tema sencillamente no se tocó, pero la permanencia de Gricelda en casa, siempre fue una bomba de tiempo, una especie de chantaje: si ustedes algún día me tratan mal, yo hablo. Incluso muchas veces sus amistades se lo sacaban en cara. —¿No te parece que quedarse con el marido y la hija es suficiente, como para conservar también a la empleada?

Toda esta película se la pasaba con frecuencia, a veces comenzaba con la campana del teléfono, otras con el desvelo, o sencillamente –eso se llama la conciencia- le habría dicho un confesor, que, por supuesto nunca tuvo y que jamás sería informado de esta historia trágica, donde se mezclaba el amor, la simple calentura, la compasión y, últimamente, hasta el odio con su pobre hermana que se consumía en una sala del sanatorio para seres abandonados, porque se negaba a morir y la hacía padecer, como si la mano huesuda de su cadáver la mantuviera atrapada a su tumba y ella angustiada pidiera auxilio, pero como en las pesadillas, nadie la escuchaba.

Se levantó, se miró al espejo, Alicia era tres años mayor, hoy cumplía cuarenta. ¿Cómo la encontraría Alicia si despertase? Un poquito más rellena, o sea más gorda. Ella, la de la sonrisa perenne, desde hacía un tiempo tenía el gesto ajado, como de payaso triste, se le ocurrió, y quiso sonreírle al espejo, pero hoy no era el día. Carlos se había negado a asistir, iría sólo con Andrea.

La pieza que ocupa Alicia desde hace más de un año está alejada del ajetreo del sanatorio, ya que nada más se puede hacer por ella. Se la alimenta por una manguera directamente al estómago y por un tubo se la respira con una máquina bulliciosa y pasada de moda, porque las modernas se destinan a pacientes recuperables. Todos los monitores que al comienzo controlaban sus pulsos y latidos le fueron retirados; cuando su corazón se detenga no se la intentará reanimar. Parece lógico. La corte de Justicia en dos oportunidades ha denegado la desconexión solicitada.

Andrea había insistido en celebrar el cumpleaños de su madre. Cuarenta años era un número cabalístico, aunque se sobreviva excluida del planeta tierra, quizás vagando por el espacio, buscando sin encontrar el desembarcadero de los suicidas en el cielo, para acercarse a Dios, ya que le aflige el pecado mortal de quitarse la vida, el último acto de su consciencia que jamás alcanzará a confesar.

La mujer permanecía rígida sobre la cama. Andrea la besó en la frente, sobre la indeleble cicatriz de la sien derecha, huella de una sola bala disparada por su mano temblorosa, esa tarde imposible de tolerar, convertida ahora en un símbolo de su condición. Le deslizó palabras amables, sin esperar respuestas, como quien le habla a sus plantas de interior y les coloca música ambiental para que florezcan más bellas. La torta de cumpleaños no era pequeña, pues sería compartida con el personal que por años la había cuidado.

Andrea salió a buscar fósforos para encender las velas y a reunir a las cuidadoras para cantar el "Cumpleaño Feliz" –como Dios manda– Inés la espero de pie, frente a la cama.

La pieza estaba poco alumbrada. El ruido del respirador mecánico era monótono y por un momento hundió la cabeza entre las manos, pero caminó decidida, muchas veces lo había fantaseado y sin ningún cuidado, de un solo tirón le retiro el tubo que la ventilaba. El respirador se detuvo. Probablemente bastarían unos segundos para que todo finalizase, que por fin la dejara libre, que la dejara ser feliz.

Pero no fue así, y debió retroceder espantada, Alicia se había sentado en la cama y la miraba sin pestañar, con un odio inmenso, con unos ojos terriblemente negros, como nunca los tuvo antes, después carraspeó un par de veces y con voz estertorosa comenzó a insultarla. La había sorprendido haciendo el amor con Carlos. ¡Qué haciendo el amor! Culeando, culeando con su marido. ¡Puta, Puta de mierda! Le gritaba forzando una voz de bisagra oxidada, áspera por años de silencio. Por meses lo había sospechado, por eso los siguió hasta pillarlos en su propia cama, en mi cama, puta mal nacida.

Pero no había sido capaz de soportarlo. —Siempre fue depresiva la Alicia, eso termina por cansarlo a uno —le había señalado Carlos, buscando una excusa, en medio de una crisis de desahogo culpable, pero de ahí a pegarse un tiro, hay una gran diferencia, yo nunca la creí capaz.

Alicia intentó levantarse, tironeando todo lo que la ataba a la cama, demostrando una fuerza incomprensible, para golpearla o asesinarla si tuviera con qué, pero Inés de un empellón la regresó a su posición de cadáver viviente. Sin pensarlo dos veces le introdujo la manguera por el gaznate y la dejó quieta, quieta como si nada hubiera pasado. Por unos instantes pensó en no conectarla al motor, pero las voces del personal que se acercaba la hicieron reaccionar y volvió a su rincón y, con la cabeza entre las manos, lloró, quizás por años debería seguir llorando, era casi una maldición, era su destino.

Carlos

Alicia falleció una mañana. Carlos trabajaba en el Puerto como todos los jueves, la noticia se la dieron por teléfono, sin ninguna preparación. Avisó en la empresa que regresaba a la ciudad, echó una mirada a su escritorio y partió a buscar el auto. Por lo menos una hora de camino.

Manejó con mucha calma, sereno, sin comprender cabalmente que le ocurría, no sentía dolor, era algo tan esperado, después de tantos años. La noticia lo dejó frío. Muchas veces había pensado en todos los detalles para cuando el evento sucediera. Se sorprendió empuñando flojamente el volante con la vista perdida en un punto lejano del camino, recordando.

Fueron casi ocho años, en septiembre ella cumpliría los cuarenta. Alicia estaba de compras en un supermercado cuando presentó un desmayo, algo sencillo, supuso esa vez mientras concurría a una clínica donde la habían llevado. Pero no fue así, se trataba de una hemorragia dentro del cerebro, con escasas posibilidades de recuperación. Ahí había comenzado todo este largo peregrinar. Al comienzo sus oraciones pedían por su recuperación, con el pasar del tiempo, eran sólo una rutina. Sus visitas diarias, absolutamente diarias, nunca había faltado ni un solo día, tenían siempre una ceremonia común, durante unos minutos se hincaba al lado de la cama, le tomaba la mano y rezaba diez "Avemarías", siempre diez. Por cierto, que se negó a la posibilidad de que Alicia fuera desconectada del respirador, tampoco que fuera donante de sus órganos. Nunca lo había pensado, pero ahora sometido a una decisión personal, sentía que ello no encajaba en el plan de Dios.

A veces, sentado a su lado, le contaba en voz alta lo acontecido en la semana, de cómo le iba a Andreita en el colegio, de cómo crecía, de cómo se iba haciendo mujer. Muchas veces sus relatos eran mudos, al fin de cuentas daba lo mismo ya que ella estaba en coma. Otras veces se mezclaban con el llanto, pero en los últimos años hasta podían ser cómicos. Había, sin embargo, ciertos temas que eran tabú, por ejemplo, las dificultades económicas que acarreaba su estadía en el Sanatorio, la necesidad que tuvo de tomar ese trabajo en el Puerto. Otros asuntos eran difíciles de abordar, había un poco de pudor, pero por ser problemas de la familia, los sentía como una obligación. —Bueno, para variar tu hemanita está metida en un lío, tremendo lío, tuvo un accidente, con varias copas de más supongo, se estrellaron con un camión, él falleció, Mario, no sé si te he contado de él, era su jefe y obviamente su amante, perdona que sea tan duro, pero las cosas son así y no puedo andar disfrazándolo todo, se ha quedado sin trabajo y con una cicatriz en la frente, por aquí al lado derecho que parece que se hubiese pegado un tiro, pero eso no es lo peor, está embarazada, a su edad cualquiera sabe cómo se hacen las cosas.

Tiempo después debió escamotearle un poco el asunto, tampoco era fácil de explicar. —Andreita sola en casa necesitaba compañía, la nana, ¿te recuerdas de la Gricelda?, debí despedirla, sólo por problemas de dinero, se entiende, pero no quería decírselo, es tan incómodo hablar de plata, bueno y la Inés que, comprenderás, no tiene donde caerse muerta, ¿crees tú que debería irse a vivir a la casa?, en realidad no a la casa, que ya no vivimos donde mismo, fue necesario achicarse.

Inés ya había llegado al Sanatorio, Alicia había sido por fin desconectada de todo aquello que la ató a ese sobrevivir de años. Su cabeza, sin cabellos había sido cubierta por un pañuelo, Inés la había maquillado y por un instante vio que ambas hermanas tenían un parecido como el de antaño, cuando la gente las creía gemelas. No emitieron palabra, no se dieron la mano, menos un abrazo, sólo se hincaron a su lado, y Carlos sacó el rosario que siempre llevaba en un bolsillo. Terminada la larga letanía él se puso de pie y la ayudó a pararse. —¿Qué hacemos con Andrea?

Decidieron no avisar a la niña que por esos días estaba en su viaje de estudios, se lo comunicarían a su regreso, tampoco fue una decisión fácil. Los trámites en el cementerio fueron sencillos. Carlos tenía todo arreglado, el velatorio se efectuaría en la capilla del Sanatorio. Tal como se habían dado las cosas en estos años, con este largo agonizar, habían perdido todos los amigos; las dos hermanas tampoco tenían más familia, ni siquiera las compañeras de la Andreita estaban en la ciudad. Inés envió a su hijo a casa de su madrina. —No eran cosas que los niños debieran compartir.

Pero fueron acompañados por las cuidadoras de Alicia, aquellas que se turnaban esperando que alguna noche dejara de existir y se les acabara el trabajo. Las mismas que al comienzo guardaban silencio en su presencia, pero que fueron perdiéndole el respeto y ponían la radio a todo volumen y a veces hasta la insultaban, porque tenían que estar acompañándola en vez de asistir a una fiesta.

No eran muchos, hicieron un pequeño círculo en derredor del ataúd y se tomaron de las manos, la de Inés estaba helada, Carlos la asió con flojedad. Inés llevaba tres años en su casa y jamás se habían tomado de la mano, menos por un tiempo tan largo: Ella se deslizaba por los pasillos con sigilo, silenciosa, como si desease ser invisible, sin una gota de pintura en el rostro que pudiera ser llamativa; su hijo que dormía en su habitación nunca lanzó un grito ni un llanto que pudiera ser molesto. Con cierta extrañeza sintió que Inés apretaba su mano y creyó que era su obligación hacer lo mismo, así permanecieron con los dedos cruzados, teniendo la sensación que compartían un secreto. Carlos, desde niño, desde el colegio de los curas, sentía un rechazo al contacto físico; le era molesto el roce de otra piel; si ello ocurría por casualidad, se apresuraba a pedir excusas. El rezo terminó y se sintió aliviado, pero antes de soltarla hizo una suave presión que quería decir gracias y ella respondió con un pestañeo casi imperceptible.

La casa se sentía vacía y aunque nunca estuvo mucho más llena, había una sensación de soledad. Carlos se soltó la corbata y se tiró sobre el sofá, Inés preparó café. Se sentaron frente a frente y no tenían tema para conversar, todo había salido perfecto, sin llantos, después de todo a Alicia mucho se la había llorado por años. Carlos recordó una frase de su madre que siempre encontró cómica. —"Salimos de la funcia"—y aunque nunca entendió muy bien su significado, ¿quizás qué quería decir?, no encontró atinado contárselo a Inés, pero le sacó una sonrisa. Pero ella no sonrió, al contrario, bruscamente se largó a llorar, no con un llanto silencioso como se esperaría de ella, sino ruidosamente, con hipos, con gemidos. Carlos le llevó un vaso de agua, no sabía qué hacer, por último, la abrazó, apoyó su cabeza en el pecho y sin pensarlo comenzó a acariciarle sus cabellos negros y lacios. El llanto fue perdiendo su intensidad, sólo unos espasmos esporádicos recorrían su cuerpo. En realidad, el de ambos, Carlos sentía como esa mujer tan delgada se iba incrustando en su cuerpo, también percibió que olía, un aroma de mujer que tenía olvidado. Sin soltarla separó la cara de su pecho, le echó los cabellos a un lado. A ella le corrían aún las lágrimas y los mocos. Sin recato le restregó la nariz con sus propios dedos y la besó. Inés respondió abrazándolo. Sus labios estaban calientes y la saliva espesa por el llanto, después poco a poco, sin hablarse, se fueron inclinando sobre el sillón, no dejaban de mirarse a los ojos, mientras cada uno le sacaba las ropas al otro. Carlos bajó la vista, era hermosa y apoyó el rostro en su pecho, mientras se hundía en sus carnes. Inés lo asía por el dorso y se llenó de espasmos en el momento del clímax.

Esa mañana despertó temprano, una escasa penumbra se colaba por la celosía, miró a su alrededor: su terno y corbata estaban estirados sobre una silla, sobre ellos un pequeño calzón de encaje. Levantó un tanto la cabeza girando el cuello y vio que por debajo de las sábanas se asomaba un pie de uñas pintadas de rojo. Entonces se sonrió recordando la famosa frase de su madre: "por fin salimos de la funcia".

La mujer del marinero

Despierto

Te despierto

Llovizna fría en el puerto

Sabor a pucho y a mierda

Pago la cuenta

Y nos vamos.

Mar sin luna

Negro el viento

La noche oscura se acuna

Sube y baja

Baja y sube

¡Cómo se mece la barca!

Y en este mar

Negro azul

¡Ay, cómo te recuerdo!

¡Cómo se alarga el camino!

Allá verano, acá invierno

Creía estar viejo para esto

¿Cuántos mares, cuántos nidos?

Venir a pasarle a uno

La vergüenza en la sonrisa

A nadie se lo comento.

Blanco el cielo de mañana

Ya vamos entrando al puerto

Hundo los ojos en tierra

Buscándola entre gaviotas

Vestido rojo, la veo.

Y envuelvo en papel de seda

Los aromas y las perlas

Que del oriente le traigo

Y ya al bajar del portalón

Le envió el primero

El primero de mil besos.

Invisible

Un momento después de mi muerte, me encontré parado en la esquina, silbando, y ahí estaba Mabel, de pie, arqueando la espalda como las embarazadas, a pesar que sólo tenía unas pocas semanas de preñez, eso lo supe después. En realidad, ni sé cómo lo supe. Parece que los muertos se comunican de otra manera, porque se presentan todos los recuerdos juntos y cuesta individualizarlos y ordenarlos en el tiempo. Cuando estaba vivo leí un cuento de una pareja de fallecidos que se encuentran en un tren y todo se confunde, el tiempo y el espacio. Perdón, pero recién se me ocurrió una estupidez, igual la voy a decir: "Nunca había estado muerto", parece obvio, pero quiero expresar que es una experiencia nueva para lo cual no estaba preparado.

Empezó en la mañana, no ésta, pero hace poco tiempo. Un muchacho pasó en bicicleta por la vereda muy cerca de mí y casi me bota. Ni siquiera me dio una excusa, sólo se alejó, como si yo no existiera, como si yo fuera invisible.

A mi edad uno tiene su genio, lo que quiere decir no muy buen genio, no necesariamente se es un energúmeno. Como todos los domingos en casa estaban mis hijos y mis nietos. Entonces se me ocurrió jugar a ser invisible. Eso de jugar debería escribirlo entre comillas, pero nunca me han agradado ni las comillas ni los paréntesis. Porque no era un juego cualquiera, había en ello una buena porción de dolor, de sentirme viejo, ignorado, inservible. Estos sentimientos, en un texto literario, no deben enunciarse, deberían surgirle al lector por el contexto, como el asunto ese de hacer florecer la rosa con que alardeaba Huidobro, pero eso está bien cuando uno está vivo, porque muerto son sólo recuerdos y es mi derecho decir que me sentía miserable y si quieren me creen. Me senté en la terraza, sin saludar, los escuché conversar y a los niños correr. Siempre me gustó silbar, pero ahora me quedé en silencio. Llamaron a la mesa y nadie me había saludado.

Estaba parado en la esquina. En el lado opuesto, Mabel, curvada la espalda, con apenas 23 años, el cabello negrísimo y ensortijado. Tenía un sonreír único, nunca encontré en mi vida algo parecido. Con los años uno hace arqueos, apila como pesas de balanza los recuerdos, los pone a ambos lados, los buenos, los alegres, contra los malos y los dolorosos. Con Mabel el fiel de la balanza siguió oscilando por años, nunca se aquietó. Muchas veces me pregunté si en verdad estuve tan enamorado, o si ese dolor perduró sólo por haberme acobardado. Y ahora ella frente a mí, igual de joven y sin verme, quizás tampoco querría hacerlo. ¿Qué le podría decir, que morí esta mañana? Supongo que de algo como un infarto, fue rápido. ¿Que ya me metieron en el cajón? Unas pocas lágrimas que no me parecieron muy sinceras. No es grato morirse así, yo no estaba enfermo, tampoco tan viejo como para decir que mi deceso era esperado, fue brusco. Me gustaría contarte, a ti, porque siempre fuiste para mí algo especial, que desde hace un tiempo me he vuelto invisible. Me podía pasar horas sentado en un rincón y nadie lo sospechaba, sin silbar nadie lo notaba, —tú te reías porque yo silbaba—. Un recuerdo me lleva a otro, me vino una especie de bochorno de ternura o de pasión. —¿No sé yo cómo se llamará eso? —Tú, parada al otro lado y yo teniéndote desnuda bajo mi cuerpo. ¡Tantas veces que hicimos el amor! ¿Qué edad tendría yo en ese tiempo? Menos de cuarenta. Por eso me resulta absurdo y hasta enojoso que te sigas apareciendo de 23, mientras yo he pasado los setenta, como si sólo yo hubiese envejecido.

La primera vez que lo hicimos lloraste, después me lo explicaste, que sí, que era tu primera vez, yo no tuve conciencia de ello, ahora te lo podría confesar si pudieras oírme. No fue por dolor, dijiste. Lloraste un rato después de hacerlo, fue por esa pérdida cuyo significado los hombres no entendemos. Y a pesar de los años que han pasado, sigo sin entenderlo. A esa edad lo único que uno desea es perder la virginidad, no es exactamente perder la palabra adecuada, es deshacerse de un estigma pasado de moda.

No pensaba morir hoy día, pero no me quejo, ¿de qué podría quejarme? Creo que todo lo que tenía que hacer en la vida, supongo que lo hice, quizás no fue mucho. No sé si fui un buen padre, de tu hijo, me cuesta mucho decir nuestro hijo, obvio que no lo fui, con él no me porté ni bien ni mal, sólo desaparecí. Bueno, que me trasladaron. Quizás mi defensa sería que lo supe tarde. —¿Tú no me creerías? —Uno no sabe cómo llegar a la casa y decirle a su mujer, que hay otra, que además tienes un hijo con ella. —¿Quizás no fui bien hombre? —Seguro, pero capaz que ahora lo haría igual.

Me están llevando a una iglesia, a mí que siempre fui tan ateo, más que ateo, antidioses. Supongo que no me quieren tener en casa, lógico, un muerto en el salón, corriendo los muebles de un lado a otro es algo bien molesto. En una pequeña capilla me instalaron y me dejarán solo en la noche. No sé si eso asusta, tal vez dejan alguna luz como una vela encendida. Es bien tonto que uno se pregunte esas cosas, estar con un muerto da miedo, no tiene explicación, pero es así. Pero cuando el muerto es uno, supongo que no, en todo caso me dedicaré a pasear un rato, porque esto no cansa, uno no hace ningún esfuerzo, aunque cuesta dirigir, iba a decir el cuerpo, obvio que no es el cuerpo, esta cosa. Yo nunca creí que uno tuviera alma, ni menos que se podría ir al cielo, pero igual ando ahora vagando, mirando mi entierro. Quizás cuantos muertos están haciendo lo mismo y en una de esas nos encontramos, pero no sé si podremos vernos unos a otros.

—Del muerto siempre se dicen cosas bonitas, puras falsedades, este viejo fue un carajo toda la vida. —El Raúl. ¿¡Qué me dicen!? El Raulito, el mejor amigo de Cristián, habla así de mí, fumado un cigarrillo en el patio de la iglesia. Claro, no se lo dice a mi hijo, sino a otro que no conozco. ¿Y qué puede saber de mí el muy pelotudo, hijo de puta?

En todo caso me dejó enojado, te lo diría. También me gustaría saber cuál es tu opinión, porque tú sabes, yo sé que lo sabes, que te quise mucho. Cuando era joven yo lo decía en broma: —Ahora que sabes que voy a morir, ¿harías el amor conmigo? —Pero ahora de viejo, ¡de qué amor estaría hablando! Además, que no sabía que iba a morir de verdad. Pero igual me gustaría acariciarte antes de desaparecer. Uno no sabe a dónde lo van a mandar, si es que lo trasladan o se queda para siempre vagando. ¡Es increíble! De algo que de seguro les pasa a todos, en vida no tenemos nada claro, que el cielo, que el infierno, que el Papa dijo que el cielo no es un lugar físico, lo mismo será con el infierno, ahora si no es físico no debe ser tan caliente como se dice. Siempre me reí de estas cosas y honestamente ahora estoy un tanto perplejo. Pregunta: Si algo no es físico, ¿existe?

Yo pensaba dejar grabado un video para mi sepelio, no alcancé, pero la idea no era mala, sería una despedida de la familia, de los amigos. Algo ingenioso, no divertido, pero por ningún motivo moralista ni lleno de consejos para los familiares. La música de fondo, Wagner o Gluck. Espero que la Carmen atine y no ponga una de sus Cumbias o algunos de mis hijos una tontera empalagosa como el Ave María. Por último, mejor que no pongan nada, así puedo oír cuando hablan mal de mí. Ya escuché una opinión; —que siempre fue un Carajo.

—¡Comunista de mierda, huevones resentidos! —¡No pues! No tengo por qué dar explicaciones a nadie sobre mi vida, cada uno resuelve sus cosas como cree que es correcto. Nosotros teníamos un superior, así pasa en todo el mundo con la Justicia Militar, en el Ejército nadie se manda solo. Tampoco se puede uno mostrar débil con el enemigo. Eso se enseña en la primera clase en la academia, si las tropas ven flaquear al jefe, o se amotinan o desertan. Después de todo el hombre es un animal cobarde. Y aunque uno no sea oficial de armas, un fiscal militar también tiene que saberlo. O si no, ¿cómo va a dirigir un Consejo de Guerra si se pone a cuestionar a los oficiales por ignorar lo que se les ha enseñado?

¿Cómo podrías entenderme si te presentas como la niña que fuiste, la que eras cuando yo recién era teniente? En verdad me gustaría ver cómo estás ahora, la única vez que supe de ti, me dijeron que habías engordado mucho y que parece que todavía vives en

Arica. —¡Puchas! —Las matemáticas, que siempre fueron mi fuerte, hoy día me cuestan, ¿qué edad tendrá tu hijo Tomás? Como treintaicinco se me ocurre. Parece que nunca te casaste, quizás alguna pareja, conociéndote no creo que pudieras vivir sola.

No sé por qué pienso esas cosas, mientras el fraile le está tirando agua al ataúd y unas chicas cantan sobre la resurrección. Y me dan unas ganas de gritarles a todos que son unos tarados, que estoy aquí, encima de ellos. El cura los hace sentarse y pararse; yo me acuerdo de cada vez que tuve que entrar a una iglesia, de lo duros que eran los asientos, y de lo aburridos que eran los sermones, repitiendo la misma monserga: que te recibirán los santos, los querubines, arcángeles y una docena de entes que quizás quién inventó. Tampoco me salvé de eso. Si el cielo no es un lugar físico, se pone que esos habitantes tampoco tendrás estructura, se me ocurre. No veo ningún uniformado entre los asistentes, después de todo han pasado muchos años, tampoco llegué a general, sólo a coronel, y tengo muy claro quiénes fueron los infelices y por qué no me ascendieron. Los de armas siempre han mirado con algún desprecio a los civiles de uniforme, según un cirujano del regimiento, no gustan de los que hemos ido a la universidad.

Me van sacando con los pies pa' delante como dicen los chistes, el Raulito, el desgraciado, agarró una manilla. ¿Irá repitiendo que siempre fui un carajo? Bueno que de eso nada me importa, tampoco escuché la música, que era algo con guitarras.

Afuera está fresco, una brisa me bambolea sobre los techos y a ratos me aleja. Pocas flores, dicen que ahora no se usan las coronas. Pocos amigos, supongo que tampoco se usan. Nunca tuve muchos, conocidos sí, pero amigos, no. Alfredo lo fue alguna vez, pero se asiló y se fue a Alemania, la Oriental y cuando regresó años más tarde ya todo había terminado entre nosotros. Además, a esta edad muchos parientes han fallecido, sólo los niños tienen sus amistades y compañeros de trabajo. ¡Bueno! ¿Qué le vamos a hacer?

Si uno supiera cómo son estas cosas estaría preparado, para hacerse notar. Sería distinto si todos miraran hacia arriba, no al cielo, aquí, a diez metros sobre sus cabezas y uno, el muerto, les sonriera o pudiera demostrar que está bien, que nada le duele, que morir es lo más normal que hay, que no se va enojado con nadie, aunque muchos se lo merecen, quizás no es el momento de ponerme a despotricar, pero en esta pega uno se hace de muchos enemigos, como ellos son todos unos santitos, los malos terminamos siendo nosotros.

Partió la caravana de autos, me cuesta mucho seguirlos, y otra vez te encuentro parada en una esquina, igual de joven, como cuando nos conocimos y hago un esfuerzo por acercarme, trato de rozarte con algo de mí, aunque parece que uno no tiene partes, ni tamaño, sólo se es. —"Pienso, luego existo". —¿Existo? El pobre Decartes dijo eso antes de morir, porque con ésta, mi experiencia, quizás no lo diría igual.

¡Me molesta! Voy llegando al cementerio atrasado, siempre me provocaron los que no cumplían los horarios. —Más milico que los milicos —refunfuñaba la Carmen, cuando la apuraba. —Siempre somos los primeros en llegar.

¡Uy! Eso no me lo esperaba, una compañía rindiéndole honores militares a mi cuerpo o sea al muerto. Un capitán leyendo un discurso. No puedo decir que me ruborizo, porque, así como estoy no se puede, sin rostro, sin cuerpo. ¿Qué soy? Pero algo siento, bueno ni frío, ni calor, nada de esas cosas, aunque el viento me hace bailotear, y sí, siento rabia porque es estúpido estar aquí y que nadie lo sepa.

Con todos supongo que es igual, y no sé porque mierda me recuerdo de unos chicos fusilados en el Norte. Uno se parecía a Cristián. ¿Y si ellos, que eran cuatro, se quedaran dando vueltas por ahí, por un tiempo o por muchos años, uno podría encontrárselos? Se podría creer que así viejo no lo ubicarían a uno, pero sin cuerpo, ¿cómo nos reconoceremos? Hasta este momento no me había preocupado de cual será mi destino, quizás deberé vagar por años, o nos trasladan a alguna parte, de esas que físicamente no existen. Pero, ¿quién andaría juntando muertos por ahí para premiar a los buenos? Absurdo.

La gente comienza a abandonar el cementerio.

En mis sueños siempre me gustó volar. No tengo nada que hacer, sería espantoso pasarse así la vida, no la vida, la muerte quiero decir. Si uno se pone a contactar a los vivos se transforma en un fantasma. Pero los adultos no creemos esas cosas, entonces nos quedarían sólo los niños. Nunca fui muy querendón de los niños, ni siquiera lo fui con mis nietos. No me voy a pasar siglos asustando mocosos.

Se me ocurrió elevarme, en mis sueños sólo volaba a ras de suelo, porque me daba miedo, pero muerto a qué se le puede temer, cuando el infierno no es un lugar concreto o sea que no es. Yo ahora tampoco soy un ente material, pero algo soy, intangible, pero algo, esa es una pequeña duda.

Empezó a atardecer, desde acá arriba se ve la puesta de sol casi tan bonita como en la playa, el viento era un poco más intenso y mi autonomía de movimiento era más limitada. ¿Qué pasará si uno cae, o choca? Me adormecí, o algo así, me habría encantado escuchar el Danubio Azul y balancearme con su ritmo.

En la puerta del cementerio Mabel otra vez, igual, tan joven, igual de hermosa. Yo volaba a mucha altura y me costó descender. Ahora la tengo a dos metros. Entonces me mira, yo sentí que lo hacía. Sabía que no me veía, pero igual frunció el ceño como queriendo enfocar, como si intuyera que había algo, me acerqué más. Cierra los ojos, suspira y me pareció que se le llenaban de lágrimas. Necesitaba abrazarla, aunque sin brazos, sólo con ganas. Supe entonces que logré aprisionarla por un instante mientras se desvanecía lentamente, haciéndose también invisible. Me elevé, supongo que ella se quedó en tierra, supongo, ¿quizás subimos juntos?

En todo caso la busqué, pero no apareció más, nunca, nunca más, me empiné por sobre los techos, sobre los árboles y los edificios. El sol se había retirado hacía un buen rato. La noche se hizo oscura y densa, sabía que algo me estaba elevando y que estaba extraviado, aunque sin miedo. Sin pensarlo partí sin ningún rumbo y me dejé llevar tranquilamente por la brisa.

Formato 1476 —
Eutanasia González

—— Buenos días señor González.

—Buenos días, gracias por venir.

—¿Podría identificarse, por favor? De frente, mirando aquí, a la estrellita que llevo en el centro del pecho, esa es la cámara, como comprenderá todo debe quedar grabado.

—Mi nombre es Alberto Abel González Lecaros, Iden-rem hh3wwy, 62 años, viudo, tres hijos. ¿Qué más?

—Está bien don Alberto, tranquilo. Le haré algunas preguntas muy sencillas. ¿Diría usted que está plenamente consciente en estos momentos, y que en las últimas 24 horas no ha recibido sedantes ni psicotrópicos?

—Eso me dijeron mis médicos, sólo analgésicos si es que tenía dolor.

—Usted es ingeniero estructural, y además músico, ¿no es así?

—Cierto, bueno, era.

—¿Podría indicarme a qué nota musical corresponde la A de la escala germana?

—Sí, la A de la escala corresponde a la nota La.

—Bien. ¿Qué parámetros deciden la resistencia del concreto?

—Había una fórmula, me parece que era MPa [kgf / cm2].

—Perfecto, veo que a pesar de tantos años sin ejercer conserva todos sus conocimientos y una tremenda memoria.

—Desgraciadamente esta enfermedad, la ELA, no te priva del pensamiento, la conciencia se mantiene intacta, lo que la hace más cruel, la demencia podría ser un alivio, pero el pensar y pensar, la misma idea que vuele y no sabes cómo eliminar. Stephen Hawking, siempre consciente la manejó con su inteligencia, pero, yo no la tengo.

—Como se le indicó, usted puede todavía cambiar de opinión y ello no tendrá ningún costo adicional.

—Sí lo sé.

—¿Y bien?

—No, está decidido, plenamente consciente, con aprobación de todos los protocolos que exigen las leyes, con la comprensión de mi familia y hasta de la Cámara de Comercio que corroboró que no tengo deudas pendientes, bueno y todos los trámites de leguleyos de este país.

—¿Profesa alguna religión?

—No, ahora no, hace años que dejé de creer, cuando uno ve que el cuerpo se empieza a morir por pedazos, que ya no puede realizar las más mínimas tareas, que depende de los demás hasta para comer, se deja de creer en un Dios.

—Por ende, no desea que le acompañe en una oración. Perdón, pero debo dejarlo consignado, todo este cuestionario es parte del protocolo.

—Mire, orar es pedirle a un Dios, en el que ya no confío, que, si existe, me ha maltratado, que me libere de su maldad. ¿Puedo explicarlo?

—Sí, desde luego.

—Quince, quince años postrado, sin movilidad, viendo como las escaras que me han injertado, ya no sé cuántas veces, vuelven a aparecer, y que puedo oler su hedor putrefacto, porque el olfato es de lo poco que conservo, y me piden que rece, que dé gracias a la vida, cuando sólo podría dar gracias a la muerte.

—¿Diría usted que sus dolores eran intolerables y no encontraban alivio a pesar de todas las drogas que el Servicio Sanitario le ha proporcionado oportunamente?

—No, debo aclarar que nunca he sentido dolores importantes, he recibido siempre medicamentos que me aliviaban, el dolor físico lo he tolerado. El sufrimiento o la tristeza, o como quiera llamarse, la agonía prolongada, ver como he arruinado la vida de mis hijos que me ven morir día a día, pero no fallezco y supongo que muchas veces se le pasa por la mente que ello ocurra.

—Mi mujer falleció en un accidente, tonto, como todos los accidentes, dejamos de hacer el amor cuando ella aún no llegaba a los 40, se dedicó a cuidarme sin descanso, no sé si en estos largos años consiguió un amante que la satisficiera como lo merecía, hasta lo deseé, pero nunca se lo dije.

—¿Desde cuándo está solicitando la eutanasia?

—Desde que se aprobó la ley, pero los gremios médicos amenazaron con expulsar a quienes la practicaran y la Corte tampoco pudo obligarlos. Desde que se creó la Empresa que te envía han pasado seis meses.

—Don Alberto, voy a proceder, ¿le gustaría dejar algún mensaje o quizás un reclamo o sugerencia para "Eutanasia Lloyd SA"?

—No, sólo a mi familia, gracias por ayudarme en este trance, los he querido mucho, lamento el sufrimiento que le provoqué. Les dejé una carta despidiéndome de cada uno.

—Bueno, esta inyección lo dejará profundamente dormido, después le inyectaré el Potasio, y controlaré sus latidos aquí en la pantalla.

—Gracias.

—Reportándome a la Central, procedimiento concluido, revisión de imagen y sonido OK. ECG plano por cinco minutos. Dejaré entrar a la familia.

ANDROIDE 42

Biografía del autor

Autorretrato del autor, don Reinaldo Martínez Urrutia.

Reinaldo **Martínez Urrutia** nace en Talca en 1941 y vive desde su infancia en Santiago. Allí estudia Medicina en la Universidad Católica, egresando en 1965. Desde entonces ejerce en diversos hospitales dedicados a la Cirugía; labor que comparte hace más de cincuenta años con sus inquietudes literarias, enfocadas principalmente en la narrativa. Asistiendo a diversos talleres literarios, fue premiado por algunos de sus cuentos en el concurso literario Alerce, de la Sociedad Chilena de Escritores (1978); en el Alonso de Ercilla, auspiciado por la Embajada de España (1988); y en un certamen organizado por el Colegio Médico (1984). Aquellos escritos galardonados están publicados en revistas y en dos antologías: *"Nuevos cuentistas chilenos"* y *"Cuento aparte"*, editadas por los talleres literarios a los que pertenecieron. La novela *"El dolor ajeno"*, le tomó cinco años de investigación y le fue encargada por colegas que deseaban que la rica historia de la Asistencia Pública no fuera olvidada por las nuevas generaciones.

En el año 1993 publica *"Los hombres llegaron gritando"*, que contiene cuentos escritos sobre variados tópicos a lo largo de veinte años, algunos de ellos premiados.

Con la Editorial Segismundo, publica una segunda edición, corregida, de *"El dolor ajeno"* en 2017, otra novela *"Reciclando al Abuelo"* el 2018 y, en el 2019, la novela *"Llueve desde el sábado"* y el cuentario *"Allá afuera - Aquí dentro"*.

En el año 2020 publica los *"Cuentos del Cogotán"* y su última obra *"Quiero ser Presidente"*.

Tabla de materias

Colofón

Este libro se imprimió mecánicamente, no sabemos dónde ni cuándo, por algún robot dedicado a la impresión bajo demanda. Por lo tanto, nos es imposible indicar cuántos ejemplares han sido producidos a la fecha ni cuántos lo serán en el futuro. Esperamos que se haya usado papel Bond blanco y una tapa de cartulina polilaminada a color, con una encuadernación rústica mediante *hotmelt*. Por lo menos estamos seguros de haber usado la tipografía *Book Antigua*, en varios tamaños y variantes, para la mayoría de su interior.

§

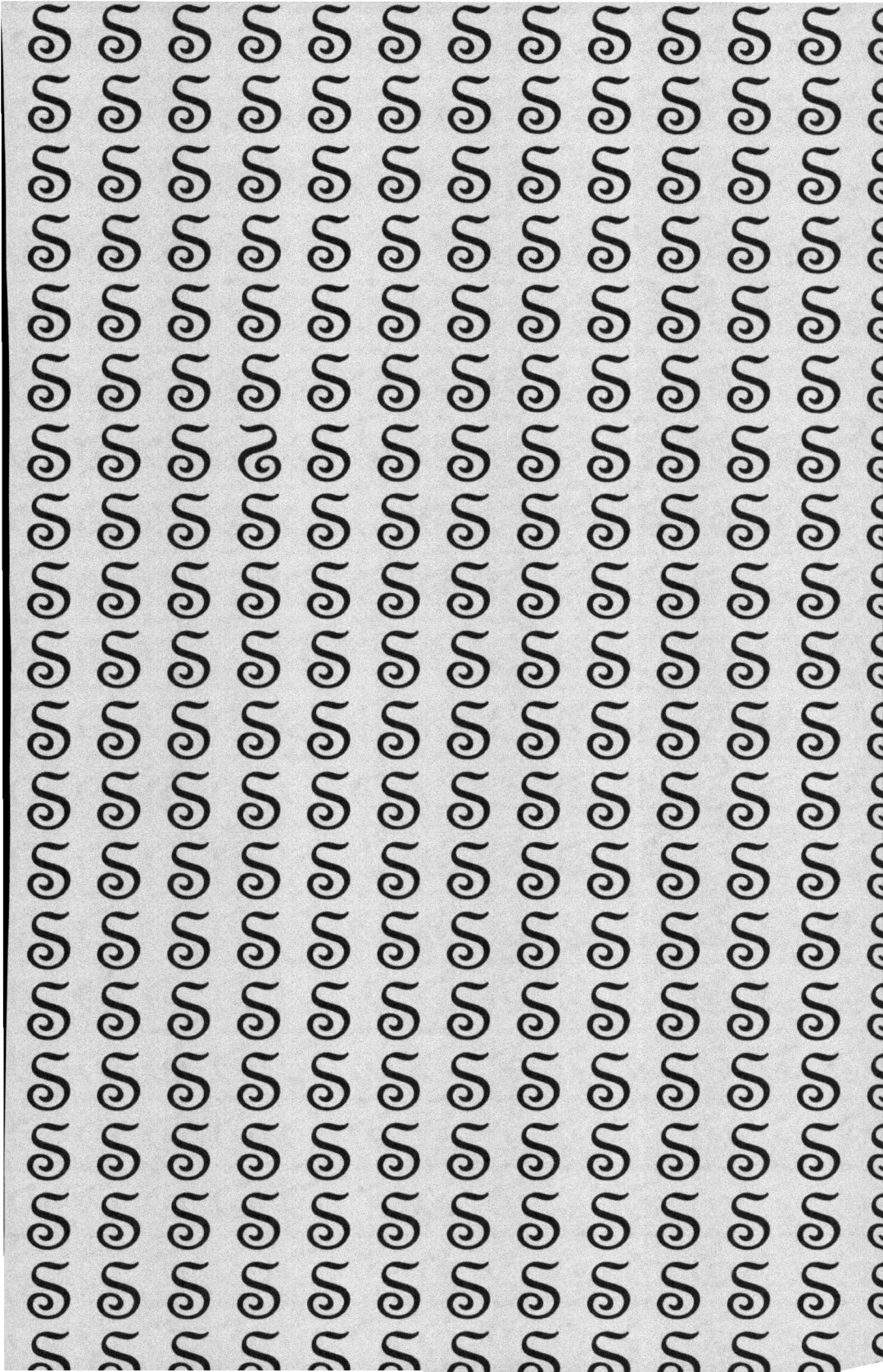

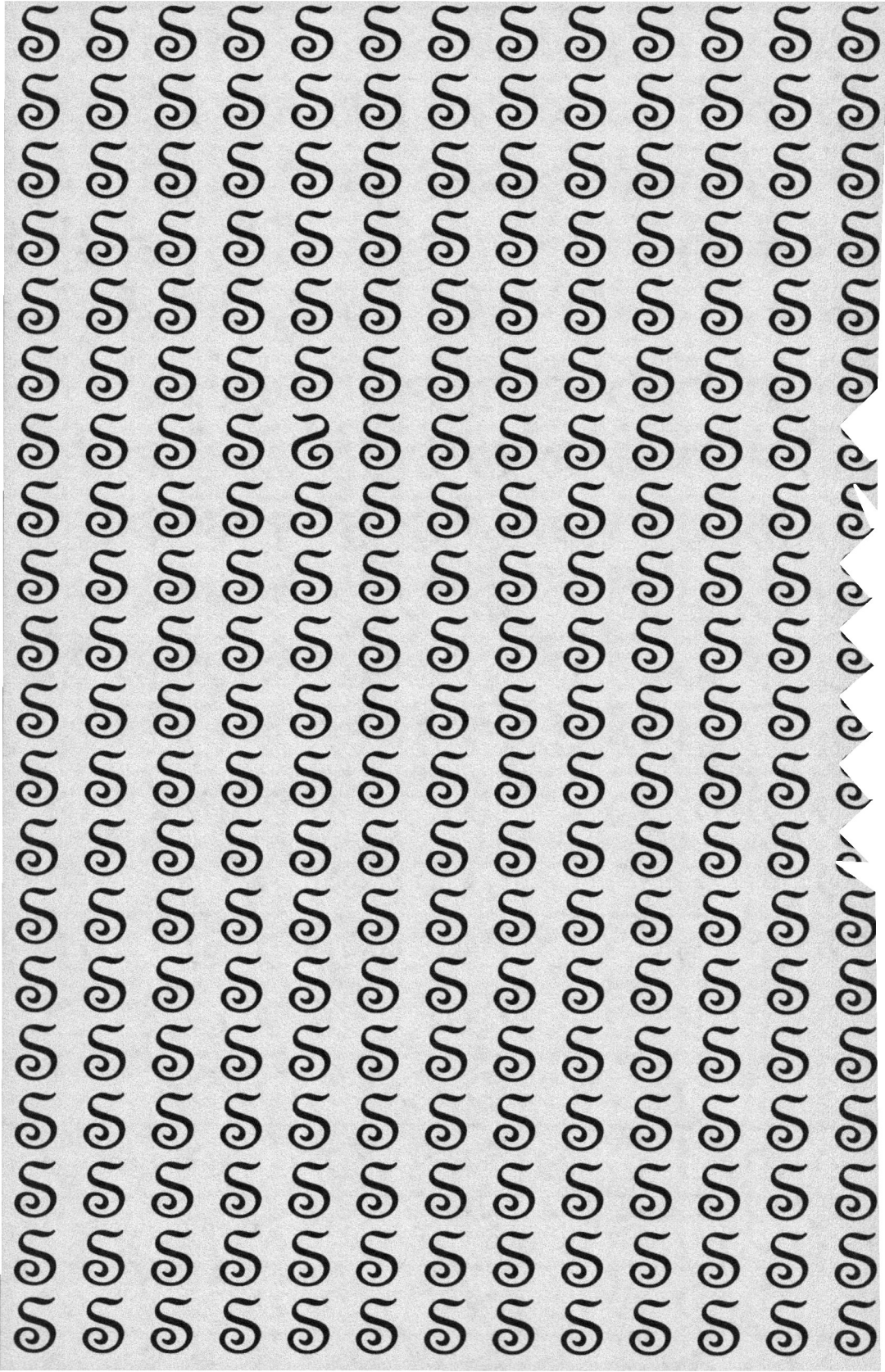